MAGIQUE

LAS CRONICAS DE OTHERLAND

POR

JOHN HELGESON

Impreso enel Reino Unido

978-1-7398722-3-6 (Libro de bolsillo)
978-1-7398722-4-3 (Libro electrónico)

AEGA Design Publishing Ltd Kemp
House, 160 City Road, Londres
EC1V 2NX Reino Unido
www.aegadesign.co.uk
info@aegadesign.co.uk

Dedicado a
mi difunto primo Robert Marx de Australia.
Él entendió.

INTRODUCCION

El duelo anual de magos estaba a punto de iniciar. En el mundo de Magique, donde reinaba la magia, los mejores magos, hombres y mujeres, de cualquier raza o nacionalidad, se reunían una vez al año en la capital de Magique para competir por convertirse en el nuevo Mago Supremo. Después de una serie de pruebas mágicas, un mago demostraría ser el mejor de los mejores, y por lo tanto siete días después asumiría las funciones de Mago Supremo. Durante un año ordinario de Magique de 1,012 días, cada día siendo las habituales treinta y seis horas, el Mago Supremo gobernaría el mundo de Magique absoluta y exclusivamente. En virtud del poder mágico invertido en el Mago Supremo por todos los otros magos al final del duelo, el Mago Supremo determinaría el curso de Magique para el año siguiente.

Ya que el Mago Supremo gobernaba por magia sobre las vidas de unos 100 millones de almas en Magique, así como era quien controlaba mágicamente todo lo relacionado con el funcionamiento del mundo (clima, agricultura, industria, atmósfera, economía, educación, justicia, geología, por nombrar solo algunas áreas), ningún Mago Supremo podría durar en el cargo más de un año. El Mago Supremo era virtualmente supremo en todo y todos en el mundo de Magique. Nada se dejaba al azar. Todo aparentemente era controlado y controlado total y absolutamente por el Mago Supremo y solo por el Mago Supremo. Al final del año, el Mago Supremo era literalmente hechizado. El individuo tenía suficiente magia restante para seguir viviendo, pero nunca podría gobernar de nuevo. El drenaje de la magia individual para controlar el mundo por completo era demasiado para cualquier persona.

De hecho, ocasionalmente en el gobierno mágico de 1000 años de Magique, algunos Magos Supremos habían sido hechizado antes de que su año hubiera expirado y el duelo hubiera tenido lugar. Durante esos tiempos, Magique se había vuelto caótica, con patrones climáticos violentos, erupciones volcánicas, olas de crimen, muertes masivas, depresiones económicas, hasta el punto de que el mundo casi colapsaba. A cada niño se le enseñó que estos eran los Días Sombríos, y cada niño sabía exactamente cuándo había ocurrido cada período de los Días Sombríos. Tales Días Sombríos dejaban menospreciado al Mago Supremo. Sí, todos los Magos Supremos cuyo reinado había terminado con los Días Sombríos fueron menospreciados, sin importar cuánto bien hubiera hecho el gobernante durante el año. Un Mago Supremo tenía que conocer los límites de la magia y el ritmo de la magia en el transcurso del año. No era una tarea fácil, pero era absolutamente esencial para la continua prosperidad y mantenimiento de Magique.

Dos veces durante el reinado de la magia, egocéntricos, algunos dirían que malvados, magos habían asumido el poder del Mago Supremo. Después de el reinado del segundo de estos, el Consejo de Duelos había ideado nuevas pruebas mágicas que resultaron ser prueba de tontos contra uno de esos que volvía al poder de nuevo. Por supuesto, durante cada una de las supremacías de los Dos, el mundo se sumió en el caos mientras eran crueles con otros magos, vengativos con aquellos que no estaban totalmente de acuerdo con ellos, y destructivos de cualquier orden en el mundo excepto el que los hacía verse bien. Los dos estaban tan dentro de sí mismos que permitieron que la naturaleza y las relaciones personales se desestabilizaran hasta el punto de que el mundo era un lugar inseguro. No se podía confiar en la naturaleza, ni en ninguna persona.

El Consejo de Duelos, hay que decirlo, controló totalmente los duelos. Nadie fue nombrado o elegido para el consejo. El Consejo elige a sus propios sucesores cuando alguien renuncia o muere. No acepta voluntarios ni candidaturas. Más bien dio la vuelta al mundo y consideró a los magos y eligió a uno que encajara en su perfil. Básicamente, un miembro del Consejo tenía que idear pruebas mágicas para el duelo anual que mostraría quién era el mejor de los mejores y así convertirse en Mago Supremo. Además, cada persona tenía que poder trabajar con los otros miembros del consejo. Los miembros del Consejo de Duelos invirtieron su magia con los otros miembros e impidieron que alguien asumiera el poder sobre el Consejo.

Hay que señalar que no todas las almas de Magique estaban dotadas de magia. Los Nons, abreviatura de personas no mágicas, nacieron sin ninguna habilidad mágica. Muy pocos sabían cómo o por qué habían nacido así, pero lo eran y en el curso de la regla mágica de Magique, su número estaba creciendo. Este era el único tema que estaba empezando a causar consternación entre los Magos, los que tenían poderes mágicos de forma natural. Al principio, los Magos Supremos habían intentado mágicamente dotar a los Nons de poder mágico, pero la magia solo se mantenía para unos pocos, y finalmente no funcionó en absoluto.

Así que aquí en un mundo donde la magia gobernaba y había sido universal durante mucho tiempo, ahora había personas no mágicas y más de las que nadie podía contar o quería contar.

De hecho, ahora era una práctica oficial estándar ignorar a los Nons o su existencia y contarlos estaba completamente fuera de discusión. Sin embargo, extraoficialmente, algunos Magos comenzaron a usarlos como sus sirvientes personales para hacer las cosas rutinarias que los Magos no quería desperdiciar su magia haciendo. Después de todo, estaban allí y había que hacer algo con ellos. Y como era de esperar, algunos de los Magos comenzaron a aprovecharse de sus nuevos sirvientes. ¿Cómo podrían los Nons resistir o protestar, cuando una pieza de magia los mantuvo en su lugar? Cada Magick sabía de algún Magick que tenía un Non como sirviente personal, y cada Magick sabía de ciertos Magicks aprovechándose de la situación.

Rumores y chismes estaban difundiendo historias de cómo un Mago podía hacerle cualquier cosa a un Non. Los magos bajo el control del Mago Supremo, aparte de los Días Sombríos, no podían llevar a cabo ningún comportamiento criminal o malvado con respecto a los demás o al mundo. Podían permitir que su maldad saliera a la luz con respecto a los Nons, porque el Mago Supremo ignoraba la relación entre los Magos y los Nons. Los Nons no eran mágicos y el Mago Supremo era el gobernante de la magia y simplemente ya no podía ser molestado por lo que realmente era una preocupación no mágica. *

CAPITULO 1

J enna Rosalea estaba terminando su mandato como Maga Suprema, y había sido un término particularmente exitoso. La naturaleza había sido particularmente abundante bajo su gobierno. Los cielos parecían maravillosamente brillantes. La industria había sido verdaderamente bendecida y la gente había sido maravillosamente eficiente. ¡Por qué basándose en el trabajo de los tres Magos Supremos anteriores, ella finalmente había eliminado los últimos focos de pobreza para los magos! Para mostrar su bondad y compasión, ella incluso había llegado a los Nons y les proporcionó mejores comodidades que podrían mantenerse con sus ingresos limitados.

El Consejo de Duelos había invitado a los mejores magos al duelo anual, y ella estaba presidiendo las ceremonias de apertura. La Maga Suprema Jenna Rosalea estaba ansiosa mirando a los mejores magos del mundo con la esperanza de que uno emergiera rápidamente, y ella podría graciosamente comenzar la cuenta atrás de siete días para su retiro del cargo. Había disfrutado de su estancia, pero estaba exhausta. Las exigiencias sobre el Mago Supremo gravaban a cada persona que ocupaba el cargo, y ella sabía ahora por qué cada Mago Supremo estaba contento de terminar el mandato.

Los miembros del Consejo explicaron los procedimientos y las pruebas a las que todos los invitados debían someterse. Las pruebas de este año parecían particularmente difíciles en comparación con las del año pasado, y Jenna Rosalea se preguntó si el Consejo sabía algo sobre estos magos que ella no sabía. Podía averiguarlo, pero decidió que sería un desperdicio de magia y tenía que estar dispuesta a confiar en el Consejo para encontrar a su sucesor.

De todos modos, las pruebas de duelo estaban a punto de comenzar y por eso estaba feliz. Mientras sonreía, escuchó la perturbación. Era como una estática de fondo al principio, pero pronto se convirtió en un rugido que abrumó el duelo y detuvo todo.

"¿Qué está pasando?" Exigió y por el poder de su magia, todo el mundo se quedó instantáneamente en silencio.

"Un intruso," gritó uno.

"Un Non ha venido al duelo," gritó otro.

El zumbido volvió con todas las voces sonando sobre el intruso, el Non, alguien que no debía estar allí. El Mago Supremo arrojó su magia sobre la arena y el silencio prevaleció de nuevo.

"¿Quién se atreve a dejar que un alma no mágica se acerque al duelo?" Ella se sentía segura de que alguien estaba intentando sabotear o con sarcasmo, y eso la ponía nerviosa. Lanzó su magia a la multitud, pero todos resultaron ser inocentes. Ahora estaba asustada. ¿Cómo podría ser esto? Miró fijamente al Consejo de Duelos y pudo ver que los miembros estaban en shock. No tenían ni idea de lo que estaba sucediendo.

"¡Trae el Non, y deja que este nos diga lo que está pasando!"

Un joven se adelantó. Era una figura bastante mediocre. No era alto. No era musculoso. Ni siquiera era particularmente atractivo. La impresión general que alguien recibió al verlo por primera vez fue que no era nada. No tenía nada que lo hiciera notable. Era sencillo. No destacaba. Parecía existir y eso era todo. Que un Non como él apareciera en el duelo era de risa.

De hecho, Jenna Rosalea se rió, y una vez que se rió todo el conjunto se rió también. Era una broma, nada que tomarse en serio.

Gentilmente le dijo al joven: "Puede que estés un poco confundido. Podemos entender. Pero este es un evento importante y pueden ver, si les gusta, desde fuera de la arena, pero voy a tener que pedirles amablemente que salgan de la arena para que podamos comenzar."

"¡NO!" gritó el joven a una Mago Supremo aturdido y a todos los demás.

Firmemente ella respondió, "Como el Mago Supremo, puedo obligarte a irte, así que por favor ten la amabilidad de retirarte."

"¡NO! ' llegó el grito desafiante por segunda vez.

Jenna Rosalea no se estaba divirtiendo, y miró a los miembros del Consejo que asintieron mientras invocaba su magia para eliminar a este joven tonto. Pero no pasó nada. Él todavía estaba allí. Tal vez su magia le fallaba más rápidamente de lo que esperaba, y ella dijo: "Ordeno a todos los magos que se unan a mí para eliminar a este intruso de la arena de duelos. Juntos ahora."

Todos los magos reunidos con confianza lanzaron su magia al Non, pensando que esto podría ser una simple prueba adicional para comenzar el duelo. Pero no se movió. El Mago Supremo fue el primero en ser visto emocionalmente destrozado. El resto viendo que esto era real y la magia no funcionaba en este se convirtió en una multitud aterrorizada.

Murmuraciones, gritos, huidas, temores haciéndose visibles, maldiciones, más magia lanzada al Non sin resultados. Toda la arena estaba a punto de entrar en pánico y el duelo estaba a punto de perderse cuando el Mago Supremo recuperó su equilibrio. "¡Esperen!" Ella insistió y todos estaban callados.

"¿Quién y qué eres?" Preguntó al joven.
"Mi nombre es Percival Ambrose. A lo largo de los años algunas personas me apodaron Percy, pero odio ese nombre, me llamarás Percival, ¿entendido?"
"Vale, Percival", dijo un Mago Supremo aturdido. "¿Por qué no estás respondiendo a nuestra magia?" Ella hizo la pregunta obvia que no había respondido previamente.
"La magia no me afecta. Soy invulnerable a la magia."

Las murmuraciones comenzaron en la multitud reunida. Jenna Rosalea no iba a permitir que eso creciera de nuevo. "Silencio," ordenó tranquilamente a la multitud y las murmuraciones se detuvieron.

Ella sabía que tenía que hacer la pregunta que estaba en la mente de todos: "¿Cómo es esto posible?" pero sentía que si era tan directa, la pregunta y la respuesta posterior podría poner fin al duelo y conducir a la anarquía. Estaba decidida a que eso no pasara.

"¿Serías tan amable de hablarnos de ti? Tienes un público dispuesto y ansioso por escucharte." Ella dijo esto tan sinceramente como sabía hacerlo, temiendo que pudiera responder mal si detectaba falta de sinceridad.

"Usted vino aquí al instante por su magia. Tuve que encontrar mi camino aquí caminando, montando, subiendo a un barco, nadando y en otras formas no mágicas. No ha sido un viaje fácil para mí, y he tenido que confiar en el favor de otros Nons, como usted nos llama, para viajar. De hecho, sin los Nons, nunca habría sido capaz de dormir por la noche ni de comer. Muchos me proveían, porque sabían que iba a venir aquí."

Ahora ella se escabulló, "Si los Nons sabían que venías aquí, eso significa que ha venido aquí por una razón, una razón que abrazaron, ¿estoy en lo cierto?"

"Me han dicho que usted es un Mago Supremo perspicaz," dijo.

"¿Por qué…gracias, yo soy.." Ella iba a ser agradecida y humilde, pero él la cortó.

"No te estoy felicitando," dijo enojado. "Simplemente estoy declarando un hecho, y ese hecho no tiene nada que ver con el por qué estoy aquí." Ella abrió la boca para responder, pero él también anticipó eso y continuó. "No hables cuando estoy hablando."

Ella sostuvo su voz, pero podía oír los murmullos comenzar de nuevo. "Estoy aquí para anunciar el final del reino de la magia."

La risa nerviosa llenó la arena. ¿Un Non tenía la habilidad de terminar el reinado de la magia? ¿No tenían todavía sus poderes mágicos? ¿No podrían controlar el mundo y, para el caso, muchos de los Nons? ¿Cómo podría esto ser posible?

El Mago Supremo Jenna Rosalea no se rió ni tampoco los miembros del Consejo de Duelos. Su sola presencia hacía imposible el duelo. Además, si el duelo no comenzaba pronto, Jenna Rosalea perdería su poder supremo y verdaderamente los Días Sombríos descenderían.

Un miembro del Consejo de Duelos susurró a otro miembro que a su vez susurró a otro. Pronto todos estaban susurradose, e hicieron señas al Mago Supremo para que viniera a ellos. Uno le susurró y ella asintió.

"Percival Ambrose, amablemente mira a tu alrededor," comenzó ella. "Hay miles de Magos aquí. Ahora, puede que no seamos capaces de eliminarte mágicamente, pero seguramente sabes que podemos quitarte físicamente."

No parecía estar ansioso o molesto por esta afirmación. "Eso es cierto, sin duda. No voy a tratar de luchar contra todos ustedes, y me iré en breve. Sin embargo, si me lo permite, me gustaría contarle más sobre mí y por qué la magia no funciona conmigo."

"Sí."

"Déjalo hablar."

"Queremos oír."

Se escuchó una cacofonía de voces afirmando su voluntad de escucharlo. El Mago Supremo echó una rápida mirada hacia el Consejo de Duelos y estuvieron de acuerdo. Era preferible que se fuera voluntariamente a que se detonara una confrontación en la probablemente los Magicks resultarían heridos.

"Como se puede decir, no soy guapo." Algunas risas se escucharon en el fondo, pero él lo ignoró y continuó. "Ni soy física ni mentalmente superior." Hubo más risas.

El Mago Supremo intervino rápidamente y exigió, "No habrá más interrupciones. Que el hombre hable."

"Gracias, Mago Supremo. Eso es decente de tu parte, pero por supuesto no tienes elección."

Jenna Rosalea sostuvo su lengua, aunque su arrogancia la estaba irritando y su paciencia solo llegaba hasta cierto punto.

"De todos modos," declaró, "Soy de Otherland."

Tan pronto como dijo eso, los murmullos volvieron. Y Jenna Rosalea sintió que no iba a intervenir. Después de todo, todos en Magique sabían que Otherland era el desierto del planeta, el lugar donde solo vivía la gente más dura. Era un lugar de clima extremo, ardiente la mitad del año y brutalmente frío la otra mitad. Las lluvias tenían que ser mágicamente importadas a la tierra una vez al año o de lo contrario el resto del planeta desarrollaría sequías.

Peor aún, según la mayoría de los residentes de Magique, tenía que ser mantenido como el desierto que era. Aparentemente en la formación del planeta, todo el planeta fue creado a partir de Otherland. Otherland emergió primero, y solo después emergieron las tierras agrícolas, las tierras de la ciudad, y se desarrollan tierras agradables. Otherland tuvo que ser mantenido como era o no podría haber Magique. Los intentos de mejorarlo habían sido desastrosos fracasos y cada Mago Supremo se vio obligado a jurar como parte de la instalación dejar Otherland como era por el bien de Magique.

Debido a su clima y ambiente, los únicos magos que vivían allí fueron forzados por el Mago Supremo y luego solo por el término del Mago Supremo. La magia de los magos tenía que estar allí para que el Mago Supremo mantuviera el control del mundo. Por muy necesaria que fuera la tarea, nadie la elegia, y el primer acto del Mago Supremo era obligar a alguien a mudarse allí durante el tiempo. De hecho, tan pronto como el nuevo Mago Supremo era instalado, el anterior residente mágico de Otherland regresaba a casa.

Jenna Rosalea, al enterarse de que el Non era de Otherland, contactó al instante con el residente mágico y en un abrir y cerrar de ojos supo lo que el residente sabía sobre Percival Ambrose.

Ella no se sorprendió cuando dijo: "Yo soy de una familia de siete pastores Nons, que viven de la tierra. Mi familia ha estado en Otherland desde los primeros días de los magos. Tienes una vida fácil bajo tu reino mágico. Sin embargo, incluso ustedes han aprendido a no interferir con Otherland. Saben que el planeta depende de Otherland y de su entorno natural. Estoy orgulloso de vivir en el desierto y sé que me ha hecho fuerte y franco."

La risa llenó la arena, e incluso Jenna Rosalea se rió.

Había esperado la risa, porque se detuvo a esperar su final. "Lo que quizás hayas olvidado es que el resto de este mundo era originalmente como Otherland."

Todos los presentes conocían ese pedazo de historia. Se les había metido en la cabeza desde que eran niños. El objetivo de la regla mágica era evitar que Otherland controlara el planeta como lo había hecho.

"No sabes que Otherland está vivo." Ah, sí, los Otherlanders creían que Otherland era un ser vivo. Algunos de los magos gimieron, esperando escuchar sobre tonterías sobrenaturales. "¡Otherland vive! ¡Y Otherland está enojado por permitir que el planeta se vuelva domesticado, controlado, esclavizado y mágico! Esa no es la manera de Otherland, y Otherland tiene poderes que tu magia no puede controlar."

Ahora había murmullos nerviosos. Incluso Jenna Rosalea, quien era el Mago Supremo, soltó un grito involuntario. Después de todo, ella conocía sus límites y las implicaciones de intentar remodelar mágicamente Otherland. Ahora, escuchar que Otherland podía haber interferido o impedido el uso de poderes mágicos era aterrador. Derrotaría a los poderes de Magique.

"Otherland me ha hecho invulnerable a tu magia, interfiriendo con tu magia. Otherland primero intentó contactarte haciendo Nons, pero no quisiste escuchar. De hecho, ustedes llegaron a hacerlos a ellos, a nosotros, sus esclavos, y eso no es aceptable. ¡Deben responder por sus crímenes! Ahora Otherland me ha hecho y otros me seguirán. Otherland ha venido a reclamar el planeta y poner fin a la tiranía de Magique."

La multitud se enojó y estaba a punto de atacar cuando añadió, "Jenna Rosalea, como Mago Supremo que eres, puedes jugar tus juegos y elegir un sucesor, pero te aseguro que este es el último duelo que verás. Para el próximo año, la magia habrá sido depuesta, incluso destruida, una vez y para siempre. Tendrás que vivir como debías vivir, en la naturaleza. ¡Otherland saldrá victorioso!" Caminó entre la multitud. Algunos trataron de golpearlo, pero él fácilmente rechazó sus atacantes. Cuando llegó a las afueras, gritó: "¡Si no pueden luchar mejor de ahí, tu destino llegara antes!"

Percival Ambrose salió de la arena y desapareció de la vista. Jenna Rosalea intentó con su magia concentrarse en él, encontrarlo y seguirlo, pero el intento fue inútil. Ni siquiera su existencia física pudo ser detectada. Eso significaba que podía caminar entre ellos o, para el caso, ir a cualquier parte y hacer lo que quisiera, y que estarían indefensos para detenerlo mágicamente. Tendría que ser visto e identificado físicamente y luego alguien tendría que llegar físicamente a él al instante antes de desaparecer.

Por supuesto, eran más rápidos que él. Podrían estar sobre él al instante, pero tendrían que salir con fuerza y rodearlo. Todas estas conclusiones estaban llegando rápidamente a Jenna Rosalea. Lo peor de todo, tenía razón sobre su capacidad de lucha. Magique y sus magos dependían de la magia para mantener el orden y la disciplina. Los magos no habían luchado físicamente durante siglos. Tomaría tiempo entrenarlos para luchar físicamente de nuevo, y si lo que dijo Percival Ambrose era cierto, el tiempo era algo que no tenían.

"El duelo comenzará," proclamó ella. Por la fuerza de su autoridad mágica, ellos comenzaron. El Consejo de Duelos, ella pudo ver, se sintió aliviado. Podrían seguir adelante con lo que mejor hacían, operar el duelo. Sin embargo, ella les comunicó que durante los descansos estaría consultando con ellos y con aquellos en el duelo que mostraran habilidades particulares.

Fue cuando se dio cuenta de una prueba que no solo requería magia, sino un poco de habilidad física que fue al Consejo. "¿Por qué?" Ella exigió.

El Consejo de Duelos no tenía la obligación de explicarle a ella o a cualquier otro mago por qué ciertas pruebas estaban incluidas en el duelo. A la luz de la aparición del Non y su profecía, el miembro más nuevo del Concilio habló.

"Yo ideé esta prueba, porque nos vi a nosotros los magos volvernos físicamente perezosos. Confieso que también escuche a algunos Nons haciendo bromas sobre nuestra falta de físico y uno dijo que sería fácil manejar a un mago si la magia no estuviera presente. Lo ideé para mostrar a los Nons que no somos perezosos o frágiles. El Mago Supremo les mostraría el camino a los otros magos. Pero nunca en mis pensamientos pensé que sería necesario tomar a los Nons físicamente."

Jenna Rosalea sonrió. "Es un comienzo, aunque sabemos que no será suficiente si se reduce a lo físico. Supongo que no tienes una prueba para construir algún tipo de arma sin magia."

El Consejo sacudió su cabeza colectiva. El nuevo miembro del Consejo, Afrique L'Oray, volvió a hablar. "Mago Supremo, yo mismo he vivido entre los Nons. Mientras que hay algunos como aquellos de los que Percival Ambrose habló, hay otros para quienes revertir de la magia sería un desastre para ellos también. Y algunos de ellos estarían encantados de aliarse con nosotros y tienen esas habilidades."

El mago más viejo del Concilio se puso de pie sobre su bastón. Ni siquiera la magia podía ralentizar su proceso de envejecimiento. "Mi vida está llegando a su fin, y sé que no estaré aquí el próximo año". "No, he previsto mi muerte este año, y estoy listo. Pero es importante que Otherland no gane o habrá caos y confusión una vez más. ¿Realmente queremos un mundo como Otherland?"

Todos estaban de acuerdo en que un mundo como Otherland sería un desastre. "Jenna Rosalea, como Mago Supremo que eres ahora, tendrás que ayudar a tu sucesor a prevenir este desastre."

Ella estaba aturdida. "Me quedará poca magia, solo lo suficiente para vivir mis días. Lo sabes."

"La magia no nos salvará."

"El Mago Supremo estará a cargo," protestó. "Estoy lista para retirarme."

"Miembros del Consejo, ¿es hora de una historia de emergencia?" el mago más viejo preguntó a sus colegas.

Se sorprendieron. "Las implicaciones", uno se ahogó. "Socavaría todo", contestó otro.

"¿Y qué opción tenemos? Se ha hecho antes."

Los miembros del Consejo, Jenna Rosalea podía ver, estaban perdidos en sus pensamiento. Una especie de horrible recuerdo había salido a la palestra en todos los miembros. Podía verlo en sus ojos aterrorizados, sus manos temblando, un gemido ocasional y cabezas que se salían de control. Se negó a pedir una explicación.

"Díselo", exclamó finalmente uno. "Sí, díselo", dijo otro. Los demás miembros del Consejo asintieron o también hablaron afirmativamente. Podía decir que se trataba de un acto de coacción y que no era lo que realmente quería el Consejo.

"¿Quién soy yo?" preguntó el miembro más antiguo del Consejo mientras se enfrentaba al Mago Supremo.

"Eres Raginov Wolster, todo el mundo lo sabe," dijo.

"¿Soy yo? Bueno, ese ha sido el nombre que he usado por un tiempo. He usado otros nombres a lo largo de mi vida. Lo más importante para lo que voy a decirles es mi nombre original, Jean Magique."

"¡Eso es imposible! Jean Magique fue el Mago Supremo original que hizo posible a Magique. Todo el planeta lleva su nombre. Él fundó el reino de la magia. Eso fue hace mil años. Nadie vive tanto tiempo."

El mago más viejo del Consejo respondió: "Pregúntale a mis colegas quién soy." No dudaron. "¡Tú eres Jean Magique!"

"¿Cómo? ¿Qué significa esto? ¿Y vas a morir? No entiendo esto", tartamudeó.

"He engañado a la muerte demasiado tiempo. Otros magos mueren después de un ciclo normal, pero he vivido. Sí, fundé Magique como el mundo mágico que conocemos, pero tuvo un costo. Uno fue mi longevidad. Algunos lo verían como una bendición; yo lo he visto como una maldición. Aquellos a quienes he amado han muerto. Aquellos con quienes he trabajado han muerto. Solo yo he continuado viviendo. Y sí, finalmente la muerte me ha alcanzado, por lo que Percival Ambrose dijo.

"¿Nunca te has preguntado cómo llegó a ser el Consejo de Duelos? ¿Nunca te has preguntado cómo es posible que el Consejo de Duelos se asegurara de que los Dos nunca regresarían? ¿Nunca te has preguntado cómo el Consejo de Duelos sabía a quién elegir para sus sucesores? ¿Nunca te has preguntado cómo era posible que Magique estuviera en primer lugar?"

Jenna Rosalea sonrió y respondió: "La última pregunta es obvia. Jean Magique, usted, debo decir, se dio cuenta del caos del mundo e impuso todas sus habilidades mágicas en el planeta y así trajo orden."

"Bueno, esa es la historia oficial, y es precisa hasta donde llega. También es un buen resumen de lo que pasó, pero es incompleto y más complicado que eso. Todos conocen la historia básica, como la llamamos en el Consejo. Pero hay una historia de emergencia, como la llamamos nosotros. Solo los miembros del Consejo conocen la historia completa, porque son necesarios para mantener Magique funcionando. De hecho, nuestra muerte acabaría con Magique a pesar del Mago Supremo. Nuestra magia hace que tu magia sea posible, y tu magia hace que Magique corra. Pero nuestra magia hace que Magique exista y sin nosotros no puede haber Magique en absoluto. El Consejo de Duelos, el nombre elegido deliberadamente para ofuscar nuestro verdadero propósito, es Magique."

"No puedo creer lo que estoy escuchando. Nunca supe...." Ella estaba tropezando. "Es hora de contarles toda la historia, y ustedes son uno de los pocos Magos Supremos a los que se les ha contado esta historia. Solo se le ha contado a un Mago Supremo en tiempos de crisis. Todos los otros Magos Supremos que han escuchado esta historia están muertos. De hecho, al contarles esta historia, podemos tristemente apresurar su propia muerte. Sin embargo, si no te contamos toda la historia, Magique está condenada. Sin embargo, no quiero contarles esta historia completa a menos que estén dispuestos a enfrentar las consecuencias para salvar a Magique."

"Yo....."

"Antes de responder a eso, debes saber que diseñamos las pruebas del año pasado de tal manera que sabíamos que ganarías."

"¿Qué? Pensé que lo había ganado justa y honestamente."

"Lo hiciste. Pero las pruebas fueron a tus puntos fuertes. Las pruebas fueron diseñadas para asegurar que si mostrabas tu magia como sabíamos que lo harías, te convertirías en Mago Supremo. Y no nos fallaste. Desde los Dos, hemos ideado las pruebas en consecuencia, con el fin de evitar que otro como los Dos emerja. Además, como hemos invertido nuestra magia entre nosotros hemos encontrado algo que no teníamos individualmente. Podemos discernir ciertos patrones en el futuro. No podemos prever el futuro específicamente o en ningún detalle, pero podemos determinar patrones.

"Llámalo sentido del futuro, si quieres. Y nuestro sentido del futuro no previó nada como lo que escuchamos hoy, pero nos indicó que necesitaríamos un líder que pudiera liderar más allá de un tiempo como Mago Supremo. Y claramente el Consejo vio esa habilidad en ti. Es por eso que las pruebas jugaron a tus puntos fuertes, pero todavía tenías que demostrar que conocías tus propios puntos fuertes y que podrías utilizarlos adecuadamente. Que es exactamente lo que hiciste en las pruebas del año pasado y por qué has sido Mago Supremo este año."

Jenna Rosalea se quedó sin habla. Su boca estaba abierta y no podía ocultar su asombro al Consejo. Su reacción no les sorprendió. Cada vez que a un Mago Supremo se le había dicho esto, la reacción había sido la misma. Y el Consejo había pasado esta información a cada nuevo miembro del Consejo.

"Pero ahora es el momento de contarles la historia verdadera y completa de cómo llegó a ser Magique y lo que eso significa para el desastre potencial que se avecina."*

CAPÍTULO 2

LA HISTORIA DE MAGIQUE

Hace mucho tiempo, nuestro mundo llegó a ser a través del caos. Volcanes, terremotos, inundaciones, tormentas que nunca parecían terminar, vientos que barrieron el planeta de un extremo al otro, y cualquier tipo de desorden natural eran normales y continuos. Esto continuó durante tanto tiempo que simplemente llamamos ese tiempo, "hace mucho tiempo". Pero donde todo comenzó, o tal vez debería decir donde todo se centró, fue en lo que ahora llamamos Otherland.

No sé que fue lo que hizo que todo que nuestro planeta se uniera en el espacio y aquí, pero lo hizo. Nuestra magia puede controlar a Magique, pero no controla las estrellas ni el espacio ni nada más allá de nosotros. Todo el mundo lo sabe, y nos hemos contentado con quedarnos aquí, para ser poderosos y controlar nuestra pequeña parte del universo. Pero estoy divagando, la prerrogativa de un viejo, supongo.

De todos modos, en medio del caos centrado en Otherland, el planeta llegó a ser. Sí, debido al caos, toda la naturaleza aparentemente fuera de control, el planeta se desarrolló y finalmente surgió la vida. Otherland controló el caos con el fin de desarrollar el planeta y todo lo que surgió en el planeta. Pero todo lo que Otherland entendía era caos y confusión y desastre y naturaleza desbocada. Otherland vivía en el caos y prosperaba en él. El costo para el planeta fue el continuo desastre tras desastre que amenazó con destruirlo. El caos tenía que ser, a falta de una palabra mejor, "domesticado."

El planeta tenía que ser controlado o eventualmente ya no lo sería. Otherland no entendió que debía llegar el momento de poner fin al caos o de lo contrario el planeta no podría soportar. Otherland solo conocía el caos y no podía cambiar para ver la amenaza que causa el caos en curso. Otherland solo vivió en el caos y canalizó el caos, pero Otherland no podía ver más allá del caos.

El caos es lo que Otherland es y solo puede ser. ¿Otherland está vivo como dice nuestro joven adversario? No lo sé. Solo sé que Otherland es real y tiene poderes o al menos la capacidad de dar forma a nuestro planeta y mantenerlo en marcha.

Finalmente, había suficientes almas en el planeta que se dieron cuenta del peligro que Otherland estaba trayendo. Lo que sea que Otherland sea o fuera o vaya a ser, tenía que ser controlado. Tenía que ser regulado. Tenía que ser el corazón de nuestro planeta y nada más. Tenía que ser mantenido o el planeta no podría ser.

Sin embargo, ya que Otherland enfocó el caos, solo algo que pudiera contener el foco, mantener a Otherland donde estaba geográficamente, y así limitar el caos, mantendría al planeta vivo. Tenía que ser una fuerza tan poderosa, si no más poderosa, que Otherland. Y eso significaba algo no controlado por la naturaleza o el planeta mismo. Tenía que ser una fuerza antinatural para el planeta. Por supuesto, ahora sabemos que esa fuerza es mágica, pero esa comprensión tomó años y esa fuerza no vino automáticamente.

Así que necesito contarte mi historia. Tienes que saber que una de las implicaciones de que te cuente esta historia será mi muerte antes de que termine este día, tan pronto como el nuevo Mago Supremo sea elegido. ¡No me interrumpas! Veo el shock en tu cara, y quieres decir algo. ¡No lo hagas! Debo hablar, porque ya siento que la muerte se acerca a mí.

Yo no nací mágico. De hecho, cuando nací, nadie era mágico. El nombre de Magique no tenía nada que ver con la magia. Era un antiguo nombre tribal que mis ancestros adoptaron siendo de esa tribu. Para establecer el nuevo orden mágico, fue elegido por su similitud con la palabra "magia."

Entonces, ¿cómo es que uno nacido no mágico se vuelve mágico? Como sabes por tu experiencia con los Nons, no puedes imponer magia a la gente. Simplemente no se pega. En estos días tienes que nacer en ella.

Hay una razón para eso, como escucharás.

Mientras crecía, experimentaba regularmente el caos de Otherland. Muchos de mis amigos murieron como resultado de algún desastre natural u otro que golpeó repetidamente, constantemente, regularmente. Vivir era una apuesta. Sobrevivir era una lucha. Si estabas en el lugar equivocado en el momento equivocado y no podías predecir dónde estaban esos lugares y tiempos equivocados, estabas muerto. Cuando todo lo que ves es muerte a tu alrededor como lo hice yo, o te vuelves fatalista y asumes que esto es vida y no se puede hacer nada al respecto, o buscas encontrar una manera de interrumpir el patrón.

Yo era un aprendiz. Sí, veo que has oído ese término. Muchas personas lo han hecho, pero lo descartan como mitológico o algo así en el antiguo mundo de Magique. Bueno, en los días antes de que la magia se hiciera cargo, había gente como yo, que trataba de aprender a superar el caos, que quería detener la autodestrucción no pensante de Otherland, o al menos tratar de razonar con Otherland por el bien del planeta.

Nosotros, los estudiantes, hicimos nuestra misión de aprender todo lo que se podía aprender con la esperanza de que algo fuera capaz de alcanzar o controlar Otherland. Aquellos que sentían que podían razonar con Otherland encontraron que Otherland no entendía y fueron asesinados deliberadamente por Otherland por atreverse a sugerir una existencia no caótica. El caos era, es y será Otherland, y eso nunca cambiará.

Cuando todos los razonadores, como se les llamaba, fueron asesinados, los estudiantes restantes sabíamos que Otherland de alguna manera tendría que ser dominado, controlado, limitado o como uno de nuestros miembros agrícolas dijo: poner bajo un vaso del que no pudiera escapar, sino que más bien podría vivir y mantenerse por el bien del planeta. Uno de mis aprendizajes fue que mi antigua tribu había incursionado en la magia.

Era principalmente basura supersticiosa que el ritualista de la tribu realizaba, y a menudo era solo una ilusión, magia falsa. Pero había trozos y piezas que eran reales, no suficientes para vencer a Otherland, pero suficientes para estimular mi interés.

Estudié otras tribus y encontré pedazos adicionales de magia. De nuevo, incluso con el conocimiento de todas las tribus, solo podía aprender muy poco sobre magia. Y no era suficiente hacer lo que se necesitaba hacer.

Un día cuando estaba con mis padres, simplemente solté, "Debo volverme mágico para controlar Otherland."

Mi madre, cuya familia había incluido a algunos ritualistas tribales, dijo que había una manera, pero las consecuencias de tal acción habían sido severas y por lo tanto solo unos pocos lo habían intentado.

Le imploré que me lo dijera, y ella respondió: "Si te lo digo, moriré este día. No se puede decir sin que el mensajero esté dispuesto a morir. Esa es una de las consecuencias de volverte mágico. Y si alguna vez lo dijeras, también te mataría."

El dilema era real. Salvar el planeta y todas las vidas futuras dependía de mi voluntad de sacrificar a mi propia madre. Y ella no era vieja. Podría haber vivido muchos años. Amaba a mi madre, e incluso si significaba la muerte para mí y para todos los demás, no podía pedirle a mi madre que se sacrificara.

Ella sabía lo que estaba pensando y declaró, "Voy a decirte, porque te salvará a ti, a nuestra familia, y al mundo mismo."

Antes de que pudiera protestar, ella dijo: "Debes ir a Otherland. Dentro de Otherland hay una sección llamada, El Lugar de Luz. Siempre hay luz allí, por eso su nombre. Y la razón es porque en ese lugar, Otherland toca el espacio. De hecho, se dice que es donde nuestro mundo vino a ser. Pero la luz de los cielos siempre brilla allí y si alguien se para en la luz, todo el poder de los cielos recae sobre uno de ellos. Es lo que hace a Otherland tan poderoso, tan dominante, incluso tan creador, pero también tan caótico. Una persona debe estar dispuesta a estar allí y así bloquear Otherland de absorber la energía, el poder, sí, incluso la magia que trae el lugar. Lo que no sé es cuánto tiempo tienes que estar en ese lugar. Nadie lo sabe. Lo que sí sé es que Otherland tiene tanto poder que ahora no puede ser derrotada, como has aprendido, pero si controlada.

Pero, Otherland, el darse cuenta de que estás ahí, detectará tu presencia e intentará matarte como ha matado a otros antes que a ti. Otherland ha sido corrompida por sus poderes y mata a cualquiera o cualquier cosa en lugar de compartir sus poderes o dejar que los poderes sean utilizados para el bien. Iría tan lejos como destruir el planeta y a todos en Magique por sobrevivir, pero no se da cuenta de que al hacerlo se destruirá a sí misma también. Otherland solo quiere ser todo y en ser todo destruye todo, incluyéndose a sí misma."

"Incluso las rocas y el suelo de El Lugar de Luz brillan con luz perpetua. Y así, muchas personas han encontrado el lugar y se han llevado a casa un recuerdo, un poco de tierra o tal vez una roca, como esta roca."

Metió la mano en un bolsillo y sacó una roca que estaba viva de luz. La roca parecía ser la luz misma, a pesar de que podía ver que era una roca en todos los sentidos que describe a una roca, a excepción de la luz. Ella me la dio y dijo, "La roca también te guiará al punto exacto de El Lugar de Luz, porque a medida que se acerque primero se volverá aún más brillante de lo que es ahora. Y cuando realmente llegues al lugar, parecerá que cobra vida y saltará de tu mano o bolsillo o bolsa o lo que sea en lo que la estés llevando, e inmediatamente irá al lugar exacto desde donde fue tomada. Lo sé. He estado allí varias veces, y esto es lo que ha pasado cada vez que recogí la roca y la traje de vuelta. Yo no era una amenaza para Otherland, ni los otros que se llevaban recuerdos, y por lo tanto se me permitió hacer esto. Si tu puedes pretender ser simplemente un tomador de recuerdos, Otherland te permitirá llegar al lugar y tendrás una oportunidad. De hecho, si te quedas ahí, impedirás que Otherland te mate, pero Otherland detectará la verdad y buscará formas de sacarte del lugar. No será fácil, pero tienes que llevar a alguien contigo sin decir lo que te he dicho. Si ves que vas a fracasar, entonces díselo a esa persona, para que tenga éxito. Como he dicho, en el momento en que le digas a la persona la verdad, perderás tu vida, pero el mundo debe ser salvado." Sí, mi madre murió esa misma noche y me quedé el tiempo suficiente para enterrarla. Luego comencé mi viaje a Otherland. Tomé a dos de mis compañeros sin decirles más que se fueran conmigo y confiaran en mí, podríamos contener a Otherland de una vez por todas. Sabiendo que había estudiado magia, asumieron que había encontrado algo útil y estaban dispuestos a confiar en mí.

Viajar a Otherland en aquellos días no era fácil. La naturaleza era desenfrenada. Las almas eran violentas. Nos enfrentábamos a tormentas severas de viento, lluvia y nieve. Los terremotos eran comunes. Los animales salvajes nos atacaban. Las carreteras eran traicioneras. Y nunca sabíamos si la gente que conocimos en el camino sería amiga o enemiga. Esperando lo peor, nos habíamos aprovisionado para todo tipo de clima y desastres. Y tuvimos suficiente comida no perecedera, aunque nada deliciosa, para los viajes. Incluso teníamos armas para protegernos contra lo peor que la gente podía hacernos. Solo teníamos que mostrar esas armas y los criminales se retiraban. De hecho, después de un tiempo, se corrió la voz y nunca nos vvolvieron a molestar.

El Sr. Ambrose se hubiese quejado si hubiese viajado en esos días en vez de ahora. No se da cuenta de lo fácil que es viajar ahora, incluso con poderes no mágicos. Oh, y por cierto, cuando vas a Otherland, puedes hacer magia por fuera de Otherland pero no hagas magia, o Otherland te aplastara como a un insecto atrapado en una trampa. Sí, también tuvimos una fuerte infestación de insectos. Las picaduras que sufrimos fueron casi peores que los viajes en sí. Me alegra que los insectos estén controlados ahora a diferencia de entonces. Sin embargo, una vez que estés en Otherland, te picarán insectos desagradables por primera vez en tu vida. Es un lugar salvaje.

La roca era una verdadera guía, tal como lo prometió mi madre. Y con nuestra reputación ante nosotros, incluso Otherland no nos veía como una amenaza para sí misma. Si tuviera que juzgar la reacción de Otherland a nuestra llegada a ese desierto, casi pensaría que Otherland se rió de nosotros, tomándonos como una broma lastimosa. Sí, nos presentamos como el tipo de persona que reuniría trozos de Otherland para vender en casa y obtener un beneficio codicioso. Al menos esos fueron los rumores que oímos sobre nosotros después antes de que la gente conociera nuestra verdadera misión.

Al pasar por ese desierto, nos alegramos de tener agua, pero tuvimos que quitarnos la ropa pesada en los días, solo para volver a ponérnosla durante las noches frías. Después de un mes de viaje para llegar a Otherland, nos llevó una semana hacer el breve viaje a El Lugar de Luz.

La tierra era accidentada. No había carreteras. Simplemente seguíamos la roca, y la roca iba por la ruta más recta y a menudo más difícil.

Una vez que llegamos a El Lugar de Luz, la roca literalmente saltó de mi mano y encontró el lugar exacto del que había sido tomada. ¡Y el lugar era magnífico!

¿Cómo describo una luz tan brillante que el sol palidece en con ella comparación y sin embargo nuestros ojos no fueron afectados negativamente? Era como si nos hicieran ver y disfrutar de esta luz. Y creo que lo estábamos haciendo. El Lugar de Luz es realmente para las personas, no para las almas, no para Otherland, y Otherland no entiende eso.

Bueno, empezamos a actuar como ladrones comunes recogiendo lo que pensábamos que Otherland apreciaría como valioso para vender en casa. Justo en el centro de El Lugar de Luz vino un haz sólido de luz pura, luz celestial. Estaba justo allí. Tocó el suelo y se fue directamente por encima del suelo solo a la altura de un hombre pequeño. Sabía que una vez que entrara en esa viga, sería más alto que el rayo.

Mis colegas no sabían lo que estaba a punto de hacer. Me volví hacia ellos y les dije simplemente: "Protéjanme a toda costa contra cualquier cosa que Otherland esté a punto de hacer".

Inmediatamente, el suelo comenzó a temblar, especialmente donde estábamos. Mis colegas, al darse cuenta de que tenía que estar en esa viga, se pararon a cada lado de mí observándome, y cada vez que parecía que podría caerme, me empujaron hacia atrás. Vientos de fuerza de huracán soplaron sobre mis colegas y pensé que los perdería, hasta que uno por desesperación se agarró una roca en el suelo y encontró que lo mantenía en su lugar. Le dijo al otro lo que había pasado y el otro agarró una piedra y se quedó en su lugar.

No tenía ni idea de cuánto tiempo me quedaría allí, pero estaba decidido a quedarme tanto tiempo como fuera físicamente capaz. De pie en ese haz de luz, me encontré realmente fortalecido más allá de lo que se consideraría posible. Podría estar de pie durante horas sin cansancio o debilitamiento. Mis colegas tenían que sentarse de vez en cuando y, finalmente, uno a la vez se quedaban dormidos por agotamiento. Pero me mantuve de pie y para cuando ellos cayeron en el sueño, Otherland no podía sacarme de el rayo. Yo era demasiado fuerte para Otherland entonces. Descubrí que no necesitaba comida ni bebida después de un día en el rayo. Después del segundo día, deseé que las tormentas y los temblores se detuvieran a nuestro alrededor. Solo sabía que podía hacerlo y lo hice. Al tercer día sabía que podía controlar Otherland y de hecho todo el planeta y lo hice. En ese momento me convertí en el primer Mago Supremo.

Decidí salir de el rayo para ver si podía llevar este nuevo poder más allá de el rayo. Y funcionó. Solo por el poder de mi mente, mi voluntad, podía controlar el clima; podía hacer lo que normalmente se consideraba imposible. Era magia en su mejor expresión, en su forma más verdadera, en su forma más pura. Otherland resistió pero no pudo detenerme.

Me encontré mirando dentro de mi mente para tratar de entender lo poderoso que era. Y en ese momento descubrí una de las consecuencias. Mi cuerpo no envejecía normalmente. Podía verlo. Y entonces me di cuenta de que iba a vivir más allá del lapso normal. Se me ocurrió que había estado en el rayo demasiado tiempo, porque ahora sabía cómo funcionaba el rayo y el tiempo apropiado para que funcionara para cada uno de nosotros. Puse a mis amigos en el rayo uno a la vez, pero solo por medio día. Eso fue más que suficiente para hacer lo que había que hacer.

Tan pronto como el último de los tres de nosotros salió de el rayo, estábamos duramente felicitandonos unos a otros con palmadas en la espalda, abrazandonos, y estrechando las manos. Con cada toque físico, descubrimos que estábamos compartiendo y multiplicando los efectos de la magia, así como controlando el alcance del otro. Nos dimos cuenta de que podíamos formar un grupo que pudiera mantener el poder bajo control, para que nadie se volviera como Otherland. También sabíamos que tendríamos que encontrar una manera de poner a la gente en control de todo este poder sin que perdiera su camino.

Varias de nuestras tribus participaban regularmente en duelos y sentíamos que sería una forma esperada de manejar los problemas de liderazgo en el futuro. Así nació el Consejo de los Duelos, que por supuesto sería modificado a medida que el tiempo avanzaba. Y sí, nosotros en posesión del poder entonces sabíamos que tendríamos que decidir quién se uniría a nosotros y llegaria a conocer esta información. Por lo tanto, no habría elección, ni nominación, ni auto-elección o elección popular, sino solo la elección del Consejo.

Sin embargo, primero tuvimos que compartir la magia. Pensamos que podríamos hacer que la magia llegara a todos, pero estábamos equivocados. No sucedió así. Por lo tanto, tuvimos que llevar a toda la población a el rayo y enviarlos uno a la vez. Ahora sabíamos que para darles el poder solo necesitaban estar en el rayo por unos momentos. Una vez que pasaban, afecto su apariencia más básica, hasta el núcleo de su ser. Sabíamos que cualquier hijo que tuvieran en el futuro nacería automáticamente con el poder. La magia sería todo lo que conocían, y la magia sería su vida. Algunos serían mágicamente más fuertes que otros, pero en adelante toda la población sería mágica.

No sé quién lo sugirió, pero de alguna manera se corrió la voz de que como resultado el planeta se llamará Magique, por de mí y mi tribu. Me sorprendió un poco la propuesta, pero tan pronto como se sugirió simplemente sucedió y es por eso que hoy formamos parte de Magique.

Por supuesto, no podíamos saber o anticipar todo en el futuro, y es por eso que los Dos llegaron al poder y casi deshicieron todo lo que habíamos trabajado para armar. Es por eso que ideamos pruebas infalibles para asegurar que solo ciertas personas en el futuro se convertirían en Magos Supremos, como tú, Jenna Rosalea. Y en caso de que te lo estés preguntando, me di cuenta de que no podía seguir a cargo durante mucho tiempo. Me encontré desgastado haciendo todo a medida que se acercaba un año y así el Consejo de Duelos y yo establecímos las pruebas para decidir quién me seguiría. Y ese ha sido nuestro patrón desde entonces.

Soy un hombre viejo, y haberles dicho esto garantiza mi muerte antes de que termine el día, pero estoy más que listo. Como mi último acto oficial, te pido que termines el duelo y encuentres quién será tu colega de armas para luchar contra esta amenaza de Otherland. Oh, y si te preguntas por qué puedo contar esta historia y no hacer que el resto del Consejo de Duelos muera también, es porque cuando nos reunimos como un consejo y compartimos nuestros dones mágicos entre nosotros, significa que conocemos los pensamientos de los demás y por lo tanto nos ahorramos la sentencia de muerte automática que impone esta historia. Sin embargo, tan pronto como se lo digo a un extraño, pierdo la inmunidad y cualquiera fuera del Consejo descubre rápidamente que su propio ser ha cambiado. *

CAPITULO 3

Jenna Rosalea miró con recelo a su héroe y dijo: "Bueno, ¿por qué no me dices quién es el elegido?"

"No has oído lo que te dije. De lo contrario, sabría que el individuo tiene que demostrar que él o ella es el elegido. Ha habido ocasiones en que ideamos las pruebas para ciertos magos, pero una vez que estaban en la arena, se desmoronaban y alguien más ganaba. Curiosamente, esos tiempos han producido grandes Magos Supremos. De la misma manera, ha habido veces, más veces..." Jenna Rosalea lo miró fijamente cuando hizo una pausa. "—bueno, la mayoría de las veces, cuando hemos ideado las pruebas para ciertos magos y nos dieron la razón y se convirtieron en grandes Magos Supremos, como tú."

"Ah, y este año es el primero para el Consejo, ya que tenemos dos personas que podrían ocupar su puesto. Me atrevo a decir que el que pierda hoy será el Mago Supremo el próximo año, si es que hay un próximo año. Pero es posible que los necesitemos a ambos este año para controlar Otherland, por lo que habrá un próximo año."

"Creo que puedes decirlo. Por lo general, eres bastante astuto para determinar las habilidades de liderazgo de las personas, así como sus habilidades mágicas. Por cierto, si sobrevives a Otherland, estarás en el Consejo de Duelo a partir de entonces. El Consejo ya ha decidido mantener mi espacio abierto hasta que vea si sobrevives."

"¿Si sobrevivo?" ella murmuró. Tengo que sobrevivir, pensó para sí misma, y Magique también.

De todos modos, tenía razón sobre las ideas de Jenna Rosalea. Y Jenna Rosalea sabía que este era uno de sus puntos fuertes. Observó los duelos con atención y rápidamente se dio cuenta de quiénes eran los dos mejores. El primero que llamó su atención se llamaba Sargeno Yulevich, un oriental, y había pasado mucho tiempo desde que un oriental se había convertido en Mago Supremo. En realidad, fue en los primeros días, recordó.

Me pregunto, pensó para sí misma, ¿Jean Magique sabe algo sobre los orientales que sería útil para la situación actual? Se negó a usar la palabra crisis, ya que todavía le resultaba difícil creer que Magique pudiera dejar de serlo o incluso que un Non realmente pudiera hacer todo lo que estaba amenazando con llevar a cabo. No obstante, mientras observaba a Sargeno, quedó impresionada por su agilidad física. Él usó su físico como lo haría un bailarín o un atleta para hacer su magia, y ella difícilmente pudo evitar la palabra: era fascinante.

"Oh, ese es un mal juego de palabras de Magique, que usamos los magos, cuando alguien realmente nos impresiona con una habilidad mágica. Tengo que cuidarme a mí misma; Se supone que debo estar por encima de todo eso". Ella se rió de sí misma. "¡Correcto!"

Y el segundo lo conocía personalmente. Era su primo, Randolph Rosalea. En toda la historia de Magique, ningún miembro de la familia o incluso un familiar cercano había tenido éxito en el papel de Mago Supremo. Por supuesto, había parientes lejanos que habían sido Magos Supremos, pero nadie tan cercano como un primo había alcanzado este nivel de competencia. Y tener el mismo apellido que el Mago Supremo no tenía precedentes. De hecho, hubo algunos murmullos sobre Randolph cuando fue presentado por primera vez por el Consejo de Duelo.

¿El Consejo de Duelo de alguna manera había sido influenciado mágicamente por Jenna Rosalea? Esa era la pregunta en la mente de todos, e incluso Jenna Rosalea estaba preocupada por la apariencia de su primo. Sin embargo, cuando comenzó a competir, los murmullos cesaron. El era bueno. No, él era genial. Si no hubiera sido por la aparición en el duelo de Sargeno Yulevich, él habría llevado a la multitud, independientemente de su relación obvia con el Mago Supremo que se retira.

La multitud reconoció rápidamente a los dos gigantes en el campo, y los dos gigantes no decepcionaron. Uno por uno, otros magos fueron eliminados hasta que solo quedaron esos dos. Si Sargeno era el bailarín o el atleta por su agilidad física, Randolph era un hombre físicamente imponente. Era más alto que cualquier otro mago presente y era todo músculo. Sabía que Randolph era uno de los pocos en forma física, como llamaban los magos a aquellos que estaban decididos a permanecer físicos a pesar de la aparente falta de necesidad de hacerlo. Con el Mago Supremo velando por todos, la salud y el estado físico eran simplemente extras innecesarios, o eso pensaban casi todos.

Esos pocos ajustes físicos insistieron en que querían cuidarse a sí mismos y lo hicieron desarrollando cuerpos musculosos. Desarrollaron un régimen de actividad física ardua que los llevó a jadear cuando terminaron. Su jadeo se convirtió en una broma interna de Magique. Si alguien quisiera menospreciar a alguien, el bromista simplemente comenzaría a jadear e incluso la víctima de la broma se reiría. Los ajustadores físicos tomaron la broma con calma y se rieron con todos los demás y luego continuaron con su régimen y el jadeo posterior.

Sabía que Randolph había usado las bromas como una forma de llegar a otros magos y se convirtió en un líder muy eficaz pero silencioso. Se las arreglaba para hacer las cosas dondequiera que estuviera.

Siguiendo la tradición oriental de tener líderes, o Magique provos, como se les llamaba, Sargeno había sido un Magique provo oriental durante los últimos tres años. Cuando lo llamaron al duelo, los orientales se sorprendieron. Asumieron que ningún oriental podía aspirar a nada más allá que ser Magique provo. A menudo estaban tan metidos en sí mismos y en su propia cultura y tradiciones que olvidaban el mundo del que formaban parte. Se habían vuelto insulares y asumieron que la forma oriental era la única forma y que nada podía ser mejor o más importante.

Ningún Mago Supremo intentó corregirlos. Habían encontrado un ritmo de vida que les funcionaba y que estaba bien con el Mago Supremo y con todo el punto de Magique. "Cada lugar, cada espacio" fue el lema común de Magique. Los orientales definitivamente tomaron el lema a pecho y habían labrado su lugar en su espacio de acuerdo a su manera. Por lo tanto, los orientales rara vez tenían el don de ser magos supremos, hasta que apareció Sargeno Yulevich. Sabía que él había insistido en mantener lazos con otros magos de todo el planeta e incluso había hecho apariciones en eventos especiales de otros magos, algo insólito para un oriental antes de Sargeno. Si nada más, tal vez su presencia aquí abriría a los orientales a las necesidades de todo el planeta ahora, que podría usar su ayuda y sus dones especiales.

Todos los Magicks tenían una varita, como señal de su poder. Algunos enfocarían su poder a través de la varita. Otros simplemente ignorarían la varita por completo y dejarían que la varita permaneciera enterrada en algún cajón del armario e incluso acumulara polvo. Todos los Magicks, sin embargo, sacaban sus varitas para los días ceremoniales especiales, sobre todo el Día Magique, el día ceremonial utilizado para celebrar la llegada de la magia a Magique. En el duelo, aquellos Magicks que llegaban a cierto punto en la competencia tenían que usar sus varitas, a veces para mostrar y otras para hacer que el oponente adivinara si el poder estaba concentrado en la varita o no y así reaccionar en consecuencia.

Era una herramienta estratégica, pero en al menos un evento, fue esencial para la competencia. Este año fue la culminación de todo el concurso. Quien pudiera quitar con éxito la varita de la mano del oponente ganaría ese duelo y, de hecho, se convertiría en Mago Supremo.

Ambos intentaron sin éxito quitarle la varita al otro por arte de magia. Sargeno fue el primero en reconocer que se necesitaría una acción física para quitar la varita de la mano de Randolph. Por lo tanto, tomó un riesgo calculado. Se puso delante de Randolph pero de espaldas a Randolph. En ese momento, Randolph había adivinado que se necesitaría algún tipo de acción física para quitarle la varita a Sargeno. Al ver la espalda de Sargeno frente a él, decidió por su pura fuerza bruta correr hacia Sargeno y golpear la varita de la mano de un sorprendido Sargeno.

Mientras corría, Sargeno dio una voltereta hacia atrás a través de la cual sus pies golpearon la mano de Randolph con tanta fuerza que Randolph perdió su varita. Randolph estaba atónito, al igual que la multitud. Tomó un momento completo para que el impacto del silencio terminara y todos se pusieran de pie y vitorearan a Sargeno, el nuevo Mago Supremo.

Randolph felicitó a su rival. Siempre fue amable, aunque estaba cabizbajo. Inmediatamente, Jenna Rosalea se acercó a él y le dijo: "El próximo año". Eso lo dejó totalmente aNonadado ya que sabía exactamente lo que ella quería decir.

Jenna Rosalea se acercó a Sargeno y levantó su mano e hizo magia para que todos pudieran escuchar, "Su nuevo Mago Supremo, Sargeno Yulevich". La multitud estalló en una nueva ronda de vítores. "Invierte tus poderes en él". Y la multitud de magos como uno lo invistió con su poder. Por supuesto, la investidura no quitó poderes mágicos a los magos. En cambio, al darle poder al Mago Supremo, él a su vez podría volver a empoderarlos, para que pudieran funcionar completamente por otro año.

Ahora comenzaron los siete días de preparación para el nuevo Mago Supremo, ya que se le diría cómo usar su poder para controlarlo todo. Jenna Rosalea le detallaría su año y el Consejo de Duelo se reuniría con él para completar algunas áreas necesarias.

Cuando la multitud comenzó a dispersarse, Randolph también se preparaba para irse, pero Jenna Rosalea lo detuvo. "Ven conmigo, primo".

Supuso que ella quería visitar, ya que no se habían visto en mucho tiempo, ya que ella era el Mago Supremo y el tiempo que tomaba ese papel como ocupante. Sin embargo, inmediatamente agarró a Sargeno y le ordenó que también los acompañara. Sargeno estaba un poco aturdido al ver a Randolph detrás, pero lo siguió.

Ella los llevó al Consejo de Duelo, después de lo cual se les dijo lo que estaba sucediendo y la necesidad de que los tres detuvieran el desastre inminente. Para Sargeno, se dio cuenta de que no solo estaría a cargo de garantizar que Magique funcionara sin problemas, sino que también tendría que ayudar a salvar a Magique. Era más de lo que cualquier Mago Supremo jamás había enfrentado, y comenzó a sentirse inadecuado.

Jean Magique anticipó esta reacción y le aseguró que con la ayuda del Mago Supremo pasado inmediato y el próximo probable (Randolph Rosalea se sonrojó ante la idea), podría hacer todo lo que tenía que hacer.

Más tarde esa noche, Jean Magique colapsó frente al Consejo

de Duelo y murió instantáneamente, como lo indicaba la profecía. A la mañana siguiente hubo un funeral silencioso y tenue para el fundador de Magique, cuya identidad incluso ahora no se podía revelar a los magos, por temor a que se hicieran demasiadas preguntas y la gente comenzara a juntar las piezas. Si eso sucediera, ganaría Otherland, porque se convertiría en chisme y en este caso el chisme mata. La narración de la historia fue la máxima magia de Magique y sacrificó a su narrador. Imagina lo que pasaría si todos comenzaran a contar la historia. Las víctimas serían tan numerosas como los narradores. No quedaría Magique para salvar. Solo habría magos muertos por todas partes.

El resto de los siete días transcurrieron sin incidentes, por lo que el Consejo de Duelo y los tres estaban agradecidos. Jenna Rosalea, en una ceremonia tan antigua como la creación del segundo Mago Supremo, entregó formalmente su autoridad a Sargeno Yulevich y juró lealtad al nuevo Mago Supremo. Él, a su vez, aceptó la autoridad que se le otorgó y recibió su lealtad con la respuesta ritual: "Ahora, quédate en paz". Idealmente, ella debía retirarse y pasar el resto de sus muchos días en tranquilidad y en paz consigo misma y con el mundo por todo lo que había hecho como Maga Suprema.

En el pasado, ese había sido el caso de la mayoría de los Magos Supremos que se retiraban. Sin embargo, cuando dijo las palabras requeridas, supo que estaba mintiendo. No habría paz para Jenna Rosalea. Teniendo en cuenta lo que se avecinaba, no podía ser. Sargeno Yulevich lo sabía. Jenna Rosalea lo sabía. Randolph Rosalea lo sabía ya que había sido invitado especial a esta ceremonia. El Consejo de Duelo lo sabía.

Las otras palabras que tenía que prometer eran igual de malas. Tuvo que jurar mantener Otherland como estaba por el bien de Magique. Después de que terminara este año, ¿habría sido eso también una mentira? El se preguntó.

Anticipándose a lo peor, Sargeno Yulevich como su primer deber tuvo que nombrar un nuevo Magick residente en Otherland. A Randolph le habían dado la mala noticia de que él iba a ser el elegido, a la luz de las circunstancias. Alguien tenía que estar al tanto de la situación, que supiera lo que estaba pasando, y eso significaba solo Randolph Rosalea. Y fue enviado inmediatamente de la manera habitual a Otherland.

Sargeno siguió con un escaneo mágico de Magique para ver si sucedía algo inusual o si alguno de los magos se había visto afectado. Hasta ahora todo estaba tranquilo, en realidad inquietantemente tranquilo, demasiado tranquilo. Sargeno informó esto tanto al Consejo de Duelo como a Jenna.

La verdadera pregunta era si poner a Magique en alerta y posiblemente causar pánico, o permitir que Percival Ambrose y sus aliados atacaran primero, lo que significaba que algunos Magicks morirían. Este último curso significaría caos y miedo incontrolable. A Sargeno no le gustaba ninguna de las alternativas y mientras se comunicaba mágicamente con Randolph, descubrió que se había puesto en contacto con Randolph durante su tiempo de forma física.

"Sí", pensó Sargeno dirigiéndose a Randolph, "hay una tercera vía, la tuya".

Randolph se rió. "¿Te das cuenta de lo popular que eso te hará?" preguntó sarcásticamente.

"Oh, sí, porque soy uno de los que no está en tu camino, pero soy hábil físicamente. Solo tendré que dar un ejemplo y señalar cómo nos hemos vuelto un poco débiles físicamente. Empezare por ahí."

"Buena suerte."

"Oh, la suerte no tendrá nada que ver con esto, te lo prometo".

Ese día, Sargeno Yulevich promulgó la necesidad de que cada Magick comenzara un programa para tener mejor forma física. Todos los ajustes físicos serían necesarios para mostrar a sus vecinos y otros cómo hacerlo. Todos debían comenzar el programa dentro de dos días e informar semanalmente sobre su progreso al Mago Supremo. De hecho, el Mago Supremo estaría haciendo un escaneo aleatorio para asegurarse de que todos se movieran hacia la meta de estar en buena forma física.

Hubo quejas y murmullos. Algunos estaban decididos a no intentar nada parecido a ponerse en forma. Les gustaba ser perezosos y ser atendidos en todas sus necesidades. Pero como Mago Supremo, Sargeno

Yulevich podía forzar incluso a los más escépticos a comenzar el programa, y gradualmente, de mala gana y bajo coacción, comenzaron vacilantes.

Sargeno sabía que esto no era una solución de la noche a la mañana. Era solo un comienzo y no sabía cuánto tiempo tenía antes de que comenzara una guerra. Por lo tanto, trajo a todos los físicamente aptos, excepto a Randolph, a la capital para un entrenamiento rápido en técnicas de lucha física. Para entrenarlos, trajo a varios orientales, quienes, si bien no eran físicamente aptos, les gustaba pelear físicamente de vez en cuando.

Los orientales al principio estaban desconcertados al mostrarles a los otros magos cómo pelear. Sin embargo, su propio amor por la lucha física superó sus emociones. Cuando regularmente dejaban inconscientes a los físicamente aptos, realmente se involucraban en ello. Después de todo, mostraba su superioridad, pero eran gente de juego y eso significaba una competencia justa. Por lo tanto, gradualmente mostraron a los físicamente aptos cómo usar el físico como un arma. En una semana, por el poder de su fuerza bruta, los físicamente aptos estaban superando a los orientales.

Al darse cuenta de eso, los orientales se volvieron estratégicos. No aceptarían a los físicamente aptos directamente sino indirectamente, y nuevamente la ventaja se desplazó hacia los orientales. Había que demostrarles a los físicamente aptos que la fuerza sin estrategia era una pérdida de tiempo. Aprendieron, y eventualmente los dos bandos se volvieron iguales en el combate físico. El Mago Supremo Sargeno Yulevich estaba complacido e impresionado. Tenía los ingredientes de un pequeño ejército, si tuviera que reaccionar en un futuro cercano. Ahora tenía que entrenar a los magos restantes sobre cómo luchar, y como resultado, dividió temporalmente su ejército y los envió alrededor de Magique para enseñar a la gente técnicas simples de defensa personal y lucha estratégica fácil.

Muy lentamente, los magos promedio estaban aprendiendo, pero seguía preguntándose cuánto tiempo tenía realmente. No fue una sorpresa cuando un mago que era conocido por abusar de sus sirvientes Nons de repente se encontró cara a cara con Percival Ambrose. El resultado era predecible. Percival Ambrose simplemente golpeó al mago hasta dejarlo sin sentido antes de estrangularlo. Sin embargo, el mago no fue voluntariamente a la muerte. Sabía que no podía vencer a Percival Ambrose, pero podía matar a sus sirvientes Nons y eso fue lo que hizo por arte de magia. Luego murió. La guerra había comenzado. *

CAPITULO 4

Después de que Percival Ambrose abandonó la arena, caminó hasta una cueva a la que había determinado que podía llegar antes del anochecer. Paso varios días antes de ir a la arena explorando la tierra cercana para ver dónde podía ir y qué podía hacer después de dejar la arena. También había comenzado a sentir a sus compañeros Nons. Como anticipó, los Non estaban divididos. Algunos lo seguirían a donde los llevara, mientras que otros no tendrían nada que ver con lo que llamaron una revolución contra una buena situación.

Sabía que algunos Nons vivían cómodamente en el mundo mágico, mientras que otros sufrían abusos y se aprovechaban de ellos. Rápidamente descubrió de qué lado estaba un Non simplemente observando cómo vivía el Non. Si el Non estaba cómodo, ese Non estaba fuera de alcance. Si el Non estaba siendo tratado injustamente, ese Non era alcanzable.

Sin embargo, también descubrió que nunca era tan simple como todo eso. Ciertos Nons que se sentían cómodos tenían un sentido de compasión por los Nons que sufrían y se convirtieron en aliados. Otros Nons que sufrían estaban tan obsesionados con sobrevivir que realmente no podían luchar. En última instancia, solo los Non que estaban por encima de los niveles de supervivencia podrían aliarse completamente con personas como Percival Ambrose. Sabían que tenía que haber más y se sentían con derecho a sacar más provecho de la vida. Llámelo una revolución de expectativas crecientes.

Sin embargo, incluso los más dispuestos a luchar se preguntaban si Percival Ambrose era el líder adecuado en el momento adecuado o si no había una tercera forma de manejar la situación. Esa fue la razón principal por la que Percival fue a la arena y dijo lo que dijo en la forma en que lo dijo. Sabía que se correría la voz, y al salir de esa arena, garantizaría seguidores fanáticos. Contaba con ello y no se sintió defraudado.

Nadie se había enfrentado a un Magick antes, y ningún alma se había atrevido a predecir la caída de Magique en el ritual más alto de los magos, el duelo para elegir al próximo Mago Supremo. Los Nons aparecían aparentemente de la nada para ayudar y proteger a Percival Ambrose. Y mientras hablaba, todos los Nons comenzaron a escuchar.

La cueva se convirtió en el primer lugar de reunión general para Nons dispuestos a escuchar a Percival Ambrose. Muchos recogieron rápidamente sus viejas formas de lucha y podían manejar fácilmente un ejército de Magicks de lucha. Eso no fue un problema, pero solo Percival Ambrose podía resistir la magia. Todos los demás simplemente serían cortados como la hierba en un jardín o como la criatura parecida a un pájaro nativo llamada phlex, que nunca huía de nada, y en su lugar simplemente era asesinado por cualquier cosa más grande con la que eligiera luchar.

Percival Ambrose podía luchar y sí, podía vencer, incluso matar, a aquellos con los que luchaba. Los demás no pudieron. Incluso Percival entendió cómo eso era un problema importante. Una alternativa era ponerse tan completamente en el centro del mago que ningún Nons resultaría herido. Esa sería solo una estrategia parcial y probablemente sería solo una solución a corto plazo, ya que los Magicks eran inteligentes y descubrirían lo que estaba sucediendo y rápidamente se enfocarían en los vulnerables.

Una solución útil más inmediata provino de un Non llamado Mikaeus del Este. Mikaeus ya le estaba haciendo la vida miserable a escondidas a ciertos Magicks en el oeste donde ahora vivía, robándoles y colocando ciertos tipos de evidencia falsa que apuntaban a todos menos a él. Usó su magia contra ellos, engañándolos para que usaran su magia en direcciones que no resolverían los robos. Mikaeus sabía que podía entrenar a la gente para luchar en una guerra oculta, lo que significaba que la tasa de bajas contra Nons sería menor.

Y así, Percival puso a Mikaeus a cargo de preparar un ejército oculto para luchar en una guerra oculta. Ganaría tiempo y salvaría a Nons. Sabía que no derrocaría a los Magicks. Sin embargo, podría dificultar el funcionamiento de los Magicks y así desviar al Mago Supremo para que pudiera comenzar a hacer un plan más audaz, uno que derrocaría a los Magicks de una vez por todas.

Cuando se le preguntó acerca de ese plan más audaz, diría con sencillez y seguridad: "Otherland proporcionará una manera". Cuando se le preguntaba sobre la ayuda de Otherland, les recordaba lo que era, invulnerable a la magia por el poder de Otherland, y seguramente Otherland no dejaría que él fuera la única respuesta a los Magicks. "Solo tenemos que esperar en Otherland y pronto se mostrará un camino. Mientras tanto, tenemos una guerra que llevar a cabo por nuestra libertad".

Los vítores subieron y los voluntarios entrenaron con Mikaeus. Mientras continuaba el entrenamiento, se escabulló para ver cómo les iba a otros Nons y tal vez para encontrar más voluntarios. Además, esperaba que Otherland de alguna manera se comunicara con él sobre qué hacer a continuación.

Había oído hablar de un mago particularmente abusivo. Pensó que, si podía llegar a las tierras de esa alma, podría reclutar más voluntarios y usarlos como un medio para correr la voz de lo que les podría pasar a todos los Nons si no luchaban. Los Nons estaban siendo arrojados al aire y les rompían los huesos, pero los preservaban de la muerte. La sangre salía de sus brazos y piernas y mientras los Nons gritaban de dolor, la sangre volvía a sus cuerpos. De repente desarrollaban ampollas en sus cuerpos y el pus salía quemando todo lo que tocaba. Se quedaban ciegos de repente o perdían la audición. Sus mentes perdían todo enfoque. Se les hacía actuar como marionetas. Tiraban de sus hilos literalmente y sacudían sus cuerpos. Y se reía mientras le hacía esto a sus Nons, quienes no podían hacer nada para complacer al Magick.

Percival Ambrose vio continuar este espectáculo extraño durante casi todo el día, y el Magick nunca se detuvo. Esperó, con la esperanza de que hubiera un descanso, un respiro, algo para poder hablar con los Nons, pero la Magia estaba tan absorta en sus acciones que la tortura nunca se detuvo. Percival Ambrose gritó. Y finalmente, se quebró. Corrió directamente hacia el Magick y lo golpeó con las manos y luego agarró la garganta del Magick y procedió a estrangularlo hasta la muerte. Pero se dio cuenta demasiado tarde de que el Magick, mientras moría, mató a todos los Nons sirvientes en un último espasmo de furia.

El magick estaba muerto y nunca dañaría a otro Non, pero el

campo estaba lleno de Nons muertos. No podía caminar a ninguna parte sin pisar un Non. Estaba furioso y, si pudiera, habría atacado y matado personalmente a todos los Magick del mundo, pero sabía que ahora eso sería imposible. Y sabía que tenía que controlar su ira si quería derrocar a los Magicks. Sin embargo, como si su acción fuera una señal, Otherland se comunicó con Percival ahora. La comunicación no eran palabras, sino más bien una sensación de elogio de que las acciones de Percival eran exactamente lo que quería Otherland.

Percival pudo aceptar eso, pero cuando trató de preguntar sobre los Nons que fueron asesinados, la comunicación terminó. Ahora, Percival estaba confundido. ¿Tendría que aceptar muchas muertes de Non para derrocar a los Magicks? ¿Tendría que permitir que los Nons fueran asesinados como los phlexes para lograr el mayor bien de derrocar al mundo de Magicks?

No lo sabía, pero volvió a su cueva y ordenó a Mikaeus que enviara su ejército oculto y que actuara rápida, decisiva y engañosamente. Mikaeus se llenó de alegría y condujo a su ejército oculto para extenderse por la tierra y crear caos para los Magicks. Los Magicks no sabían qué los había golpeado. No podían darse cuenta de lo que estaba pasando.

Incluso el Mago Supremo estaba desconcertado. Sabía que algo estaba pasando, pero no podía decir si sus esfuerzos estaban fallando o si había algún problema o actividad más allá de la magia involucrada. Cada vez que enviaba un equipo a investigar, no aparecía nada fuera de lo común. Sus propios poderes no podían atravesar el aparente muro que se levantaba alrededor de las acciones aflictivas.

No había habido otro asesinato de un Magick, lo que no tenía sentido para el Mago Supremo, si la guerra realmente estaba en marcha. Pensó que matar a los Magicks sería la forma inteligente de hacerlo y, de todos modos, si eso sucedía, podría tomar represalias rápidamente con su pequeño ejército y posiblemente detener la guerra antes de que se volviera omnipresente.

Frustrado, recurrió al Consejo de Duelo en busca de consejo, pero no tenían ninguno. Hizo una señal a todas las almas mágicas para ver si alguien tenía alguna sugerencia o comentario. Lo que escuchó fue la típica basura que no hizo nada para responder a sus preguntas. Fue cuando se enojó por la inutilidad de los comentarios de otros magos, una voz tranquila pero firme habló. Era Jenna Rosalea. Ella apareció.

"Percival está detrás de esto y lo está haciendo para que no lo sepamos".

Sargeno Yulevich espetó: "¿Cómo lo sabes?"

Jenna Rosalea apareció ante el Mago Supremo y dijo: "¡Mira!" Presentó una serie de gráficos dibujados a mano, no había nada mágico a cerca de ellos. Estaban toscamente dibujados, pero una mirada rápida mostró un patrón, pero ¿un patrón de qué? se preguntó Sargeno. Como si discerniera sus pensamientos, comenzó a superponer el patrón con una interpretación mágica de los recientes eventos caóticos e inexplicables. Y coincidieron.

"Un patrón no es un accidente o una coincidencia. Un patrón es una serie de acciones intencionadas y deliberadas. Este es el trabajo de Percival Ambrose".

Sargeno Yulevich estaba estupefacto. "Por supuesto. Es inteligente. Tenemos una guerra en nuestras manos, pero ¿cómo la manejamos?"

Jenna Rosalea estaba preparada para esta pregunta. "Envía a tus combatientes." No podía llamarlos un ejército, eso simplemente no encajaba en su definición, considerando lo pequeños y aparentemente insignificantes que eran. "Todo lo que tienen que hacer es seguir el patrón y encontrarán al menos algunos de estos Nons que están creando el caos. Tus luchadores han sido entrenados y sabrán qué hacer".

El Mago Supremo lo ordenó y así fue.

Los luchadores usaron el patrón que había ideado Jenna Rosalea y el resultado fue instantáneo. Rápidamente se encontraron con un grupo que causaba el caos y diezmaron al grupo antes de que se dieran cuenta de lo que había sucedido. Otro grupo fue golpeado de manera similar y luego otro.

Después de la destrucción del tercer grupo, Percival Ambrose se dio cuenta de lo que estaba pasando y le ordenó a Mikaeus que detuviera las operaciones por un tiempo. Mikaeus estaba molesto, pero incluso él se dio cuenta de la necesidad de retroceder. Podía ver lo que sucedería, él mismo sería atrapado y asesinado. ¿Y entonces qué pasaría con la lucha de los Nons por la libertad?

Percival Ambrose estaba a punto de golpear a otra alma mágica que había escuchado abusar de algunos Nons. Sintió que al menos podía eliminar lo peor de lo peor de los Magicks, al menos hasta que de alguna manera Otherland proporcionara más ayuda. Y en ese momento ella entró. Supuso que era otra Non que estaba allí para ayudarlo, pero ella lo agarró del brazo y dijo: "Yo también soy invulnerable a la magia. Otherland me ha enviado a ti para que sea tu pareja, y nuestros hijos serán todos invulnerables a la magia."

Estaba estupefacto. Tan pronto como recuperó sus sentidos, la miró y se dio cuenta de que, a diferencia de él, ella se destacaba. Él era tan simple y ordinario como un alma puede ser, y ella era de una belleza extraordinaria. Sabía que incluso los Magicks estarían fascinados por su belleza. Ha habido historias de ciertos Magicks aprovechándose de ciertas Nons mujeres.

Se dio cuenta de la lógica de Otherland ahora. Un hombre sencillo y una mujer hermosa desgarrarían el tejido de Magique. Ambos desafiaron las convenciones. Cualquiera que dudara de que Otherland estaba viva ahora sabría la verdad. Otherland vive, pensó para sí mismo.

Percival Ambrose levantó la mano y declaró a sus seguidores: "¡Otherland vive!".

Los Nons aplaudieron con entusiasmo. "¿Cuál es tu nombre?" le preguntó a ella. "Soy Mara Sholmay".

Él la llevó a un lado y dijo: "En la dirección de Otherland, fui catapultado al cielo por encima del rayo, y en lugar de caer a una muerte segura, floté hacia abajo. Y esto no fue hecho por arte de magia. De hecho, nuestro residente local Magick ni siquiera sabía lo que había hecho, y anteriormente sabía todo sobre mí. Pude caminar junto a él y hacer que no me notara en absoluto. Entonces supe que la magia no tenía poder sobre mí. ¿Qué hay de ti?"

"Soy lo que llamas un occidental, pero sentí la necesidad de ir a Otherland. Nunca había viajado a ninguna parte antes de que me llegara este impulso. Mi familia no podía creerlo, pero yo insistí, así que viajé a Otherland. Sorprendentemente en todo ese viaje, ningún alma mágica me detuvo o trató de intervenir. Cuando llegué a Otherland después de muchas semanas, me sentí atraído por la misma catapulta que has descrito. Entré en ella y por sí solo me envió al cielo por encima del rayo. Esperaba morir de inmediato, pero como tú, floté hacia abajo. Sabía que no era mágico. Y yo también pude acercarme al residente Magick y que no supiera lo que estaba haciendo.

"Casi de inmediato supe lo que estaba haciendo y lo que tenía que hacer. Otherland me había dado el poder para luchar contra la Magia y liberar a nuestra gente de una vez por todas. Otherland reclamará el planeta, y todo el planeta será Otherland. ¡Otherland vive!"

Percival Ambrose dijo lo obvio: "Tú y yo somos un equipo, un partido formado por el gran poder de Otherland. Destruiremos los Magicks de una vez por todas".

Ella lo abrazó y lo besó. "Ahora nos pertenecemos el uno al otro".

Al día siguiente puso a prueba su belleza. Caminó hacia un Magick masculino, que estaba tan cautivado por ella que se olvidó de tomar las protecciones mágicas habituales y, en cambio, fue asesinado por ella en el acto.

De hecho, ella lo había distraído tanto y era tan rápida en su técnica de matar que no tuvo oportunidad de matar a ningún Nons en el proceso. Esperó algún tipo de respuesta de Otherland, pero cuando llegó a ella, no fue más que una leve aprobación. Aquí ella se había arriesgado y matado a este Magick y todo lo que obtuvo fue una palmada figurativa en la mano. Eso no tenía sentido para ella y tendría que hablar con Percival al respecto.

Percival no supo cómo responder a Mara. Él le contó lo que había experimentado y cómo se sentía, pero insistió en que se debía confiar en Otherland. Después de todo, si no fuera por Otherland, ninguno de ellos sería capaz de hacer lo que estaba haciendo. Ella lo aceptó, pero todavía se sentía incómoda y en algún momento querría una respuesta mejor o más definitiva. Ella no le dijo eso a Percival.

En cambio, le recordó su deber de producir niños Nons que fueran tan invulnerables a la magia como ellos. En menos de una luna, estaba embarazada y feliz. Percival Ambrose quería proteger a Mara Sholmay y al niño que venía manteniéndola alejada de la pelea, pero ella se negó.

"Otherland nos protegerá a mí y al niño. Este es nuestro futuro. No podemos parar ahora".

Caminaba en medio de una tribu de Magicks y recibía las miradas habituales de los hombres. Las mujeres que estaban con hombres encontraron maneras de alejarlos de Mara. Pero había un solo Magick joven que comenzó a seguirla y vio su oportunidad. Coqueteó desde la distancia y luego entró en un callejón que conocía bien. Estaba aislado y podía matarlo rápidamente y escapar antes de que alguien se diera cuenta de lo que estaba pasando. O eso pensó ella.

Cuando finalmente se acercó a ella y ella atacó, el detuvo sus golpes como si no fueran nada. Fue solo cuando ella rápidamente sacó un cuchillo que él se convirtió en su víctima, pero no antes de que él le devolviera con el y le cortara el brazo. Dejó escapar un grito mágico que atrajo a Magicks a la escena. Tenía que correr, pero sabía que la habían visto.

El Mago Supremo recibió la información instantáneamente y llamó a Jenna Rosalea a su presencia. Ella no estaba sorprendida. "Tenía que haber más de uno. ¡Una mujer, una mujer bonita además! Interesante. Estoy empezando a pensar que Otherland en realidad está viva. Ella pudo ver su mueca. "O si no viva al menos con un cierto grado de inteligencia". A él tampoco le gustó esa palabra. "Está bien, debe tener al menos un sistema defensivo incorporado que sea capaz de responder a nuestras amenazas. Incluso la naturaleza sabe cómo defenderse".

Podía vivir con ese concepto, aunque todavía no estaba muy contento con sus implicaciones.

"Déjame ir tras ella", agregó.

"¡NO! ¡NO! ¡NO!" Fue enfático. "Voy a necesitar que te enfrentes a Otherland pronto, y no puedo arriesgarme a que este nuevo enemigo te mate. Mantén el panorama general en mente. Es peligrosa y hay que ocuparse de ella, pero a menos que detengamos a Otherland, será solo el comienzo".

Su lógica era precisa, y ella lo sabía. Todavía deseaba poder haber ido tras esta hembra. Estaba lista para pelear y se preguntaba cómo manejaría la mujer pelear con otra mujer.

Anticipó sus pensamientos sin leerlos. "Tengo varias mujeres que han recibido capacitación y son muy buenas. Irán tras ella. Mientras tanto, tengo suficiente descripción para enviar una imagen visual de ella a cada alma mágica. Su imagen quedará grabada en sus recuerdos y si ella está cerca de un Magick, será vista y conocida. Y en ese momento atacarán las mujeres especialmente entrenadas. Veremos qué tan buena es".

"No la subestimes, y no subestimes la protección de Otherland hacia ella".

"Espera un minuto-"

"No, espera un minuto, Mago Supremo Sargeno Yulevich. Aparece Percival Ambrose, y no sabemos cómo es impermeable a la magia. Ni siquiera podemos rastrearlo. Y ahora aparece una mujer con la misma habilidad. Independientemente de lo que pienses de Otherland, tiene poderes que no entendemos y no podemos detener. Te estoy diciendo que ella está siendo protegida de alguna manera por algún poder desconocido que tiene Otherland y no será derrotada fácilmente. Repito, Mago Supremo, no la subestimes, y no subestimes la protección de Otherland hacia ella." Sargeno Yulevich se quedó desconcertado. Ahora se dio cuenta de lo importante que era Jenna Rosalea en esta guerra. Ella tenía una comprensión que estaba más allá de la suya. Podía armar el rompecabezas con solo mirar una pieza. Necesitaba todas las piezas. Y ahora sabía que ella tenía razón. Esta nueva mujer Non tenía que estar bajo protección para que haya ido tan lejos.

Transmitió mentalmente su imagen e inmediatamente supo todo sobre ella antes de su desaparición hace tres lunas. "Su nombre es Mara Sholmay. Se acercarían a su familia".

"Delicadamente. Todavía hay muchos Nons de nuestro lado, y no queremos que esto sea una guerra sin Magicks a gran escala".

"Entendido, y así será. ¿Qué sugieres que hagamos con Mara Sholmay?"

"No creo que tus luchadores puedan atacarla físicamente". Sabía que ella todavía aun no podía decir tu ejército, y eso lo irritó. "Pero espero que puedas mantenerla a raya y tal vez también a Percival Ambrose. Si es así, podríamos comenzar a llevar la batalla a Otherland."

"¿Cómo?"

"Eso depende de ti, Mago Supremo." Dijo las palabras lenta y deliberadamente mientras miraba directamente al Mago Supremo.

"¿Qué estás insinuando, Jenna Rosalea? La forma en que dijiste eso me hace sentir incómodo."

"¿Cómo vende Percival Ambrose esta guerra a sus compañeros Nons?" preguntó, aunque sabía la respuesta.

"Libertad para los Nons, libertad del poder d ellos magicks, libertad para ser lo que quieran ser sin nuestra interferencia".

"Sí", es todo lo que ella respondió. Hizo una pausa mientras asimilaba esto y repitió: "Sí".

"¿Estás diciendo que tenemos que darles esa libertad de alguna manera?"

"Tienes que darles esa libertad", y nuevamente sus palabras fueron lentas y deliberadas mientras miraba directamente al Mago Supremo.

"¿Sabes lo que estás diciendo?" preguntó, atónito.

"Yo también he estado en tu posición, recuerda. Así que sí, sé lo que estoy diciendo". "Hay tantos Nons. Sería como partir el planeta por la mitad, la mitad para las almas mágicas y la otra mitad para las no almas, si pudiéramos convencer a la gente para que se mudara a su mitad. Y el Mago Supremo ya no sería tan supremo. ¿Cómo se mantendría el planeta? Y es probable que haya almas no mágicas y almas mágicas que quieran interactuar. ¿Cómo se manejaría todo eso? Hay tantos detalles que podrían deshacer tal trato que suena como una receta para el caos. Por supuesto, eso jugaría a favor de Otherland, o lo que sea Otherland. Dado que Otherland vive para el caos, Otherland incluso apoyaría tal movimiento, sabiendo lo que sucedería. No veo cómo esto ayuda en absoluto, especialmente con Mara Sholmay y Percival Ambrose".

Estás dispuesto a negociar con cualquier Non líder, incluso con aquellos que han luchado contra nosotros, excepto con Mara Sholmay y Percival Ambrose. No atacaremos a ningún Non mientras las negociaciones estén en marcha. Cualquier Non que tenga una disputa contra un Magick puede llevarla ante un grupo designado igualmente por ti y los Nons, y si se mantiene, el Magick será castigado personalmente por ti. Y sí, los detalles serán difíciles, incluso peligrosos. Y en algún momento, para resolver todos los detalles tendrían que darnos a Mara Sholmay y Percival Ambrose. Tan pronto como se enteren de eso, estarán huyendo para salvar sus vidas".

El Mago Supremo Sargeno Yulevich pensó por un momento. "Puede que al final tengas razón, pero es una propuesta muy complicada la que estás haciendo. Primero quiero probar una solución militar y ver si es posible poner fin a esta guerra. Si no, entonces seguiré tu ruta. ¿Puedo confiar en que trabajarás conmigo militarmente primero?

Ahora estaba aturdida. "Mago Supremo, te juré mi lealtad cuando te entregué el poder. Bajo Magique no hay razón para dudar de mi lealtad. Haré lo que me pidas. Te di mi propuesta. Tu eres el Mago Supremo y puedes hacer lo que decidas. Ya no soy el Mago Supremo. Estoy aquí para servir."

"Randolph Rosalea, ven y prepárate", gritó al aire el Mago Supremo. E inmediatamente apareció Randolph Rosalea.

"Jenna, Randolph, tenemos trabajo que hacer".

43

CAPÍTULO 5

El corte en el brazo de Mara Sholmay fue severo, e incluso Percival Ambrose deseó por un momento poder curarlo mágicamente. Tenía que recordarse a sí mismo que estaba luchando contra la magia, y eso significaba que Mara y él saldrían heridos. Tenía que haber heridos. Sin embargo, tenía que creer que Otherland no dejaría que cualquiera de los dos muriera. Otros Nons, sí; Magicks, sí, pero no Mara ni él mismo.

Los Nons tenían sus propios médicos, almas entrenadas para ayudar y curar a los enfermos y heridos. Los médicos podían tratar una herida de cuchillo en el brazo, aunque dejaría una cicatriz. Pero la cicatriz podría cubrirse, por lo que no sería visible para el ojo normal. La cicatriz aún estaría allí, pero estaría escondida.

Era un crudo sustituto de lo que podían hacer los propios médicos de Magicks o lo que podía hacer el Mago Supremo, pero era mejor que tener que vivir bajo la tiranía de la magia.

Mikaeus se acercó a Percival con gravedad. Percival reconoció la mirada y se preparó para recibir más malas noticias. "Saben lo de Mara".

"¡Excelente! Justo lo que no necesitamos. ¿Algo más que deba saber?" Mikaeus acarició su largo cabello negro y dijo suavemente: "Podría funcionar en nuestro favor."

"¡Qué! ¿Cómo es eso posible?" gritó un Percival claramente frustrado. Mikaeus acarició su largo cabello negro una vez, luego dos y luego una tercera vez antes de contestar. "Considera que quieren encontrarla y detenerla ahora, van a ser descuidados. Van a actuar como una fuerza militar, y podemos usar eso en su contra".

Mara se levantó de su cama de hospital improvisada y dijo: "Por supuesto, úsame como distracción y Mikaeus y sus secuaces podrían

44

crear un verdadero caos".

Percival miró entre los dos y pensó que ambos habían planeado esto antes de acudir a él. Estaba decidido a presentarse como genuinamente sorprendido e inconsciente de lo que estaban sugiriendo, aunque sabía mejor. "¿Qué tienes en mente?"

Mikaeus y Mara parecían estar esperando esta pregunta. Ella saltó primero. "Me están buscando, ¿verdad? Bueno, dejaremos que me encuentren."

"¡NO!"

Mikaeus intervino: "En realidad no, pero imagina lo que pasaría si vieran su imagen en todas partes. Tendrían que investigar cada imagen para ver qué es real y qué no. Mientras tanto, les daríamos un duro golpe. Ser indetectable podría provocar incendios por todas partes. Podríamos robar sus posesiones. Podríamos romper sus presas. El Mago Supremo y todas las almas mágicas estarían tan concentradas en Mara que no se darían cuenta hasta que fuera demasiado tarde de que estábamos socavando toda su infraestructura y las vidas que llevan. Se darían cuenta de que esto es una guerra y que la guerra tiene consecuencias reales para ellos".

"¿Cómo propones tener su imagen en todas partes?"

Mara sacó lo que parecía ser un juguete. "Cuando era niña, los niños donde vivía usaban esto, se llama imaginador, para hacer que aparecieran imágenes de nosotros. Era un juego que jugábamos. Encuentra al niño real entre las imágenes, y a los niños nos encantó el juego. Este juguete podría ser un arma muy efectiva contra los Magicks, quienes no se darán cuenta de que es un juguete y un juego hasta que sea demasiado tarde".

Percival Ambrose rara vez sonreía en estos días, pero esta vez sonrió. "Me
gusta. Hazlo."

Como se predijo, la imagen de Mara Sholmay atrajo al ejército y los mantuvo ocupados persiguiendo cada imagen que aparecía. Además, como se predijo, Mikaeus y Percival dirigieron ataques masivos a los hogares, el medio ambiente, las posesiones, las tierras, incluso el comercio de los Magicks. Fueron rápidos. Causaron grandes daños, dejando un campo de destrucción dondequiera que fueran.

En cuestión de días, Magique había sentido el verdadero poder de los Días Oscuros una vez más, y los Magicks estaban aterrorizados. Incluso con el poder de la magia tomó tiempo para reconstruir y recuperar lo que había sido destruido. Después de todo, el Mago Supremo tenía que mantener la existencia del planeta y los otros magos tenían que mantener su propia existencia. Ahora estaban siendo sobrecargados en lo que podían hacer en un momento dado. Simplemente no podían hacer todo lo que había que hacer a la vez.

De mala gana, pero al darse cuenta de la necesidad, Sargeno Yulevich canceló la búsqueda de Mara Sholmay. Envió a sus soldados al modo defensivo, moviéndose de una parte del planeta a la otra en un abrir y cerrar de ojos para atrapar a los merodeadores. Y aunque no detuvo los ataques, los soldados atacaron regularmente a los grupos causando caos y pudieron detenerlos y exterminarlos.

Sin embargo, cada vez que golpeaban a un grupo, parecía que otro tomaba su lugar. Y los grupos siempre eran pequeños, desde dos Nons hasta diez, no más. De hecho, algunos de los grupos que veían acercarse a los soldados de Magick a menudo iban tan lejos como para suicidarse de tal manera que causaban más destrucción antes de que los Magick pudieran intervenir.

Magique ahora parecía ruinas. Los campos estaban desolados. Los pueblos estaban ardiendo. El comercio había sido interrumpido. Las vidas de las almas fueron arrojadas al caos. A veces parecía que todo lo que las almas mágicas podían hacer era actuar como bomberos o reclamadores mientras recuperaban y restauraban lo que podían. Con demasiada frecuencia no podían hacer más que simplemente abandonar los lotes a su suerte, tal era la furia de los Nons Anti-Magicks, como ahora se llamaban a sí mismos.

Otherland estaba en contacto constante con Percival Ambrose

ahora, pero la sensación que recibió fue ambivalente en el mejor de los casos. Otherland estaba complacida con la destrucción y el caos, pero Otherland estaba, se atreve a decirlo, decepcionada por la falta de cadáveres. Otherland incluso estaba impaciente porque los Magicks no habían sido asesinados por ahora, a pesar del costo de Nons que tomaría. Otherland se volvió cada vez más insistente en que la muerte era el único camino a la victoria sin importar lo que costara. Percival sabía que tenía que confiar en Otherland y eso trajo la decisión.

Percival Ambrose estaba parado en una colina, contemplando la sección residencial más grande de Magique con sus almas mágicas. La única forma en que podía atacar esa área era con un grupo grande. Estaba tan rodeado de barreras físicas y mágicas y todo tipo de trampas esperando a los desprevenidos que incluso los intentos de penetrarlo resultaron inútiles. Él y Mikaeus sabían que, si esta área resistía sus ataques, los Magicks se lo mostrarían a los demás como una señal de que podían ser vencidos pero no derrotados.

Cuando dirigió el ataque allí, la resistencia había sido más fuerte que de costumbre. Los Magicks habían luchado agresivamente eliminando por arte de magia a numerosos de sus seguidores, pero Percival esperaba lo peor. Mientras se preparaban para la batalla, les había dicho a sus seguidores que sus propias bajas serían altas. Muchos de ellos, dijo, no verían el mañana. Sin embargo, si querían libertad, tenían que actuar, y tenían que actuar ahora. ¿Estaban dispuestos a ser sacrificados para que sus familias, sus amigos, sus vecinos y todos los Nons fueran libres? Escuchó los vítores, el acuerdo de sacrificarse, y los miró de nuevo. ¿Quién no volvería? Él no sabía. Sabía que lo haría, pero no sabía acerca de los demás.

Los Magicks esperaban el ataque y ola tras ola de Nons fueron asesinados. Pero por su gran número, finalmente se abrieron paso y pudieron destruir la mayor parte del área. Entonces ocurrió el primero de dos actos impensables. Uno de esos luchadores orientales que usó el Mago Supremo apareció cuando la batalla estaba llegando a su fin y antes de que Percival pudiera intervenir, fue directo a donde estaba Mikaeus y lo mató mágicamente. Tan pronto como el luchador del Este logró lo que aparentemente era su único objetivo, desapareció.

Aturdido por lo que vio, corrió hacia Mikaeus y se dio cuenta de que estaba atrapado entre lo que vio como una serie de magias muy fuertes, las que escuchó llamar ataques físicos. Percival Ambrose tuvo que luchar por su vida. Siempre había sido un buen luchador, pero eran demasiados para él y tenía que salir. Atacó a uno y rompió el cerco que lo rodeaba y corrió como nunca antes.

Estaba dolorido cuando finalmente subió la colina y miró la escena. El área finalmente estaba en llamas, pero no tanto como esperaba. Hubo destrucción, pero no en todas partes. Los edificios aún estaban en pie. Algunas de las paredes que protegían el área aún sobrevivieron. Y aunque había muchos cuerpos Magick, parecía que había al menos diez cuerpos de Nons por cada cuerpo Magick. La zona residencial no se había derrumbado por completo y los Nons finalmente se habían retirado. Aun así, Otherland estaba gloriosamente feliz.

Estaba a punto de enfadarse con Otherland cuando un dolor agudo palpitó en su cuerpo. No había mirado hacia abajo desde que corrió, pero ahora lo hizo. Estaba horrorizado por lo que vio. Tenía heridas graves en el estómago, en ambas piernas y en el brazo derecho. Debe haber dejado atrás los dolores que sintió después de ser herido. Estaba decidido a sobrevivir, y su cuerpo contuvo el dolor que soportó hasta ahora. Parecía un phlex después de enfrentarse a una criatura luchadora superior. La única diferencia era que todavía estaba vivo, de alguna manera.

Otherland debe haberlo salvado. Esos cortes habrían acabado con cualquier otra persona. No era un ser físico superior. No era musculoso. Era bastante delgado y no podía considerarse fuerte. Sin embargo, sobrevivió. Gracias a Otherland, pensó. Descartó su ira contra Otherland por la muerte de tantos Nons y se concentró solo en sí mismo. Él había sobrevivido. Otherland lo salvó. Su supervivencia era todo lo que importaba, aunque odiaba ver morir a Mikaeus. No sabía si podría encontrar otro líder militar como Mikaeus.

Sabía que era esencial para la causa y si eso significaba que otros Non tendrían que morir para salvarlo, que así fuera. Otherland lo sabía mejor. Mara cuando lo vio no estaba tan segura. Cuando escuchó el número de muertos, se enojó. Ella gritó. Ella juró. "Otherland está mal", finalmente le afirmó a Percival.

Estaba horrorizado. "No nos atrevamos a decir eso. Otherland hizo posible que nos resistiéramos a la magia."

"Sí, para que haya cadáveres por todas partes, gente que nos importa, gente que quiere su libertad. En cambio, todo lo que obtienen es la muerte. Otherland vive para la muerte. Hizo una pausa y dijo las palabras que debían decirse: "Otherland es la muerte". Percival no pudo pensar en ninguna respuesta sensata. Ella sólo estaba diciendo lo que él había estado pensando durante algún tiempo. Además, estaba sintiendo el dolor de sus heridas, y antes de darse cuenta de lo que estaba pasando, se desmayó.

Se despertó y descubrió que los médicos habían estado trabajando en él. Habían detenido la hemorragia y tapado sus heridas. Antes de que pudiera hablar, el médico principal dijo: "Necesitas tiempo para sanar, al menos un tiro de luna, tal vez más dependiendo de si puedes quedarte quieto y cooperar con nosotros. Ni siquiera debes esforzarte o hacer otra cosa más que descansar. Después de ese tiempo, necesitarás otro lanzamiento de luna o más para comenzar a moverte nuevamente. Para el lanzamiento de la tercera luna, podrás hacer la mayor parte de lo que has estado haciendo, excepto el esfuerzo intenso".

Su mente hizo los cálculos: treinta días a la luna, al menos noventa días antes de que pudiera empezar a comandar de nuevo. Volvió la cabeza de ellos. Los Magicks tendrían tiempo para reconstruir y fortificar.

Mira las rocas. Son irregulares. Cubren el suelo. La superficie no está hecha para caminar. Son duras con cualquier alma que se mueva entre ellas. La sangre de muchas almas decora las rocas. Esa es la forma en que debe ser y tiene que ser. Esto es Otherland.

Siente el viento. No es una brisa suave. Es el viento el que puede recoger y mover cosas, y no solo cosas pequeñas. Recoge las herramientas que tienen los Nons como si fueran juguetes y las manda a volar. Desgarra los refugios como si fueran meras cajas. Hace que incluso sus estructuras más resistentes se deshagan. Este es el viento como el viento debe ser, poderoso e incontrolado. Sí, esto es Otherland.

Voltea hacia el cielo. Está nublado, oscuro, gris y limitado en la cantidad de luz que brilla. Es un cielo donde el día es como la noche y la noche como el día. El paso del tiempo apenas se refleja. Uno debe estar en el suelo para darse cuenta de que el tiempo se mueve. Así debería ser el tiempo, porque esto es Otherland.

Experimenta los patrones climáticos. Puede llover. Puede haber tormenta. Puede nevar. Puedes producirse ciclones. El calor puede ser extremo. El frío puede estar más allá de la congelación. De hecho, el día puede comenzar con un patrón y luego cambiar rápidamente a otro. Es común que un día tenga un calor abrasador y un frío glacial. En otras palabras, no hay patrones climáticos predecibles, excepto que hace un calor insoportable en una parte del año y un frío terrible en otra parte del año. No obstante, los patrones del clima varían día a día, momento a momento, hora a hora. Son descontrolados y libres, como debe ser. Esto es Otherland.

Considera el terreno. El terreno es desierto con montañas, o montañas con desierto. Para atravesar el terreno, las almas deben estar preparadas para subir y bajar regular y constantemente. Un alma debe poder caminar y correr para moverse. El terreno exige caminar a veces y correr otras veces. Quien no puede hacer ambas cosas no sobrevivirá en el terreno. Y hay huesos por todas partes que muestran la futilidad de aquellos que no pueden hacer ambas cosas. Entonces, ¡así debe ser! ¡Que así sea siempre, porque esto es Otherland!

Observa la vegetación. Los árboles son pequeños y casi sin hojas. Su forma está tan destrozada como el suelo sobre el que crecen. Los patrones climáticos los golpean constantemente, pero sobreviven. Las plantas pueden florecer, pero una vez al año en un día cuando el clima es manso o al menos domesticado. Sus floraciones son temporales. No duran todo el día, porque el clima del día es muy impredecible. Son flores en medio del caos para mostrar la belleza del caos y la necesidad de sobrevivir en el caos. La supervivencia es el objetivo de la vida vegetal. Así es como se supone que debe ser la vida vegetal, y así es claramente en esta Otherland.

Considere los animales que encuentran vida aquí. El phlex comenzó aquí y finalmente se extendió por todo el planeta. El phlex sabe que hay vida o muerte y abraza a ambos. Vive para luchar, y lucha contra todo lo que encuentra en su camino, incluso contra aquellas criaturas superiores a él. Aun así, el phlex lucha y lucha, incluso hasta la muerte. No sabe retirarse ni rendirse. Ganará, o morirá. El phlex es Otherland.

Más allá del phlex, hay muchos animales que viven sus cortas pero poderosas vidas en Otherland. Ya sea por elección o por necesidad, han hecho de este su hogar. Viven en constante combate y constante privación. Luchan para comer y comen para luchar. Si no luchan, se mueren de hambre. Si luchan y ganan, sobreviven un día más. Viven para pelear y comer de nuevo. No hay comidas gratis en Otherland. Cada comida tiene que ser ganada. Las plantas no son comestibles y carecen de cualquier uso nutricional para los animales. Los animales tienen que comerse unos a otros o morir, y deben luchar para comer. Esta es la forma en que los animales deben ser. Esto es Otherland.

Conoce las almas que habitan aquí. Son los amantes del caos y la destrucción. Aprecian y se glorian en la muerte. Se dan cuenta de que la supervivencia es una tarea, una obligación, un trabajo y no un hecho. Son conscientes de que la vida puede ser corta y repentina. Trabajan como si el día fuera el último, y para muchos realmente lo será. Ellos no planean; ellos viven. Abundan en medio del desastre. No ven sus lazos entre sí como garantizados o permanentes. Aceptan que la vida es transitoria y, por lo tanto, uno no puede estar atado a otra alma. Sus familias van y vienen. Donde viven hoy puede no ser donde vivirán mañana. No ven la tierra como propia por derecho, sino como el lugar propicio para luchar por la existencia. Y no todos seguirán existiendo, y están contentos con ese hecho. Después de todo, eligen pertenecer a Otherland.

Hay quienes, como Percival Ambrose, vigilan y pueden usar los animales que pertenecen a Otherland. Él es un pastor de ovejas, y los pastores de ovejas deben lidiar con ovejas que pelean, ovejas que necesitan carne para vivir. Él, como pastor de ovejas, pasa gran parte de su día buscando animales pequeños. Luego obliga a los animales más pequeños que las ovejas a entrar en un área donde las ovejas pueden rodear a los animales más pequeños y matarlos. Las ovejas, con sus cuernos largos y afilados, sus pezuñas como garras, sus dientes como sierras y su pura fuerza física, pueden pelear y matar y luego comerse animales más pequeños. Los pastores aprendieron hace mucho tiempo que no pueden matar a los animales por sus ovejas. Las ovejas simplemente se niegan a comer cualquier cosa que no maten. Son, después de todo, ovejas.

A cambio de proporcionarles los animales que las ovejas necesitan matar para sobrevivir, las ovejas se dejan esquilar para proporcionar ropa de abrigo para el pastor y la familia. Las ovejas también permiten que el pastor se coma a uno de los más débiles o moribundos. Pero un pastor que trata de imponer una voluntad, una orden o cualquier otro tipo de control sobre las ovejas, será asesinado por las ovejas. Las ovejas no están domesticadas; todavía son salvajes, pero para la supervivencia mutua trabajan con pastores. Sin embargo, eligen a los pastores; los pastores no los eligen. Es un verdadero gozo ver a un potencial pastor acercarse a un rebaño de ovejas. O las ovejas aceptarán al pastor potencial, o matarán esa alma. Luchan, y lucharán juntos contra un enemigo percibido. Son, después de todo, ovejas, y así es como deben ser las ovejas. Esto es Otherland.

Esta es la forma en que se creó el mundo, y esta es la forma en que el mundo estaba destinado a ser. Se ha conservado aquí en Otherland y se ha perdido en otros lugares. Aquellos que están aquí saben que esta es la forma en que el mundo debe ser y debe ser. El orden, la domesticidad, la comodidad, la paz y la vida no son los caminos del mundo verdadero, son falsos, Otherland es la verdad, Otherland es real. Otherland vive lo que realmente es la vida, todos los demás intentos de vivir son sólo eso, intentos. Otherland es caos y muerte, porque sólo el caos y la muerte son reales, son verdad, son vida.

La separación del mundo en Otherland y lo que se llama Magique debe terminar. Solo la unidad de Otherland puede ser. Aquellos que no elijan Otherland deben ser asesinados y su forma de vida destruida. La sangre de la vida es el sabor de Otherland. La sangre derramada por toda la vida sangrante hace Otherland.

¿Otherland está viva? ¿Estoy viva? ¿Qué es estar viva? ¿Viva o simplemente tengo conciencia? ¿Soy consciente o solo reacciono instintivamente? ¿Pienso o simplemente sé inherentemente las cosas? Mis seguidores dicen: "Otherland vive", y eso es suficiente para mí. Otherland vive.

Soy Otherland. A los que tratan de domarme, los mato. Aquellos que tratan de acabar conmigo, yo los acabo. Aquellos que tratan de hacerme a su imagen, los hago a mi imagen. A los que creen que puedo morir, les muestro quien realmente puede morir.

Sí, fue aquí donde nació el planeta. Lo que las almas llaman El Lugar de Luz es donde comenzó todo, el borde del planeta, donde la luz se asienta entre el mundo y el espacio. Cuando ese lugar llegó a ser, yo vine a ser. Otherland llegó a ser. La luz trajo vida, trajo existencia, trajo el ser e hizo posible la creación. Sin embargo, esa creación sucedió en medio de rocas que se juntaban en caos y produciendo extremos en el clima y formaciones de nubes. El planeta se convirtió, y Otherland fue.

Conocí y vi el caos, los extremos, la violencia a mi alrededor, y supe que fui creada para encarnar esa creación. Aquellos que piensan que esos días se han ido están equivocados. Aprenderán que se supone que el planeta es como Otherland lo ve. El caos, la destrucción y la muerte son el propósito del planeta, no un suave consuelo y magos que se ocupan de todo y de todos.

Incluso se atreven a llamar al planeta Magique, cuando en realidad debería ser Otherland, siempre Otherland. Debe ser diferente a lo que imaginan, diferente a lo que proponen, diferente a cómo viven, completamente diferente a la vida misma. No, la vida no es Otherland, la muerte es Otherland. El planeta debe ser sobre la muerte.

Cuando muchas almas murieron en el ataque al centro residencial de Magique, fue glorioso. Más almas necesitan morir. Más muerte tiene que suceder. La muerte es vida. La vida es muerte. Sólo cuando hay muerte hay vida, hay Otherland. Percival Ambrose fue creado por mí para traer la muerte al planeta y, por lo tanto, restaurar el planeta en Otherland, como debe ser.

Percival Ambrose debe entender esto. Debe convertirse en su manto. Debe convertirse en su camino. Debe convertirse en lo que es. Solo cuando trae la muerte se puede restaurar Otherland. La muerte tiene que volverse natural, aceptada, automática antes de que Otherland pueda volver a ser el planeta. Todas las almas deben inclinarse ante el control de la muerte. Todas las almas deben vivir en la aprehensión constante de la realidad continua de la muerte. La muerte vive; Otherland vive.

Por eso hay que restaurar el caos. La naturaleza ya no se puede controlar. La vida ya no puede ser domesticada. La muerte debe ser la norma. *

CAPÍTULO 7

Los Nons, como se les llama, no existieron inmediatamente después de que el planeta se convirtiera en Magique. Todos en el planeta se volvieron mágicos en ese momento después de ir a El Lugar de Luz. Magique se estabilizó tan pronto como los magos se pararon en el rayo y tomaron el planeta. Otherland ya no tenía control sobre el planeta, pero incluso con los magos en control, no podía controlarse por completo. Con El Lugar de Luz ubicado en Otherland, Otherland retuvo poderes que los magos solo podían contener, pero no controlar. Y Otherland estaba decidida a recuperar el planeta a cualquier precio. De hecho, eventualmente los magos normalmente se mantuvieron alejados de Otherland, excepto para tener un alma allí para observar y proteger a Magique de cualquier resurgimiento de Otherland.

La única excepción a la regla fue el atractivo de El Lugar de Luz. Conociendo el poder de ese lugar y la belleza de ese lugar, los magos decidieron visitarlo. En algún momento de su vida, querían ver y experimentar el lugar y tal vez obtener un recuerdo de una de las rocas, que un miembro de la familia devolvería más tarde.

Otherland observó esta peregrinación de los magos con una mezcla de desdén e ira, ira de que pudieran venir sin el permiso de Otherland y desprecio de que pudieran ser tan temerarios como para incluso ingresar al reino de Otherland. Incluso si Otherland no tenía un reino real, Otherland se veía a sí misma como gobernando su territorio, y los magos eran una afrenta al ser mismo de Otherland.

Otherland podría dificultar el viaje en su dominio y dejaría desconcertados incluso a los mejores magos por su incapacidad para tener el control allí. A veces, Otherland incluso podía infligir verdadero sufrimiento a los peregrinos, de modo que incluso los magos se advirtieron entre sí sobre el costo real de ver El Lugar de Luz. Venir una vez en la vida se convirtió en algo común para los magos, aunque hubo quienes se deleitaron con el ambiente extremo y regresaron repetidamente. Aquellos que regresaron repetidamente encontraron a Otherland especialmente severa, ya que la repetición era el último insulto a Otherland.

De hecho, los "extremos", como se llamaba a los que venían repetidamente, tenían que depender de su comprensión de Otherland para sobrevivir, porque perdían cada vez más sus poderes mágicos a medida que volvían una y otra vez. Revivirían sus poderes después de un tiempo una vez que regresaran a casa, pero cada vez era más difícil. Otherland comenzó a reconocer este patrón entre los extremos y comenzó a ver un camino más allá de los magos de una vez por todas.

Una joven pareja de extremos, como se sabe que algunas parejas jóvenes se comprometieron sexualmente mientras estaban en Otherland, y Otherland reconociendo el momento lanzó todos sus poderes sobre la pareja. Descubrieron poco después de regresar a casa que estaban embarazados. Sin embargo, pronto se descubrió que el niño nacido no tenía poderes mágicos y, a pesar de haber sido llevado y sumergido en El Lugar de Luz y a pesar de todos los esfuerzos de los magos y del Mago Supremo, nunca se volvió mágico. Así nació el primer Non.

Se pensaba que el niño era una anomalía, un accidente, algo que ocurriría una sola vez. Sin embargo, Otherland había descubierto un patrón y presionó más. Otras parejas jóvenes extremas que tenían bebés también tenían Nons. En un principio, Otherland tuvo que atrapar a la pareja en el acto sexual para que esto sucediera. Pronto, sin embargo, Otherland reconoció que solo atacando almas masculinas o femeninas extremas donde se ubicaban sus órganos sexuales era igual de efectivo. ¡Ahí era donde las almas eran más primitivas, más descontroladas, y dónde más y qué más sería obvio para Otherland como más parecido y, por lo tanto, más capaz de liberarse del control mágico!

Funcionó regularmente, y la población Non creció rápidamente. Un Mago Supremo finalmente se dio cuenta con la ayuda del observador mago local de lo que estaba pasando y prohibió a las almas más jóvenes ir a Otherland. El Mago Supremo hizo que el mago local colocara un muro mágico alrededor de Otherland para mantener alejados a aquellos que aún tenían cierta edad.

Otherland estaba furiosa, pero impotente contra el campo de fuerza. Sin embargo, no se pudo mantener fuera a los Nons, y algunos Nons regresaron a Otherland y tuvieron hijos. Otherland descubrió a través de estos Nons que Nons en otros lugares estaban poblando el planeta y no podían hacerse mágicos. Esta comprensión hizo que Otherland se regocijara, esperando que solo fuera cuestión de tiempo antes de que los magos fueran derrocados y Otherland restaurado a su lugar legítimo como el punto del planeta.

Los Nons, como se les empezó a llamar, al no tener poderes mágicos y al no poder obtener poderes mágicos, fueron al principio una fuente de vergüenza para los magos. Aquellos magos que tenían hijos Non, en lugar de niños mágicos, fueron vistos con desdén por aquellos que tenían hijos mágicos. Un sistema de clases comenzó a desarrollarse en Magique. Algunos de los padres se esforzaron por mantener a sus hijos Non, otros no. Aquellos que proveían a los Nons hicieron que estos fueran bienvenidos y aceptados, aquellos que no, hacían que los niños no fueran bienvenidos y fueran de segunda clase y, a menudo, descargaban sus frustraciones en sus hijos.

Sin la protección de los magos, los niños Non no aceptados por sus padres fueron brutalizados y tratados con crueldad primero por los padres y luego por otros magos. Al ver este trato, aquellos que pudieron escapar huyeron a lugares lejanos para llegar a donde pudieran estar seguros y lejos de los magos tiránicos. Aquellos que estaban protegidos se quedaron y disfrutaron de su maravilloso trato, incluso si no podían mantenerse por sí mismos mágicamente.

Eventualmente, debido al muro mágico alrededor de Otherland, las almas mágicas dejaron de tener hijos Non. Los Nons se instalaron con otros Nons, y con otros Nons siguieron procreando y sus hijos siempre fueron Nons. No se podía hacer nada para hacerlos mágicos y, por lo tanto, se les permitía vivir, trabajar y ser como podían ser. Algunos se convirtieron en sirvientes involuntarios o voluntarios de los magos. Otros se volvieron autosuficientes como resultado de vivir de la rica tierra que los magos habían dotado.

Y hubo quienes se mudaron a Otherland. Algunos vendrían en los primeros días de Magique, otros después. Ellos eran los que estaban marginados incluso entre los Nons. Eran rebeldes, decididos a existir separados de Magique, esperando el fin de Magique y esperando la restauración de Otherland. Fue en este ambiente que nació Percival Ambrose.

Sus padres eran simplemente pastores de subsistencia. Se las arreglaron, pero ser ovejas en Otherland significaba que la vida no era fácil para estas almas. Una oveja que tiene un mal día o el rebaño asustado por algo podría resultar en que la oveja descargue su frustración en sus llamados adiestradores. Las lesiones de los pastores eran comunes. Muchos pastores quedaron con cicatrices permanentes. Ocasionalmente, una oveja mataba a un pastor, pero incluso la oveja reconocía que tal acción estaba yendo demasiado lejos, y la manada se volvía contra esa oveja y la mataba.

Esa muerte casi se convirtió en un sacrificio expiatorio para la familia sobreviviente, y la fiesta que proporcionó a la familia fue más allá de lo que podían obtener en un año de sacrificar a los débiles y moribundos. No obstante, la muerte fue aceptada en Otherland, incluso los de la propia familia de pastores. Era natural, era inevitable. Se minimizó el dolor, la fiesta compensó la pérdida. Y la vida en Otherland seguía como antes.

Percival Ambrose sobrevivió en Otherland, pero su dieta aseguró que su cuerpo nunca fuera mucho para admirar. Creció delgado y pequeño. Hubo momentos en que su familia tenía muy poco para comer, y con su gran familia necesitaba cuidar esas ovejas, cada una recibía una pequeña porción de lo poco que recibía. Ellos podrían haber dejado Otherland, pero decidieron no hacerlo. Sabían que la vida era mejor bajo los magos, incluso en su peor momento, pero rechazaron esa vida. Era mejor comer un poco, aunque afectara su salud y estructura corporal, en lugar de sucumbir a las tentaciones de Magique.

Toda su vida se basó en la caída de Magique y la restauración de Otherland, donde todos vivirían como vivían. Ya no habría riquezas, prosperidad y salud, sino supervivencia, sufrimiento y muerte. Las almas tendrían que arreglárselas como se suponía que debían arreglárselas y no tener vida provista para ellas. Si eso significaba problemas de salud, que así sea. Tal vida era mejor que la llamada buena vida de Magique.

Esto es lo que le enseñaron a Percival Ambrose, y así vivió Percival Ambrose. Mientras tanto, Otherland se estaba obsesionando con devolver a Magique a su Otherland original. Sí, los Non estaban creciendo en número, pero a pesar de todos sus números, la mayoría estaba siendo asimilada a la cultura Magique. Y Otherland estaba furiosa. Todos sus esfuerzos de restauración estaban siendo frustrados.

Percival Ambrose, rebelde como era, vio magos entrar en Otherland, mientras él pastoreaba ovejas. Al principio, los ignoró, como por debajo de su atención. Sin embargo, fue cierto día en que estaba pastoreando cuando un mago solitario pasaba caminando y no prestaba mucha atención a la superficie rugosa. De repente, el mago resbaló y cayó en las rocas más ásperas y afiladas y fue cortado como un phlex después de una pelea perdida. El mago no se movió, y Percival Ambrose, curioso, caminó lenta y cautelosamente para ver. Lo que vio y se dio cuenta cuando llegó al mago fue que el mago estaba muerto.

Percival Ambrose nunca había visto un mago muerto. Pensaba que no morían, o si lo hacían, era en circunstancias extraordinarias. Ver a un mago morir como muchas almas en Otherland murieron después de ser descuidados fue una epifanía. Había una forma de acabar con Magique de una vez por todas. Podrían ser asesinados. Si murieran suficientes, Otherland gobernaría una vez más como se suponía que Otherland gobernaría.

Corrió a contarles a otras almas de Otherland lo que había visto. Unos pocos recién llegados que habían vivido entre magos durante años lo sabían, pero los residentes de mucho tiempo no lo sabían y tuvieron que verlo por sí mismos. Así los llevó al cuerpo del mago, y quedaron asombrados.

"Amigos, este es el día y la señal que tanto hemos esperado. Se puede matar a los magos y restaurar Otherland. Podemos acabar con la tiranía ahora mismo. ¿Quién se unirá a mí?"

Inmediatamente, tenía un grupo de aquellos dispuestos a luchar ahora. Él y otros del lado formaron su propia pequeña fuerza de ataque. Mientras trabajaban, si alguien veía a un mago solitario y aislado, hacía señas a los demás y como grupo descenderían sobre el mago y lo matarían. También tenían que distraer al mago asignado a Otherland, o su ataque fallaría. El mago residente sabía quién estaba dónde y quién estaba haciendo qué.

Tendrían una fiesta que se convertiría en una pelea, bastante natural en Otherland. Y mientras el mago residente estaba concentrado en la pelea, "accidentalmente" empujarían a un mago contra las rocas más letales antes de que el mago supiera lo que estaba sucediendo. Cuando el cuerpo del mago fuera descubierto más tarde o incluso mejor con el paso del tiempo, informando al mago residente, cualquiera podía ver una muerte accidental.

Percival Ambrose insistió en que los actos fueran ocasionales y raros por ahora, para no despertar las sospechas del mago residente. Sin embargo, el éxito generó éxito, y algunos pensaron que Percival Ambrose debería ser llamado por su desafortunado apodo de la infancia, Percy el Débil. Si alguien no debería estar liderando una revolución, claramente no debería ser Percy. Odiaba ese nombre, y odiaba a aquellos que no se daban cuenta de que el sigilo iba más allá de la resistencia pública absoluta.

Un pequeño grupo así ignoró un día a Percy y atacó a un pequeño grupo de magos que resultaron ser capaces de luchar. Eran orientales y les encantaba pelear. Rechazaron fácilmente a los atacantes e informaron al mago residente, quien con la ayuda de otros magos orientales pudo reunir a los atacantes. Fueron escoltados fuera de Otherland y ejecutados. El mago residente se aseguró de que los habitantes de Otherland estuvieran informados de esto y, en buena medida, trajo los cuerpos, que luego se exhibieron en un lugar muy transitado. La revolución se detuvo de inmediato.

Percival estaba furioso, pero incapaz de hacer nada. "Otherland, ayúdanos", gritó desesperado.

Inmediatamente escuchó a Otherland llegar a su mente y dirigirlo a un lugar cerca del Lugar de Luz. "Ve allí y encontrarás lo que hará que tu revuelta tenga éxito. Serás el líder, y Otherland será restaurado, gracias a ti. ¡Ve! ¡Ve! ¡Ve!"

Percival Ambrose viajó cuidadosamente al lugar. Incluso con su conocimiento de toda la vida de Otherland, su viaje por ese terreno durante esa distancia no fue fácil. Le tomó un día completo llegar allí, y se encontró dejando pedazos de su sangre por todas partes a medida que viajaba. Casi como si eso fuera lo que debería suceder, siguió escuchando a Otherland regocijarse por su sangrado. No entendía, pero siguió adelante.

Finalmente, llegó al lugar al que Otherland le había indicado, y vio una catapulta. Había escuchado historias sobre estos dispositivos de guerra utilizados en los días anteriores a que los magos se apoderaran del planeta. Ahora los que no fueron destruidos eran reliquias abandonadas y desechadas. Este, sin embargo, parecía recién hecho. No tenía signos de uso y estaba limpio, ni siquiera tenía polvo.

Otherland ordenó que se sentara en el lugar donde se colocaban rocas u otros elementos para disparar contra las fortificaciones enemigas. Ni siquiera se detuvo a preguntar. Se sentó e inmediatamente fue disparado al aire automáticamente por la propia catapulta. Esperaba morir, pero no lo hizo. En cambio, simplemente flotó hacia abajo como si fuera una pluma flotando en una suave brisa en Magique. Esto sucedió en Otherland, o eso pensó, y ¿cómo pudo suceder esto, que era tan diferente a todo en Otherland? Estaba confundido, pero aterrizó suavemente e inmediatamente escuchó que le decían que se acercara al mago residente.

Su primera reacción fue: "No, podrían sacarme de Otherland y matarme por alguna razón que solo los magos entienden".

"¡Acércate al mago residente!" fue la respuesta. Luego, las palabras se repetían en su cabeza, más y más fuerte hasta que sintió que iba a perder todo el control de su mente. Gritó en voz alta: "Me acercaré al mago residente". Las palabras que abrumaban su mente se detuvieron instantáneamente.

"Gracias, Otherland", respondió suavemente. No hubo respuesta. Conocía su promesa y se acercó lentamente al mago residente. El mago residente no le prestó atención. En el pasado, el mago residente conocía a todos los que se le acercaban, incluso si alguien se acercaba entre la multitud. El mago residente podía ver y comprender a todos y todo lo que sucedía. El mago residente no necesariamente podía controlar la situación, después de todo esto era Otherland, pero aun así podía responder y ocuparse de cualquier cosa que necesitara atención.

Percival Ambrose decidió ser un poco más peligroso. Cogió una piedra y la arrojó cerca del mago residente. No hubo respuesta. Fingió toser y pudo ver al mago residente buscando la fuente de la tos, pero el mago residente miró en una dirección diferente.

Había un phlex joven cerca, uno pequeño, no completamente desarrollado, y lo saltó. El phlex se defendió, pero debido a que aún era joven, no tenía verdaderas habilidades de lucha. El mago residente reconoció que un phlex estaba siendo un phlex, pero no le prestó atención. Percival agarró el phlex y lo arrojó hacia el mago residente. El mago residente rápidamente manejó el phlex, pero por lo que vio Percival Ambrose, el mago residente no sabía que le habían arrojado el phlex.

Confundido y aturdido por lo que estaba experimentando, la voz de Otherland dijo muy claramente: "Ahora eres invulnerable a la magia. Nada mágico puede tocarte, Percival Ambrose, puedes ser lastimado físicamente, pero nunca mágicamente. Eres mi elegido para acabar con Magique de una vez por todas.

"¡Otherland vive! ¡Otherland vive! ¡Otherland vive!" gritó en el aire, aunque esperó hasta que estuvo fuera de la distancia auditiva del mago residente. *

CAPÍTULO 8

El Mago Supremo Sargeno Yulevich había pasado los tiros lunares reconstruyendo y reforzando Magique como había anticipado Percival Ambrose. Utilizando a todos los magos de Magique, que ahora se daban cuenta de que su destino estaba en sus manos, el trabajo había sido notable. Magique parecía como si nunca hubiera sido tocada por ningún día oscuro, y las fortificaciones ahora tenían un estado militar completo. Los magos habían aprendido de los ataques recientes y ahora no solo estaban preparados para cualquier ataque, sino que ahora eran capaces de tomar el ataque a los Nons.

Habían encontrado armas viejas de los primeros días y planos que describían otros tipos de armas. Por una combinación de sus poderes mágicos más algunas actividades físicas simples que ahora podían manejar, ahora tenían un armamento formidable a su disposición. Incluso un Percival Ambrose y cualquiera de sus otros cohortes que fueran invencibles a la magia no serían inmunes a estas armas. Por supuesto, combinar el armamento con la magia sería devastador para cualquier ejército de Nons, sin importar el número.

El armamento fue el gran igualador contra las masas de Nons. Los Non tenían su propio armamento, pero nada de la sofisticación de los magos. Ahora bien, si los Nons intentaban una guerra a gran escala, perderían. No sería una victoria pírrica para los magos, en cambio, sería una victoria completa, total y absoluta. Los Nons no tendrían más remedio que rendirse incondicionalmente.

Sargeno Yulevich había aprendido de algunos Nons que no eran favorables a la revuelta sobre Mikaeus. Jenna Rosalea lo llamó su general, ya que Mikaeus era quien lideraba la batalla a menudo con éxito contra los Magicks. Sargeno Yulevich, que estaba acostumbrado a pelear, respetaba a un luchador capaz, incluso si ese luchador era un adversario o, en este caso, el enemigo. Él por lo tanto también y se refirió respetuosamente a Mikaeus siempre como General Mikaeus. Otros magos se

63

sorprendieron al principio por esta designación de su Mago Supremo, pero él insistió tanto en el término que finalmente todos los magos lo aceptaron. Después de todo, estaban en una guerra, y el líder militar era un general en todo, incluso si no tenía ese título real entre los Nons.

De hecho, los Nons no dieron derecho a sus líderes en esta guerra. Percival Ambrose era simplemente Percival Ambrose para ellos, liderando la batalla, sin duda, pero siempre y solo Percival Ambrose. Lo mismo se aplicaba a Mikaeus. Siempre fue solo Mikaeus. Era muy accesible para los otros Nons. Su liderazgo fue el ejemplo y el éxito. Sus ideas funcionaron. Su estrategia contra un enemigo superior había sido reveladora. Por lo tanto, él fue quien dirigió el esfuerzo militar. Simplemente siguieron su liderazgo y, sin embargo, cualquier Non podía hablar con él y, a menudo, lo hacía.

Mikaeus era un buen líder militar, pero también uno de los Nons. No era arrogante ni sentía la necesidad de ponerse por encima de los demás. Simplemente hizo lo que sabía, cómo actuar contra la propia magia de los magos. Percival Ambrose podría compensar a muchos de los Non. Tenía un sentido de sí mismo por encima de los demás, y no era el más accesible. Era arrogante, y si no fuera por su invulnerabilidad a la magia, su ciudadanía en Otherland y su personalidad lo habrían hecho imposible de aceptar por la mayoría de los Nons.

Había Nons que eran fanáticos en su convicción de derrocar a Magique, pero que todavía eran escépticos acerca de su salvador, si eso era lo que era Percival Ambrose. Más aún, Otherland en su peor momento asustó a la mayoría de los Nons. Sí, siempre hubo algunos que regresaron a Otherland, pero la mayoría se mantuvo alejado. La mayoría de los Nons sentían que estar en Otherland o estar asociado con Otherland era el equivalente a ser un phlex en el cuerpo de un alma. Y su destino sería el mismo que el phlex contra el enemigo superior.

Sin embargo, al parecer, Otherland había hecho posible que los Nons obtuvieran la victoria sobre sus enemigos mágicos, y los Nons se dieron cuenta de este hecho. Tenían que tratar con Otherland y aceptar la soberanía de Otherland, si era necesario, para liberarse de los magos y acabar con Magique de una vez por todas. Fue un compromiso necesario, o para muchos un mal necesario.

Jenna Rosalea fue quien acudió al Mago Supremo en medio de la gran batalla por el control de la principal zona residencial de los magos.

"Realmente este no es el mejor momento", dijo mientras ella se acercaba, asumiendo que tenía algo en mente que seguramente podría esperar hasta después de que se decidiera la batalla.

"Lo que estoy a punto de decir puede cambiar la batalla", respondió ella antes de que pudiera despedirla de su presencia como él era capaz de hacer.

Esto cambió su actitud de inmediato, porque ahora sabía que Jenna Rosalea tenía la capacidad de ver la pieza faltante que podría armar un rompecabezas. Y esta batalla fue definitivamente un rompecabezas. Por lo tanto, si pudiera ver una manera de cambiar la batalla, él la escucharía y respondería.

"¿Qué propones?"

"Encuentra a Mikaeus en la batalla. Concéntrate en él y envía a tu mejor soldado (se sorprendió a sí misma y al Mago Supremo cuando dijo la palabra) para matar a Mikaeus. Los Non no solo se quedarán sin su general, sino que su muerte afectara a Percival Ambrose, y podrías matarlo también y poner fin a esta guerra. Sargeno Yulevich estaba asombrado. Ni él ni nadie habían llegado a esta conclusión, sólo Jenna Rosalea. Habían reaccionado a la batalla, reforzando las áreas débiles, enviando combatientes o soldados a ciertas partes que se enfrentaban al colapso. Todo fue reactivo y evitó la pérdida completa. Pero las bajas aumentaban tanto del lado de los magos como del lado de los Nons.

Reconoció la validez de lo que ella dijo y encomendó a su mejor soldado para que se concentrara solo en una cosa y solo en una cosa, encontrar a Mikaeus en la batalla. Ignora todo lo demás que sucede en la batalla, solo encuentra a Mikaeus en la confusión, el caos y la destrucción de la batalla. Incluso mientras los magos mueran a tu alrededor, pasa por alto sus muertes y encuentra a Mikaeus. Tan pronto como lo encuentres, aparece ante él y mátalo mágicamente al instante.

Incluso para el mago más hábil que también era soldado, esta era una tarea difícil. El soldado vio morir a amigos y familiares y quiso intervenir, pero la orden y la voluntad del Mago Supremo era absoluta. Sabía que, si esto era lo que se necesitaba, era necesario a pesar del costo. Tenía que ser un soldado, o todo estaría perdido. Y, por lo tanto, se centró solo en Mikaeus.

"Mikaeus, Mikaeus, ¿dónde estás?" seguía repitiendo en su mente mientras hacía magia a través del abarrotado campo de batalla para encontrar a este individuo. Tomó algún tiempo, pero finalmente vio a Mikaeus a través de los ojos de la magia. Inmediatamente se hizo magia frente a Mikaeus, y antes de que Mikaeus pudiera reaccionar, acabó mágicamente con la vida de Mikaeus. Instantáneamente desapareció de la escena.

Mientras desaparecía, le pasó la palabra al Mago Supremo, quien luego ordenó a un grupo de guerreros cercanos que rodearan a Mikaeus y esperaran a ver si venía Percival Ambrose. Si era así, debían atacarlo y matarlo físicamente.

Percival Ambrose había visto cómo mataban a Mikaeus y trató de correr hacia él para salvarlo, pero el soldado fue demasiado rápido y efectivo. Inmediatamente se encontró rodeado por un grupo de ataques físicos y tuvo que luchar para salir de allí. Se concentró en uno mientras el grupo lo atacaba y se abrió paso a través de ese, salió del círculo y corrió para salvar su vida. Sabía que no podían seguirlo entre los Nons sin verlo visualmente y se aseguró de que no lo vieran mientras se retiraba.

Otherland, que se regocijaba con la sangre espléndida que se estaba derramando, reconoció el peligro que enfrentaba Percival Ambrose y extendió todas sus fuerzas para evitar que él de recibiera cualquier golpe que lo matara. No pudo evitar que Percival Ambrose fuera golpeado y herido como un phlex en el bando perdedor. Forzó un viento que golpeara al que Percival Ambrose atacó para tratar de escapar, y lo empujó hacia atrás lo suficiente como para que Percival escapara.

Los atacantes físicos informaron de lo sucedido al Mago Supremo. Él y Jenna Rosalea estaban decepcionados, pero no sorprendidos. Ambos sabían que Otherland estaba interfiriendo en formas más allá de su conocimiento y que haría cualquier cosa para salvar a Percival Ambrose. Ahora se dieron cuenta de que la única forma final de detener a Percival Ambrose, Mara Sholmay y cualquier otro como ellos sería detener a Otherland. ¡La pregunta era ¿Cómo?! Tenían que pensar en eso. Se ofreció como voluntaria para observar de cerca el problema y ver si había formas de lidiar con Otherland de una vez por todas. El acepto.

Ambos esperaban mientras tanto que habría un alto el fuego temporal, un momento para reagruparse y esta vez para reforzar. Sargeno Yulevich, habiendo visto la batalla, ahora sabía lo que tenía que hacer, y ordenó que se hiciera. Supervisó la reconstrucción e hizo trabajar a todos los magos.

Jenna Rosalea volvió a Sargeno en dos días. Trajo un montón de armas viejas que había encontrado abandonadas por todo el planeta. Además, después de consultar con el Consejo de Duelo, le dijeron dónde habría planos de todo tipo de armas utilizadas anteriormente en la vida del planeta. Ella se los trajo.

"Tú eres el verdadero general de los magos", le dijo.

Ella se sonrojó. "Me di cuenta de lo que había que hacer, y se los traigo para su aprobación".

"Me alegro de que estés de nuestro lado, o ya habríamos perdido a Magique". Ella se sonrojó de nuevo. "De todos modos, Jenna..." Hizo una pausa ya que era la primera vez que la llamaba solo por su nombre de pila. Ella siempre había sido Jenna Rosalea antes y se preguntó tan pronto como lo dijo si debería disculparse y llamarla por su nombre completo.

Ella anticipó su pensamiento y dijo: "Somos amigos y colegas. Sí, puedes llamarme Jenna y no sentirte incómodo por eso".

"De todos modos, Jenna", dijo, con confianza esta vez, "ordenaré a las almas que construyan estas armas y que puedan ser utilizadas. Estas armas por sí solas deberían poner fin a la guerra. Gracias."

Ella se sorprendió por la gratitud y respondió: "Esto es lo que puedo y debo hacer, como lo haría cualquier buen mago".

No iba a discutir con ella sobre cómo ella era especial, incluso única, entre los magos. Simplemente reconoció lo que ella le había traído y ordenó a los magos que comenzaran el trabajo mágico y físico para crear armas útiles.

Mientras se reconstruía y fortificaba Magique y se construían y volvían útiles las armas, Jenna Rosalea trabajaba en cómo resolver el problema de Otherland de una vez por todas. No fue una tarea fácil, ya que Otherland como estaba actualmente constituido mantenía el funcionamiento del planeta, incluso con vida. Sin Otherland no habría Magique. Sin embargo, sabía que Otherland había sido absoluta antes de ser controlada por el poder de la magia, una magia celestial, por así decirlo, que venía de más allá del planeta. Y sí, Otherland había sido el centro de la creación del planeta, y Otherland, por su misma ubicación, hizo posible Magique. Otherland era la dínamo, el motor o la turbina que hacía que todo lo demás sucediera.

¿Se podría apagar Otherland como dínamo, motor o turbina sin acabar con Magique de una vez por todas? Esa era la verdadera pregunta. El Lugar de Luz podría ser una elección obvia, excepto que incluso Jean Magique había estado allí durante mucho tiempo y otros habían estado en ese rayo, y el rayo continuó. Todavía continúa. Parece venir de más allá del planeta. Si pudiera ver de dónde viene o qué está causando que emane, tal vez podría encontrar una manera de hacer de Otherland solo un lugar y no una entidad que intenta destruir todo menos a sí misma.

Para hacer eso, tendría que salir al espacio, pero elegimos deliberadamente vivir en nuestro planeta y no ir más allá. Sabemos que no somos mágicos en el espacio. Durante la época de los Dos lo aprendimos de la manera más difícil. Los Dos usaron el espacio como distracción y, por lo tanto, terminaron matando a los magos que intentaban llegar al espacio. Entonces renunciamos al espacio. ¿Voy a tener que romper esa regla también? ¿Cuántas reglas, requisitos y mandatos con los que hemos vivido durante siglos tendremos que romper yo u otros solo para sobrevivir? Nuestro propio sistema está conspirando contra nosotros.

Cuando todo esté dicho y hecho, si sobrevivimos, tendremos que reevaluar todo. Tal vez hace mucho tiempo que deberíamos hacer eso. El Mago Supremo se horrorizó cuando hice la sugerencia sobre los Nons. Puedo imaginar su reacción cuando vaya más allá y pida una reevaluación importante para cambiar todo nuestro sistema. ¡Se pondrá phlex sobre mí!

"Randolph. Te necesito", llamó a su primo, que todavía estaba en Otherland. Apareció al instante. "¿Puedes sacarme de Otherland, para que pueda unirme a la pelea?" fue su pregunta al instante.

"No", respondió ella.

Estaba cabizbajo, hasta que ella dijo: "Necesito que averigües todo lo que puedas sobre cómo funciona y piensa Otherland". Él la miró de la misma manera que lo había hecho el Mago Supremo cuando sugirió que Otherland estaba viva. "Lo se. Es un concepto incómodo, incluso inquietante. Sin embargo, a la luz de lo que ahora hemos experimentado en esta guerra, Otherland tiene que ser consciente. Necesito que averigües tanto como sea posible sobre su conciencia.

"Con el debido respeto, prima, ¿cómo puedo entrar en lo que quieres llamar su centro de conciencia?" Evitó deliberadamente la palabra "cerebro" y se le ocurrió el centro de conciencia como sustituto preferido.

Conocía a su prima lo suficientemente bien como para reconocer la sustitución, porque incluso Randolph temía las implicaciones de una conciencia controlada por el cerebro en Otherland. "No, no quiero que entres en su centro de conciencia", dijo para apaciguarlo. "Descubre cómo funciona, dónde están sus acciones, cualquier cosa que esté sucediendo fuera de lo común en Otherland y que no pueda explicarse por otra cosa que Otherland lo esté causando. En otras palabras, observa lo que sucede en Otherland y comenzarás a ver cómo funciona conscientemente Otherland. Todo lo que veas será significativo y nos ayudará a terminar con el caos de Otherland". Randolph miró fijamente a su prima y respondió como solo él podía y salirse con la suya: "Sí, Mago Supremo", sabiendo muy bien que estaba siendo sarcástico. Ella rió. "Muy bien, primo. Me lo merecía. Ahora, ¿me ayudarás?"

"Sabes que lo haré. Puedo regresar allí ahora y empezar, si quieres."

"Espera. Necesito pedirte tu opinión sobre algo."

Estaba estupefacto. Ella lo respetaba, pero en todos los años que se conocían, nunca le había pedido su opinión sobre nada. "Trataré de ser útil", fue su cautelosa respuesta.

"Lo sé. Lo sé. Somos primos y amigos, y a veces olvido que sabes cosas que yo no. Por eso me disculpo".

Estaba realmente conmocionado ahora. "Jenna, nunca tienes que disculparte conmigo por nada. Siempre te admiré. Desde nuestros días de infancia, esperaba que algún día fueras el Mago Supremo. Tenías habilidades y destrezas que no había visto en nadie más, y sé que no las hay en ninguna otra alma mágica. Tú eres única. No te disculpes por ser quién eres".

Ella sonrió. Para salir de la situación incómoda, preguntó: "Si fuera al espacio para ver Otherland y El Lugar de Luz, ¿crees que podría ayudarnos a resolver la situación con Otherland y finalmente superarla?"

Él, como todos los demás, había sido entrenado para descartar ir al espacio, debido a los Dos y sus desastrosas aventuras espaciales. "¿Puedes hacerlo con seguridad?" No podía permitirse el lujo de perder a su prima, ya que otros se habían perdido al ir al espacio de manera imprudente.

"No sé. Primero deberíamos probar alguna nave espacial sin alma. Luego enviar un phlex. Si el phlex sobrevive, yo puedo sobrevivir.

"Primero, sin embargo, necesitas ir al factivo".

Los que estaban al tanto, incluido el Consejo de Duelo, los Magos Supremos y otros magos influyentes, reconocieron el factivo como el único lugar en Magique donde los Nons y las almas mágicas trabajaban juntos por el bien del planeta. Era una fábrica de personas creativas, que continuamente estaban pensando en nuevas formas de mejorar el planeta, haciendo que las cosas sucedieran y, asimismo, creando adiciones útiles para todos. La combinación de fábrica y creativo llevó a que se le llamara factivo.

La breve historia del factivo era la necesidad de tener las mejores mentes y los individuos más creativos juntos. Los magos pueden ser perezosos y estancados, asumiendo que la magia resolvería todo, lo cual no sucedió. Los granjeros todavía tenían que trabajar, incluso con magia. Las plantas tenían que crecer naturalmente. Las empresas todavía requerían que la gente trabajara, ya fuera personal, profesional, de fabricación o cualquier otro tipo de negocio. La magia podía mover las cosas, pero solo hasta cierto punto. Las cosas simplemente no sucedían por sí solas, y la magia podía acelerar el proceso, pero la magia en sí misma era una herramienta y, como tal, no pensaba.

Por lo tanto, surgió el factivo, para evitar que el mundo se estanque o retroceda y para usar la magia y otros medios para hacer del mundo un lugar mejor. Nacido después de que el segundo de los Dos abandonara la escena, para asegurarse de que Magique siguiera avanzando. De hecho, los reinados de los Dos habían hecho retroceder al planeta, y llevó años volver a donde estaba antes de los Dos. El factivo fue la fuerza principal para traer de vuelta a Magique.

Y fue la única instalación que los Nons no atacaron en su guerra contra los Magicks. Incluso Percival Ambrose reconoció su necesidad para el pasado, presente y futuro del planeta. A pesar de, o quizás debido a, Otherland, el factivo aún haría posible la vida en un entorno controlado por Otherland. El factivo no eligió bandos, sino que funcionó en cualquier escenario en el que se encontrara.

Además, tener la función fáctica en la guerra proporcionó importantes ingresos a los Nons que allí trabajaban e indirectamente a su esfuerzo bélico. También mantuvo fuera de la guerra a los Nons y Magicks más creativos y, por lo tanto, potencialmente más peligrosos.

El factivo sería el único lugar que podría diseñar una nave para llevar a Jenna Rosalea al espacio y devolverla a salvo. Todavía tendrían los viejos registros de las aventuras espaciales fallidas, y tenían la imaginación creativa para resolver el problema de los viajes espaciales a corto plazo. Tan pronto como lo dijo, supo que tenía razón. "¡Sí!" *

CAPITULO 9

Mara Sholmay era la única hija de una familia muy exitosa de Nons, quienes durante generaciones habían proporcionado a Magicks artículos de lujo hechos de piedras raras que solo se encuentran en Otherland. Ningún mago podría obtener mágicamente esas piedras. Tenían que manipularse a mano, lo cual era peligroso y requería mucho tiempo. Otherland no renunciaba a sus premios fácilmente. Por lo tanto, la familia Sholmay tenía Nons empleados que iban a Otherland, así como algunos que residían allí, para recoger estas piedras y llevárselas a los Sholmay. Luego se convirtieron en los artículos de lujo que anhelaban los Magicks y se vendían a los Magicks a los altos precios necesarios para mantener y conservar un negocio tan difícil.

Hizo que los Nons que conseguían las piedras raras fueran bastante ricos, si sobrevivían a los ataques de Otherland mientras recogían las piedras. Muchos Nons no sobrevivieron, pero el atractivo de las riquezas rápidas aseguró que siempre hubiera Nons dispuestos a intentarlo. Los Sholmays actuaban como los intermediarios entre los Nons y los Magicks e hicieron el trabajo necesario para garantizar que los artículos de lujo fueran lo que se deseaba en ese momento. Por lo tanto, prosperaron.

Mara Sholmay desde la infancia fue compasiva. Cada vez que uno o más de los Nons venían de Otherland con sus piedras raras, ella se aseguraba de ir a cada uno con ropa limpia, para reemplazar la ropa rota en Otherland. Tenía comida o bocadillos listos para dárselos a cada uno de ellos. Ella los llevaba a sus habitaciones para su estadía.

"¿Como estas?" ella preguntaba.

Estos duros sobrevivientes siempre se sentían conmovidos primero por esta niña y luego por el adolescente y, finalmente, por la joven y hermosa mujer que los saludaba y les hacía sentir bienvenidos. A veces decían la verdad: "No me va bien. Obtener esas piedras raras me dejó cicatrices y ya ves cómo me veo".

"Déjame ayudarte", y ella organizaba a médicos y a otros para cuidarlos, mantenerlos y, a la vez, hacer que su estadía con los Sholmay fuera buena para compensar de alguna manera sus vidas implacables en Otherland. Sus padres estaban asombrados de que ella asumiera este trabajo por su cuenta cuando era niña y nunca lo abandonó.

Esos clientes habituales que venían de Otherland pronto esperaban a Mara y su compasión. De hecho, debido a Mara, muchos de los que podrían haber ido a otros propietarios de las piedras raras fueron a los Sholmay en su lugar. Como resultado, los Sholmays se convirtieron en los principales propietarios de piedras raras para los Magicks y con Mara eran ricos más allá de cualquier comparación con cualquier otro Nons.

"¿Tu qué?" su madre le preguntó a Mara asombrada cuando Mara insistió en que ella tenía que ir a Otherland.

"Estos son tiempos sombríos. No es seguro viajar con la guerra en curso, y tú, más que nadie, deberías saber lo que le sucede a la gente en Otherland. Lo has visto de frente con toda la compasión que has mostrado a nuestros Nons".

"Debo irme y me iré", era todo lo que les decía a sus padres. ¿Cómo podría explicarles el llamado que sentía en todo su cuerpo al insistir en ir? ¿Cómo podía decirles que sabía que estaría a salvo y protegida en su viaje y mientras estuviera en Otherland? ¿Cómo podía siquiera decirles que la rara propiedad de la piedra le estaba causando angustia, haciendo que los magos quedaran bien a costa de Nons? Ella quería derrocar todo el sistema. ¿Cómo podía decirle eso a sus padres a quienes amaba? No pudo y repitió: "Debo irme y me iré".

Sus padres vieron que estaba decidida y, siendo hija única, sus padres complacían regularmente sus caprichos. Esperaban que este fuera uno de sus caprichos que llegaría a su fin después de un viaje a Otherland. No tenían idea de lo que sentía Mara y de lo que sería de Mara.

El día que regresó de Otherland sin un rasguño y con la ropa tan nueva como el día en que se fue, se regocijaron. Estaban tan contentos de verla que ni siquiera preguntaron cómo logró lo que era un milagro para cualquier ojo que la viera.

"No puedo quedarme mucho tiempo. Voy a unirme a la guerra contra los magos y devolver el planeta a su gobierno legítimo bajo Otherland".

"¿De qué estás hablando? Tenemos una gran situación aquí y estamos a salvo de ambos lados del conflicto. No entiendo", se atragantó su padre. "Me reuniré con Percival Ambrose, y aunque él no lo sabe, he sido seleccionada por Otherland para ser su pareja y tener hijos que nunca dejarán que este planeta vuelva a ser Magique. Mientras tanto, pelearé y mataré a todos los Magicks que pueda". Ella ignoró los comentarios de su padre y en su lugar hizo estas declaraciones adicionales.

Su padre estaba furioso. "¿Sabes lo que estás diciendo?"

"Ya está arreglado. Vine a casa solo para despedirme. Tenía dudas incluso de venir aquí, porque sabía lo que ibas a decir. Pasaré la noche y me iré por la mañana. Si me lo haces difícil, me iré ahora mismo".

Su padre estaba a punto de decir algo, cuando intervino su madre: "Por favor, quédate toda la noche y te despediremos por la mañana. Estamos contentos de verte y queremos lo mejor para ti". Ella hizo una pausa. "Tal vez nos cuentes cómo llegaste a esta decisión", agregó con mucha vacilación.

"Puedo hacer eso mientras comemos juntos por última vez".

Mara ignoró la mirada de dolor de su madre y la reacción de asombro de su padre. Si no entienden, no entienden. Otherland vive, y eso es todo lo que importa ahora, pensó mientras se preparaba para comer.

Cuando empezó a comer, Mara pudo ver que sus padres la miraban impacientes e implorantes. Ella fingió no darse cuenta de la mirada implorante, y aceptando que estaban impacientes por algunas respuestas, habló:

"Como sabrán, había estado pensando en ir a Otherland durante algún tiempo antes de irme de aquí. Solo tenía esta sensación abrumadora que me decía que tenía que irme. No lo entendía en ese momento, pero ahora, mirando hacia atrás, creo que era Otherland misma llamándome para que fuera.

"Hablé con muchas almas Non por aquí antes de irme, y fueron comprensivos y amistosos. Dijeron que si sabía que tenía que irme, entonces debo irme". Agregó esto como una reprimenda a sus padres por tratar inicialmente de oponerse a que ella fuera. Podía ver la tensión en los rostros de sus padres con el comentario, y sabía que lo entendían. Bien, pensó para sí misma y continuó.

"De todos modos, varios me sugirieron que acompañara a los coleccionistas en su regreso a Otherland. Sabes, no sabía que tenían un nombre colectivo para su trabajo de obtener esas piedras raras. Nunca nos referimos a ellos como coleccionistas. Simplemente estaban haciendo un trabajo y ganando dinero por hacerlo". Su indignación contra sus padres y el trabajo que ella y ellos hacían iba en aumento. Tenía que reprimir la ira, o les gritaría y nunca terminaría.

Antes de que pudieran responder, y vio que querían responder, continuó. "Los coleccionistas estaban contentos de tener mi compañía y tuvimos un viaje muy fácil a Otherland. Se sorprendieron, porque siempre hay ladrones y otros tipos malos en el camino a Otherland que solo buscan causar estragos entre los viajeros."

"Sin embargo, pensaron que una vez que llegáramos a Otherland, los tiempos fáciles se irían. Ellos estaban equivocados. Cada día en Otherland era como un día normal fuera de Otherland. Mis compañeros no lo podían creer y pensaron que seguramente las cosas empeorarían pronto. Nunca lo hicieron, y los coleccionistas eventualmente comenzaron a mirarme con verdadera incertidumbre. Los escuché usar malas palabras sobre mí, discretamente al principio y finalmente en mi cara. Pude ver que me tenían miedo y no sabían qué hacer conmigo. Supuse que era solo cuestión de tiempo antes de que sintieran que era demasiado peligroso para ellos y que actuarían en mi contra, aunque su viaje a través de Otherland fuera seguro. Así, una noche, después de que se habían emborrachado para armarse de valor y atacarme al día siguiente, los dejé."

"Escuché que después de que los dejé, los coleccionistas lo pasaron peor en Otherland. Todo fue un desastre, y muchos de esos coleccionistas no sobrevivieron. Lamenté escuchar eso, y lloré con la noticia. Sin embargo, si me hubieran aceptado y trabajado conmigo, todavía estarían vivos".

Podía ver las caras de sus padres en total conmoción y miedo. Tal vez ahora, empezaran a entender, era el pensamiento en su mente mientras continuaba con su historia.

"Otherland es un territorio grande, y no tenía idea de a dónde tenía que ir. Había estado acompañando a los coleccionistas, porque supuse que tendrían alguna idea de adónde tenía que ir. Sin embargo, se hizo más claro cada día que estaba en Otherland que no sabían a dónde tenía que ir. Me quedé con ellos todo el tiempo que lo hice, porque conocían Otherland y yo no. Cuando mi vida se vio amenazada por ellos, me fui confiando en que de alguna manera encontraría mi camino."

"Y lo hice. Desde el momento en que los dejé, sentí lo que parecía ser la voz de Otherland diciéndome a dónde ir. No era la voz del alma de un Non o un Magick. Era más bien como un abrumador sentido de la dirección, tener una voz y que hablaba de una manera en la cual no podía hacer otra cosa que seguir. Me sentí empujada e incitada de una manera suave pero absoluta, y las direcciones que podía escuchar y sentir me guiaban."

"Por supuesto, tenía que parar y descansar de vez en cuando. Hubo ocasiones en las que fui conducida a alojamientos de otros habitantes, y tan pronto como les decía lo que estaba haciendo, me daban alojamiento, me alimentaban, me mantenían y luego me enviaban por mi camino al día siguiente. No puedo decirte cuánto tiempo deambulé por Otherland. Ese sentido de dirección me controlaba y bloqueaba todos los demás pensamientos que no fueran llegar a mi destino, donde sea que estuviera. Mi mente se centró en un solo hecho, llegar a ese destino que Otherland quería que alcanzara. Nunca pensé en ustedes durante esa estancia."

Podía ver sus expresiones de dolor, lo que había esperado. Podía decirles muchas cosas sobre sus prioridades y lo que sabía que era verdad, pero no lo hizo. Ella continuó. "En medio de uno de estos días desconocidos, inesperadamente me encontré con una catapulta. He visto fotos de estos dispositivos en mis estudios, pero nunca antes había visto uno de frente. Estaba justo allí. No era antigua, y ni siquiera estaba sucia. Parecía nueva y estaba más limpia de lo que podría o debería estar. Otherland me indicó que me sentara en su asiento, lo cual hice, e inmediatamente fui lanzada por los aires. Estaba convencida de que iba a morir, pero en lugar de eso, floté en el aire hasta el suelo como una pluma."

"Otherland luego me dijo que era invulnerable a la magia, y supe que era cierto ya que podía caminar junto al cuidador de Magick, si eso es lo que es y como si Otherland necesitara un cuidador. Otherland puede cuidar de sí misma, y la Magia allí no es necesaria y debe ser eliminada". Su ira estaba aumentando.

"De todos modos", dijo para volver al punto, "pasé junto a él y no me notó. Él había sido consciente de mi llegada a Otherland antes y me reconoció entonces, pero no ahora. No, ni siquiera podía verme. Yo era invisible para él. Entonces pensé en matarlo. La sorpresa de sus padres creció, pero ella los ignoró."

"Me di cuenta de que era uno de los que llaman un físico en forma, no los tipos perezosos habituales, y decidí que daría pelea y tal vez me dominaría físicamente. Era alto y muy musculoso. Incluso vi uno de sus entrenamientos desde la distancia, y fue impresionante. Odio decir esto, pero tendría que ser derribado por un ejército, no solo por mí. Sí, sabía que no podía derrotarlo sola, así que me alejé. Todavía no se daba cuenta de mí presencia."

"Me preguntaba qué era lo siguiente. Seguramente, Otherland no me puso en esa notable catapulta por nada. Enfoqué mi mente en Otherland, solo diciendo Otherland una y otra vez en mi mente. Y Otherland respondió. Percival Ambrose me necesitaba para ser su compañera. El ejército de Nons me necesitaba para derrotar a los Magicks de una vez por todas. Yo con Percival y el ejército devolvería el planeta a su verdadera fuente, Otherland. Otherland gobernaría. Otherland sería el planeta, como estaba destinado a ser.

"Otherland dijo que sería sangriento y exigiría la muerte, pero en la muerte está la vida y la libertad. El caos y la destrucción traerían al planeta a su propio ser. Sería un agente de la muerte y al mismo tiempo de la vida. Los hijos que Percival Ambrose y yo tendríamos estarían libres de magia y serían el prototipo de vida en Otherland para siempre. Otherland vive. Otherland vive. ¡Otherland vive!" La sonrisa que apareció en su rostro mientras repetía la letanía dejó helados a sus padres.

Sus padres ya no pudieron contener sus emociones. Su madre estaba llorando y su padre dijo enojado: "Eres un phlex, y sabes lo que le sucede a un phlex cuando persigue algo más grande que él mismo. Ustedes que han sido tan compasivos, hablando de sangre y muerte y caos, no saben lo que dicen. Si Otherland vive, todos estamos muertos, incluyéndote a ti y a los hijos que puedas tener. Tal vez ese sea el tipo de existencia que deseas, lo rechazo sal de aquí…." El hizo una pausa. "¡Y no te molestes en volver a menos que puedas darte cuenta de lo que es Otherland!"

Ella salió. No les dijo que estaba embarazada después de que ella y Percival Ambrose se unieron. Sabía que no necesitaba hacerlo, se corrió la voz entre los Nons y sus padres seguramente se enterarían. Sin embargo, no fueron bienvenidos cuando nació el niño.

Mirando hacia atrás, escuchaba las palabras de su padre cada vez que un Non moría, y especialmente después de que el ataque principal había fallado. Ver todas esas almas y saber que Otherland estaba feliz, tal vez extasiada, la había conmocionado. ¿Podría su padre tener razón? Ella no podía aceptar eso, pero Otherland tenía que explicar, tenía que mostrar cómo estas muertes eran necesarias y hacían una diferencia, y qué tipo de mundo preveía Otherland. Si Otherland no lo hacía, entonces sabría que su padre tenía razón. Todo menos eso. Seguramente, Otherland lo aclararía todo, esperaba.

"No, no, no", gritó en la noche cuando Percival Ambrose no estaba cerca para escucharla. Y sin embargo, ella dudaba. *

⚜

CAPITULO 10

Percival Ambrose no podía creer la noticia. La guerra había terminado. La rebelión había fracasado. Los Magicks estaban difundiendo la palabra mágicamente en todas partes, excepto, por supuesto, en Otherland, de modo que todos los Nons, excepto Percival, Mara y el niño, lo escucharon en sus cabezas. Peor aún, aparecían carteles mágicamente por todas partes que decían lo mismo. En buena medida, se distribuyó una gran cantidad de carteles y dispositivos que emitían sonido hablado y decían las mismas líneas ampliamente a través de Otherland bajo la guía personal de Randolph Rosalea.

Al principio, Percival Ambrose sintió que esto era un truco engañoso para los Nons, y envió una variedad de pequeños grupos de soldados para atacar a los Magicks discretamente. Todos fueron aniquilados tan pronto como atacaron. Luego probó todos los trucos que su difunto general Mikaeus le había enseñado, y cuando los Nons lograron sortear las barreras mágicas, se encontraron con armas físicas tan destructivas que también fueron aniquilados.

Recordó el juguete de Mara, el imaginador, y lo usó para enviar fotos de sí mismo. Un Magick hizo su aparición, solo uno aparentemente no creyó esto del todo, y al ver que no era real, desapareció y las otras imágenes fueron ignoradas. Finalmente, el propio Percival salió. Atacó a un mago y solo pudo herirlo, antes de que el mago se defendiera con un arma que tiró a Percival al suelo y lo obligó a retirarse. Si no se hubiera retirado, él mismo habría sido asesinado por la segunda ronda de esa arma.

Percival Ambrose se sentó junto a su esposa Mara Sholmay y explicó lo sucedido. Él la miró, "No sé qué hacer. Otherland prometió que ganaríamos y, en cambio, hemos perdido."

Ahora dijo las palabras que habían estado en su mente desde el gran ataque, pero había luchado por decirlas antes. "Dudo de Otherland". Ella dijo las palabras simplemente sin énfasis, casi suavemente. Simplemente salieron, y se sorprendió de poder decirlas de esa manera.

"Dudo de Otherland", repitió, ya que Percival Ambrose no respondió a su declaración original.

Él la miró fijamente y emocionalmente, casi con lágrimas en los ojos, afirmó: "Yo

también dudo de Otherland."

"Bueno, entonces, ignora a Otherland", dijo el padre de Mara, mirándolos, mientras entraba al final de su conversación. Sabía que no había sido invitado, pero sintió que era hora de venir e intentar que enfrentaran los hechos.
"Entonces, nos estás diciendo que renunciemos, padre, ¿es ese tu consejo?" preguntó Mara con amargura y, sin embargo, un poco resignada al hecho de que él pudiera decir eso.

Percival Ambrose no conocía a su padre y estaba tratando de asimilarlo, pero la conversación hacía imposible cualquier saludo. Antes de que pudiera pensar en algo que decirle a su padre, este continuó: "Si estás dispuesta a dejar de intentar devolver el planeta a Otherland, aún puedes marcar la diferencia para los Nons".

Ahora Percival encontró su voz, aunque no era como había planeado que fueran sus primeras palabras a su suegro. "¿De qué estás hablando?"

"Entonces, ¿eres el famoso libertador Percival Ambrose?" Pero no permitió que Percival Ambrose respondiera y en su lugar cargó: "Deja de pelear físicamente, simplemente no cooperes con los magos".

Mara entendió, mientras que Percival Ambrose parecía desconcertado. "¿Nosotros Nons simplemente no hacemos nada por los Magicks y simplemente los ignoramos? Simplemente no cooperamos con la forma en que están funcionando. ¿Hacemos de cuanta que no están allí?"

"Sí" fue todo lo que dijo su padre.

"¿Te das cuenta de que algunos de los magos no estarán contentos y podrían hacerles la vida imposible a los Nons?"

"Sí."

"¿Si no hiciéramos nada por ellos o con ellos, podría dificultarles la vida?"

"Sí."

"Podría funcionar, si pudiéramos conseguir que muchos Nons nos apoyaran funcionaría."

Percival Ambrose interrumpió con la inevitable pregunta: "¿Pero qué hay de
¿Otherland?

"¿Qué pasa con Otherland? ¡Mira cuántos Nons muertos hay por culpa de Otherland! ¡Mira cómo los Magicks han aprendido de sus batallas contigo y cómo incluso han encontrado e ideado armas para usar contra ti! ¡Mira el hecho de que estas derrotado militarmente! Dicen que has perdido la guerra. Bueno, la haz perdido si dejas que ellos y Otherland decidan cómo se va a librar la guerra. Ah, y en caso de que no lo hayas escuchado, están buscando formas de derrotar y, en última instancia, domesticar a Otherland de una vez por todas."

"Si logran eso, no hay Otherland a la que responder. Entonces, mi pregunta para ti es: '¿Quieres ayudar a los Nons o solo quieres ser víctima de Otherland?' Ah, y sí, Percival Ambrose, sé que viviste en Otherland, y Otherland es tu hogar. Bueno, Mara no lo hizo, y yo tampoco, y la mayoría de los Nons tampoco. ¿Y no te gustaría poder volver a Otherland y no tener que preocuparte de que ese Magick residente te cuide?"

Percival Ambrose no tenía palabras, así que Mara habló por él: "Ambos ahora dudamos de Otherland, pero Otherland nos ha hecho impermeables a la magia, como ya sabes. ¿Cuáles son las consecuencias para Percival Ambrose, mi bebé, que es tu nieto, y para mí? ¿Has pensado en cómo reaccionará y nos tratará Otherland?

"Otherland depende de ti y sus poderes están limitados por lo que hagas o dejes de hacer. ¿Quién ha peleado esta guerra, tú u Otherland? Tú, por supuesto. Otherland no puede quitarte lo que te ha sido dado, porque Otherland no te lo dio en primer lugar."

Ambos gritaron a la vez: "¿Qué pasa con la catapulta en Otherland?"

"Buen intento. La catapulta no fue diseñada por Otherland, ni está controlada por Otherland. Desde que tú, hija mía —la miró fijamente—, te fuiste, pasé tiempo investigando tu historia. Había algo acerca de esa catapulta que había escuchado hace mucho tiempo. Me tomó tiempo, con Nons y Magicks conociendo partes de su historia, finalmente reuní toda la historia de la catapulta y por qué Otherland no puede amenazarte, si estás interesada. ¿Te cuento la historia? Por supuesto, puedes simplemente ignorar la verdad y seguir tu propio camino fallido y dejar a los Nons como están. Tú decides."

Percival Ambrose miró a Mara Sholmay y Mara Sholmay miró a Percival Ambrose. Ambos asintieron con la cabeza. Necesitaban saber la verdad, incluso si la verdad mostraba que todo lo que creían era realmente una mentira.

Percival cortésmente, ya que realmente quería estar bien con el padre de Mara, dijo: "No nos han presentado formalmente. Sí, soy Percival Ambrose y tu hija es mi esposa. No te había conocido."

"Mi nombre es Astin Sholmay. Como sabes, me gano la vida manteniendo a los Magicks. Podía ver a Mara agitarse y, en lugar de comenzar una pelea, recurrió a la historia y señaló: "La catapulta no fue creada por Otherland, sino por un mago y un Non".

"¡¿Qué?!" exclamó Percival Ambrose.

"No entiendo", agregó Mara Sholmay.

"Los Magicks o magos, como decidan, tienen ambos nombres…".

Hizo una pausa cuando vio que Mara quería interrumpir, pero continuó. "…no siempre se llevaron bien. Hubo momentos en que pelearon entre ellos". Ambos estaban atónitos, y Astin se dio cuenta de que tenía su atención. "De hecho, en su historia, que deberías leer alguna vez, te sorprendería lo que puedes aprender." Ahora incluso Percival Ambrose se estaba irritando.

Astin Sholmay agregó rápidamente: "Está bien, no más comentarios personales, solo la historia". Ambos asintieron en respuesta.

"En su historia, dos magos se convirtieron en Magos Supremos que, según sus estándares, eran un desastre total. Lucharon con los otros magos y casi sin ayuda provocaron el regreso de Otherland. El segundo, a pesar de su poder, al darse cuenta de sus limitaciones frente a tantos otros magos, sintió que tenía que haber otra forma de controlar a los magos. Primero pensó en despojar a algunos de los magos de su poder, pero todos sus esfuerzos por hacerlo fracasaron. Eran mágicos y seguirían siendo mágicos."

"Por lo tanto, se le ocurrió otro plan. Tal vez, podría hacer a alguien no mágico, invulnerable a la magia. Había Nons alrededor, y tal vez si hiciera a algunos de ellos invulnerables a la magia, finalmente podría controlar completamente a los magos y sería el único Mago Supremo mientras viviera".

"No entraré en todos los detalles sangrientos, pero con sus poderes mágicos pudo hacer que los Nons se ofrecieran como voluntarios para su trabajo".

"¡Correcto! Coaccionados querrás decir, ¿no?", se burló Percival Ambrose.

"Está bien, coaccionó a varios Nons, el número es desconocido, para que se convirtieran en sujetos de sus experimentos. Ninguno de ellos trabajaba, y para él los Nons eran prescindibles. Por lo tanto, después de manipularlos brutalmente para sus experimentos, los sacó de su miseria cuando terminó con ellos. Los pocos que sobrevivieron informaron que los que mató se alegraron cuando finalmente los mató, si eso les da una idea de cuánto dolor les infligió."

"Estaba sintiéndose frustrado, cuando algo sucedía en otro lugar que le proporcionaba una solución. Es posible que haya escuchado que durante un tiempo, los magos intentaron viajes espaciales básicos, como dar la vuelta al planeta y ver cómo los magos podían sobrevivir en el espacio. Los que realmente lo presionaron fueron los dos infames, principalmente como una distracción de sus problemas. Desafortunadamente para los dos, sus aventuras espaciales no estaban bien pensadas y su nave espacial se estrellaba regularmente, y los magos morían regularmente. La ira por las muertes y la planificación y el cuidado insuficientes necesarios para operar un programa espacial exitoso que no estaban allí finalmente llevaron al final del programa espacial. Lástima, digo, me encantaría saber más sobre lo que hay ahí afuera".

De nuevo, Mara y Percival se miraron con recelo. Mara simplemente le dijo a Percival: "Ahora sabes con lo que he vivido durante años".

Percival se rió. Mara también se rió. Finalmente, incluso Astin se rió.

"Oh, sí, me distraigo y me voy por la tangente a veces. Sea como fuere, el programa espacial en uno de sus hechos menos conocidos produjo algunos resultados interesantes, uno de los cuales es crucial para la historia. Para reducir el número de magos que estaban siendo asesinados en malos viajes espaciales, los Nons eventualmente fueron puestos en las naves con tal vez un Magick para mantenerlos bajo control y cooperar. Ahora los Nons también se estaba muriendo, y los Nons que eran enviados al espacio comenzaban a buscar formas de liberarse."

"Cuanto más se adentraba en el espacio la nave, más débiles eran los poderes mágicos de los magos, y pronto se dio cuenta de que, si la nave abandonaba totalmente la atracción del planeta, los magos no tendrían poder alguno. Por lo tanto, ninguna nave espacial fue demasiado lejos en el espacio. Aun así, los Nons a bordo de una nave que se dieron cuenta de que el Magick tenía un poder limitado se rebelaron y tuvieron el éxito suficiente para acercar la nave al planeta donde planeaban aterrizar y escapar. Con lo que no contaban era con que el Magick recuperara el poder cuando estuvieran cerca de aterrizar. El Magick rápidamente recuperó el control y desvió la nave lejos de la tierra, pero al hacerlo, nuevamente comenzó a perder magia. Los Nons lucharon en una batalla que iba y venía, dependiendo de qué tan cerca estuvieran de Magique.

"La nave estaba volando hacia arriba y hacia abajo y fuera de curso y pasó por encima de Otherland cerca de El Lugar de Luz y de repente el Magick perdió totalmente el poder. Los Nons pensaron que ahora era su mejor oportunidad, pero el mago, al darse cuenta de lo que había sucedido, estrelló deliberadamente la nave contra la superficie en Otherland. Malherido, logró sobrevivir. Ah, y algunos Nons también sobrevivieron para contar la historia, así es como me enteré. Ninguno de los Nons le dio sentido y lo descartó como un golpe de suerte."

"El mago que sobrevivió finalmente informó al Mago Supremo y dijo que tal vez deberían investigar los fenómenos. En cambio, el Mago Supremo mató al mago y se deshizo del cuerpo de tal manera que nunca se pudo encontrar, según cuenta la historia. El Mago Supremo se dio cuenta de que ahora tenía una forma de controlar a los magos, o eso creía. Sin embargo, a estas alturas la reacción contra el programa espacial era tan abrumadora que incluso él no podía, con todo su poder, enviar a nadie al espacio de nuevo".

"El Mago Supremo se sintió nuevamente frustrado, hasta que recogió uno de los informes del mago residente en Otherland. Por lo general, escaneaba los informes, pero este llamó su atención. Parecía que los niños en cierto lugar cerca de El Lugar de Luz estaban arrojando cosas y literalmente flotaban lentamente, en lugar de bajar tan rápido como fueron arrojadas. Tal vez eso haría algo con los magos.

"Necesitaba un dispositivo para enviar a alguien allá arriba, sabiendo que simplemente descendería flotando, o eso esperaba. Irónicamente, un Non que trabaja para el Mago Supremo escuchó que necesitaba algo para disparar a la gente al cielo, simplemente estalló sin pensar: 'Oh, necesitas una catapulta'.

"El Mago Supremo se sorprendió, pero estuvo de acuerdo. Reunió a sus mejores magos y a este Non y otros Nons que este Non conocía, en lo que luego se conoció como el factivo. Se les encargó hacer una catapulta, una catapulta especial."

"Después de que el grupo había diseñado y hecho el trabajo básico en la catapulta, el Mago Supremo se hizo cargo y personalmente le proporcionó algún tipo de hechizo mágico, para que siempre pareciera nuevo y nunca se ensuciara. No confiaba en nadie en este momento. Por lo tanto, él mismo llevó la catapulta a donde la viste. Lo que olvidó fue que, al ir a ese lugar, perdió todos sus poderes, y todos los que se oponían a él se dieron cuenta y se rebelaron. Trató de salir de Otherland antes de que el mundo se derrumbara a su alrededor, pero lo detuvieron. Antes de que pudiera siquiera probar la catapulta, fue derrocado por algún grupo, no sé cuál, y desapareció de la vista, para usar el viejo cliché, para no ser visto nunca más".

Mara y Percival gruñeron. Mara recomponiéndose hizo la pregunta apremiante:
"¿Por qué nos hace invulnerables a la magia?"

"Nadie sabe con certeza la respuesta a esa pregunta, o sospecho con mayor precisión, no están diciendo ni mintiendo al respecto. De todos modos, no lo sé."

Percival Ambrose hizo la siguiente pregunta significativa: "Si los Magicks fueran puestos en la catapulta, ¿perderían su poder por completo para siempre?"

"Bueno, nadie está seguro de eso. Es posible, pero, de nuevo, puede ser solo un descanso de sus poderes mientras están en ese lugar. Recuerda, El Lugar de Luz está cerca, y ese lugar es donde los Magicks obtienen su poder de todos modos. Incluso si la catapulta los despojara de sus poderes, ¿qué les impide ir al El Lugar de Luz e inmediatamente recuperar sus poderes? Oh, Mara —dijo, volviéndose hacia ella—, tu madre dijo que te deseara lo mejor, ya que no has preguntado por ella. Ella lo está bien, por cierto."

Mara se dio cuenta de que no había preguntado por su madre y se sintió culpable, pero se negó a admitirlo ante su padre y, en cambio, respondió con sarcasmo: "Me has impedido preguntar por mi madre con toda tu información, que por supuesto es más importante que la condición de mi madre. "

Astin Sholmay ahora estaba irritado. "Bien, hazlo a tu manera, pero no me hagas más preguntas, ya que ahora soy propenso a mentirte".

"¡Por qué tú!" le gritó a su padre.

Percival intervino: "Mara, por favor. Sé que tu padre te provoca." Astin rió nerviosamente ante el comentario. "Si tiene más información, tenemos que obtenerla de él, incluso si eso significa que tienes que tratar con él".

Mara se calmó al darse cuenta de que Percival tenía razón. A regañadientes, agregó: "Lo siento. Estoy lidiando con una guerra que parece haber terminado y yo estoy del lado de los perdedores. Viniste a nosotros con información útil que podría proporcionar algunas formas de evitar esto, y reaccioné tontamente cuando mencionaste a mamá, porque me obsesioné con la causa. Sí, lo siento", y lo decía en serio esta vez.

"Muy bien, te daré eso. Tu madre no podía venir conmigo, porque alguien tenía que vigilar la casa y el negocio familiar, además ella no es tan ágil como solía ser. El envejecimiento la ha alcanzado, como lo hará contigo algún día".

Astin no pudo resistir el comentario. Casi esperaba que ella respondiera con enojo y, como resultado, podría usar el enojo para dejarlos a ambos. Los despreciaba a ellos y a su causa, pero ella era su hija y la causa aún podía corregirse. Por eso vino en primer lugar.

Ella resistió el impulso de tomar represalias. En cambio, respondió: "Sí, yo también envejeceré y sospecho que sabré por lo que está pasando mamá. Perdóname."

"Por supuesto." Pensó en abrazarla, pero decidió que no era el momento. "Mientras tanto, les pido que revisen mi historia, tal como es. Sé que encontrarán que lo que he dicho es cierto, pero pueden encontrar más detalles que podrían ayudar en su causa".

Astin se dio cuenta de que era hora de irse y lo hizo amablemente, pero cuando se iba, señaló que, si descubría algo más, se aseguraría de que lo entendieran. Además, si necesitaban contactarlo nuevamente, Mara sabía cómo hacerlo.

Después de que Astin Sholmay se hubo ido, Percival le comentó a Mara: "Sabes, voy a revisar su historia".

"Lo sé. Desafortunadamente, espero que encuentre que todo lo que dijo es verdad. Mi padre no miente, y es meticuloso en su investigación. Supongo que revisó y volvió a verificar todo para estar seguro, antes de venir aquí. Me encantaría ver que se equivoca una vez, pero nunca antes lo había visto y no creo que suceda".

"Si lo que dijo es cierto, tendremos que ir a Otherland y tratar con Otherland nosotros mismos, si tú y el pequeño están listos para el viaje."

"Lo sé. Estaremos listos para partir". *

CAPITULO 11

R andolph Rosalea, residente de Magique en Otherland, no estaba contento con su asignación desde el momento en que sucedió. Se dio cuenta de la necesidad de estar allí, pero sintió que habría sido mejor utilizado peleando la guerra. Ahora la guerra había terminado, y estaba aún más enojado por su presencia en Otherland. Cuando fue convocado por su prima Jenna Rosalea, pensó que finalmente saldría de este basurero viviente. Se encontró pensando que Otherland estaba viva e inmediatamente descartó el pensamiento como influenciado por todos estos horribles residentes de Otherland.

Ahora que la propia Jenna había sugerido la posibilidad, estaba decidido a probar finalmente que era una mentira. Temía las consecuencias si, en cambio, mostraba que Otherland estaba viva. Descartó ese pensamiento de su mente y centró sus pensamientos en descubrir todo lo que había que saber sobre Otherland.

Durante todos los años que Magique había existido, nunca se había realizado ninguna investigación en Otherland. Los intentos de controlar Otherland por completo habían fracasado, y esos fracasos fueron suficientes para que todos los magos creyeran que cualquier intento de investigación sería una pérdida de tiempo. Los magos supremos pueden ser supremos, pero se inclinan ante la opinión popular. Y la opinión popular decía que la investigación sobre Otherland era innecesaria, y ningún Mago Supremo se atrevería a desafiar esa opinión. De hecho, un Mago Supremo juró dejar en paz a Otherland.

Ahora estaba desafiando a la opinión pública y sin siquiera un Mago Supremo que lo apoyara. Su prima tuvo una corazonada, y él, por lealtad, iba a tratar de socavar, o Magique no lo permitiera, confirmar su corazonada.

"Descubre todo sobre cómo funciona y piensa Otherland", le

dijo. Dijo que lo haría. Por lo tanto, comenzó a ver Otherland como Otherland. Sus notas son las siguientes:

Como todo el mundo sabe, la palabra clave para Otherland es muerte. La vida como palabra es una abominación para Otherland. La palabra preferida para aquellos que viven en Otherland es supervivencia. Los animales buscan sobrevivir, pero aceptan la muerte. Los Nons buscan sobrevivir, pero aceptan la muerte. La superficie misma de Otherland está diseñada (nota personal: eso sugiere conciencia) para hacer que la supervivencia sea difícil y la muerte común.

En lugar de simplemente describir o indicar lo que observe, voy a dar ejemplos. Contarán su propia historia sobre Otherland. Yo, en mi capacidad oficial, me mantengo al día tanto con los habitantes de Otherland como con los visitantes. Permítanme comenzar con un visitante.

Me enteré de un mago mayor que vino a Otherland. Por lo general, solo noto su presencia, pero esta vino específicamente a mí. Estaba cojeando y aparentemente no gozaba de buena salud.

"¿Sabes que no es seguro estar en Otherland?" Le pregunté a la luz de su condición física.

"Lo sé. Sin embargo, debo estar aquí.

"Oh, quieres ver El Lugar de Luz". Supuse que estaba allí como muchos otros y tal vez necesitaba ayuda o dirección para llegar allí. Lo había hecho para otros magos visitantes.

"No, he hecho ese viaje varias veces antes en mi vida". El pauso. "¿Existe una política en caso de que me suceda algo mientras estoy aquí?"

"No, no hay una política, pero trataría de conseguirte ayuda, si eso es lo que estás pidiendo".

"No. Puedo ver que no me estoy dando a entender. Supongo que no estoy seguro de cómo hacer esta pregunta". Hizo una nueva pausa y muy lentamente preguntó lo siguiente: "¿Qué pasaría si muriese aquí?"

"Magique no lo quiera, pero si sucediera, haría los arreglos para que recogieran tu cuerpo y regresaras a casa".

"¿Qué pasa si no quiero volver a casa?"

Ahora comencé a sospechar, y elegí tener tacto. "¿Viniste aquí para morir?"

"Algo así" es todo lo que dijo. "No soy un creyente de que Otherland está viva o algo así, pero tengo cierta edad y mi salud se está deteriorando, y realmente me sentí llamado a venir aquí ahora como un final apropiado para mi vida".

Mi tacto terminó, "¿Estás aquí para suicidarte?"

Él estaba sorprendido. "¡No no no!" el exclamó. "No, no me voy a suicidar. Estoy aquí porque necesito estar aquí para ver que mi vida llega a su fin de manera apropiada".

"No entiendo," dije.

"No lo harás hasta que sea tu momento, pero si muero aquí, encuentra algún lugar en Otherland para deshacerte de mi cuerpo. "Si ese es tu deseo."

Él sonrió, asintió y se alejó. Encontré su cuerpo dos días después. Cuando lo encontré, casi sentí una sensación de alegría en Otherland. Era como si esto estuviera destinado a ser. No entraré en el asunto de la eliminación, pero se manejó. También debo señalar lo que será obvio para aquellos que lean esto, no todos los Magicks eligen morir aquí. Sin embargo, hay quienes así lo eligen. Lo que he visto en mi tiempo aquí es que si alguien ha tenido una relación (si esa es la palabra correcta) con Otherland y fue significativa, regresa para morir. Odio pensar que seré uno de esos cuando llegue mi momento, pero quién sabe cuánto me ha afectado Otherland y cuánto me atraerá. Si Otherland puede hacer que la gente vuelva a morir aquí y se regocije en ello, ¿no significa eso conciencia? Será mejor que lo mire, o empezaré a decir: "Otherland vive". Si Otherland vive, solo puedo esperar que estas notas hagan posible que alguien haga que Otherland muera.

El siguiente es personal, pero me ha hecho preguntarme sobre

Otherland. Como aparentemente todo el mundo sabe de mí, soy físicamente apto. Me mantengo en forma física. Por lo general, me han hecho bromas sobre serlo en el pasado, pero elegí no tomar demasiado en serio nada de lo que podría percibirse como insultos. Ahora que el Mago Supremo ha insistido en que los magos estén en mejor forma de lo que estaban y viendo cuán útiles fueron en la guerra reciente, ya no bromean sobre mí. De hecho, incluso en Otherland he tenido magos que se me acercan y me piden consejo sobre cómo mejorar su condición física, y los ayudo, reconociendo que no todos pueden estar en buena forma física. Los ayudo a mejorar físicamente y les indico cómo pueden llegar más lejos, si eligen estar en buena forma física, pero incluso si no lo hacen, hay caminos por recorrer para ayudarlos a llegar más allá de donde están.

Todo esto es una introducción a mi historia, tal como es. Estaba en mi modo físico apto un día poco después de llegar aquí. No estaba acostumbrado al terreno, al clima ni a nada del lugar. Traté de hacer mis actividades físicas habituales basadas en lo que hice en otros lugares de Magique. Lo cual fue un error. Me caí numerosas veces y me lastimé regularmente hasta que aprendí a adaptarme a estar en Otherland.

Lo que era extraño en ese momento, y no lo entendí completamente hasta algún tiempo después, cada vez que me caía y me lastimaba, sentía como si el mismo suelo en el que me lastimaba estuviera complacido, tal vez feliz. No puedo describirlo, solo sé que ese sentimiento me invadía regularmente cada vez que me caía y me lastimaba. Traté de descartar el sentimiento como otra parte extraña del entorno de Otherland, pero cuanto más lo intentaba, más fuerte se volvía la impresión. Una vez que aprendí a adaptarme a Otherland en mi modo físico, los sentimientos se detuvieron y casi me olvidé de esos primeros episodios.

Desde que la prima Jenna me pidió que observara Otherland, estos recuerdos regresaron. Ahora tengo que revisarlos y averiguar qué tan precisos son y si significan algo. Por lo tanto, me propuse fingir que había olvidado mi adaptación a Otherland y deliberadamente me resbalé y me golpeé. Supongo que me dejé llevar un poco en mi experimento en un intento de hacerlo real. La reacción fue similar a la que había experimentado en mis primeros días aquí, excepto que ahora era más fuerte.

"Te tengo", en realidad escuché las palabras llenar mi mente. No podía levantarme del suelo tan rápido como de costumbre.

"Bien" fue la siguiente palabra que escuché. Miré a mi alrededor en busca de alguien que hubiera dicho estas palabras, pero no había nadie alrededor.

"Ahora ya sabes" se repetía una y otra vez en mi mente hasta que me obligué a levantarme y me concentré en un phlex que se acercaba. Normalmente ignoraba los phlex, pero no a este. Lo miré continuamente, me lo describí a mí mismo en mi mente y lo usé como una herramienta para romper el control mental (¿acabo de escribir eso?) de Otherland.

Leí lo que acabo de escribir varias veces. Seguramente, no quise decir lo que escribí. Seguramente, algo más sucedió. Tenía que ser mi imaginación, me sigo diciendo a mí mismo, excepto que una vez que dejé de concentrarme en ese phlex, escuché las palabras: "Te tengo ahora". Nada más, solo esas palabras una vez, sin repetición, sin control mental y luego silencio en mi mente y a mi alrededor. Era como si todo se hubiera detenido en Otherland solo por ese momento para mi beneficio, yo lo llamaría una maldición. Era como si Otherland hubiera planeado todo esto solo para mí y estuviera más que dispuesta a mostrármelo.

"Otherland vive", me oí decir en voz alta. "Sí."

Eso fue todo, y no he vuelto a escuchar la voz desde entonces.

Después de adaptarme por primera vez al entorno, sentí una sensación de indiferencia, aunque ocasionalmente durante la guerra, incluso un poco de hostilidad hacia mi presencia. Cuando terminó la guerra, volvió la indiferencia, hasta que hice mi experimento. Desde entonces, he sentido esa sensación de alegría en mi presencia que sentí por primera vez cuando vine y me lastimé por primera vez.

Los Nons cuando vine aquí por primera vez me trataron con una combinación de indiferencia y hostilidad, aunque un estado de ánimo dominaba más que el otro, dependiendo del día que estuvieran teniendo. Un mal día en Otherland me produjo pura hostilidad, mientras que un buen día (no bueno para el resto de Magique, pero bueno para Otherland) me produjo una genuina indiferencia. Realmente no me querían aquí, pero me aguantaron. Cuando tenían que tratar conmigo y eso era lo mínimo posible, pero a veces necesariamente por motivos comerciales o gubernamentales, era algo que simplemente hacían como algo que había que hacer. No hubo gracia en su trato conmigo.

Su apariencia era más como esta es una de esas tareas desagradables que uno tiene que hacer. Agregue Otherland a la mezcla y, a veces, tuve que controlarme, porque varios realmente querían pelear conmigo. Solo un Non realmente problemático que intentó atacarme. Vino hacia mí en modo de lucha total, corriendo y decidido a atropellarme o derribarme y luego matarme. Lo manejé como si fuera un juguete y lo envié fuera de Otherland para su debido castigo. Después de que eso sucedió, nadie intentó atacarme físicamente de nuevo. Pero aún podía ver sus miradas y ocasionalmente alguien intentaba arrojarme algo a escondidas, cualquier cosa, desde piedras hasta armas simples. Nunca me lastimaron, porque siempre pude desviar las armas.

La mayoría de las veces atrapé al delincuente, pero hubo algunos que escaparon. O trataron de atacarme en un lugar donde era imposible ser visto, o fueron muy buenos para desaparecer en Otherland después de que intentaron atacarme. Eran muy pocos, pero han seguido siendo un problema desde que vine aquí, y otros magos que han residido aquí durante su año me han dicho que enfrentan este problema regularmente.

Sin embargo, todos los ataques se han detenido desde el experimento. Quiero que quienquiera que esté leyendo esto me escuche cuando digo que no se me ha dirigido nada hostil desde el experimento. Más allá de la falta de ataques, los Nons ya no me tratan con hostilidad. Algunos me tratan con indiferencia como si fuera solo una parte del paisaje, pero otros ahora me aceptan e incluso se desviven por trabajar conmigo. Permítanme contarles la historia que más me ha afectado.

Hay un Non llamado Jessem, que es llamado coordinador de juegos. No es muy conocido fuera de Otherland, pero los Nons aquí ocasionalmente se toman el tiempo para jugar juegos apropiados para el entorno. Hay peleas de phlex, que pueden ser poner dos phlex uno contra el otro y ver quién sobrevive, o poner un Non de la misma altura y peso que el phlex contra el phlex y ver quién sobrevive. No hace falta decir que en Otherland todas las peleas son peleas a muerte.

Los Nons me dicen que en el pasado solía haber peleas entre los Nons que eran guerras virtuales que dejaban muertos masivos. Otherland se regocijaba, según sus palabras, pero en una tierra donde la supervivencia es clave, eso no hacía posible la supervivencia. Por lo tanto, los Nons que vivían en Otherland con la bendición de Otherland, nuevamente según sus palabras, organizaron peleas que producirían las muertes en las que insistía Otherland, pero de una manera que haría posible la supervivencia. Los Nons dicen que resolvieron esto con Otherland, y Otherland mismo presentó la sugerencia, que los Nons apoyaron totalmente, y elogiaron a Otherland por su creatividad. Repito, estas son sus palabras.

Los Nons en Otherland atribuyen toda su existencia y todo lo que hacen de ella a Otherland. He visto a Nons de pie en un grupo haciendo lo que parece no ser nada, pero dicen que el grupo se está comunicando con Otherland. Sienten Otherland en sus mentes, y las palabras les llegan de Otherland. Sé que esto es lo que sentí, y los Nons dicen que esto es normal, cuando Otherland elige comunicarse. Sin embargo, la comunicación siempre se realiza en los términos de Otherland, señalan. Así, si no hay comunicación cuando forman sus círculos de comunicación, que es como llaman a los grupos que buscan comunicarse con Otherland, aceptan que Otherland no necesita comunicarse con ellos y vuelven a su vida normal. Si aceptas lo que dicen y hacen los Nons, tienes que creer que Otherland es consciente, pensante y sí, incluso está viva.

De todos modos, para volver a Jessem, él está a cargo de los juegos, y ese es el único nombre que usa. Todo el mundo en Otherland lo conoce como Jessem. Los juegos en Otherland en el pasado estaban amañados, y los resultados eran tan obvios que incluso los Nons locales en Otherland se rebelaron. El resultado fue elegir un coordinador de juegos. Él tiene control absoluto sobre los juegos para garantizar su honestidad (sé que para nosotros los magos pensar que los Nons que viven en Otherland serían honestos es un pensamiento extraño), su integridad y su equidad. Lo sé, sé que estos conceptos no son lo que los magos encuentran cuando tratan con Nons de Otherland. Tal vez, porque no les caemos bien, nos tratan exactamente de forma opuesta a como se tratan unos a otros, o al menos como juegan sus juegos.

La primera vez que me encontré con los juegos bajo el control del coordinador de juegos tuve que sonreír. Estos Nons, que odiaban el concepto de un Mago Supremo y querían que solo Otherland tuviera el control, en su lugar idearon su propia alternativa al Mago Supremo en el coordinador de juegos. Jessem, como coordinador de juegos, literalmente tiene el poder de vida o muerte sobre los jugadores en el juego y no hay excepciones a su control. Si alguien o algo hace trampa en los juegos (sí, hay reglas para los juegos, en las que no entraré en este momento), el coordinador de los juegos mata a ese Non o phlex en el acto. Además, si de alguna manera el perdedor sobrevive a la pelea, el coordinador de juegos acaba con el perdedor. Además, si de alguna manera el juego termina en empate, lo cual es posible, el coordinador del juego mata a ambos participantes. La muerte es la única forma de terminar el juego, y todos en Otherland lo saben, porque como dicen repetidamente, esta es la forma de Otherland, y esto es fundamental para estar en Otherland.

Cuando el vencedor gana y el perdedor muere, o como se indicó anteriormente cuando hay un empate y ambos mueren, la multitud grita: "Otherland vive". Sí, mueren, pero Otherland vive. Después de cada combate, todos en la multitud gritan esa frase al unísono y luego pasan a la siguiente pelea. Cuando terminan los juegos, repiten "Otherland vive" varias veces. No podría contar cuántas veces, pero actúa como un canto rítmico, si es que existe tal cosa. De hecho, en este estribillo, pueden gritarlo primero y varias veces, pero de repente, sin previo aviso, lo susurran. Eventualmente, se vuelven el uno al otro y se lo dicen con voz normal de conversación. Pero después de hacer eso por un tiempo, lo gritan varias veces y luego simplemente se detienen y abandonan la arena de juegos.

Bueno, en realidad no es una arena, sino más bien un círculo inventado para tener los juegos. Los Nons están ahí y luego no están. Saben cuándo reunirse para los juegos y cuándo irse una vez que los juegos terminan después del estribillo. Y saben cuándo parar el estribillo. Nadie lo continúa, todos se detienen al unísono. Hay silencio y hay salida de los Nons a sus existencias.

Jessem pude ver que estaba envejeciendo y estaba empezando a tener problemas en los juegos. Los Nons nunca cuestionaron a un coordinador de juegos, pero podía escuchar ruidos de fondo en los últimos juegos. Los reconoció y se mantuvo en silencio hasta que señaló que habría una adición a los juegos a medida que los juegos se iban acabando. Nadie se sorprendió con esta revelación, ya que siempre había Nons o phlexes que aparecían tarde en los juegos esperando ser puestos y lo eran. Algunas veces, los Nons o phlex mayores aparecían en la arena para terminar con sus vidas de manera adecuada, pero la mayoría de las veces no había una explicación clara de por qué un Non o un phlex aparecían repentinamente en el área e insistían en participar. Los Nons simplemente dijeron que era Otherland haciendo el trabajo, y permitían que las peleas continuaran con las nuevas apariciones. Después de todo, Otherland sabía lo que era mejor.

Sin embargo, sorprendió a la multitud cuando Jessem anunció que iría a la arena y que yo sería el coordinador de los juegos al menos para este juego. Todos miraron a Jessem y supieron que pelear resultaría en su muerte. Tendría que haber un nuevo coordinador de juegos después de Jessem, y hay todo un procedimiento para esa acción, ninguno de los cuales involucró al mago residente.

Miraron con tristeza a Jessem y me miraron absolutamente sorprendidos. Por primera vez, escuché a Nons en los juegos decir: "Eso es inaceptable".

Otros saltaron diciendo: "Ningún mago supervisa nuestros juegos".

La hostilidad de la multitud hacia mí estaba creciendo, y estaba a punto de decir que esto no era obra mía y que no quería el trabajo y que seguramente alguien más podría tomarlo cuando Jessem habló: "Esta es la voluntad de Otherland".

Algunos en la multitud se callaron, pero la mayoría lo rechazó. Un influyente Non que yo conocía dijo: "Otherland no permitiría esto. No te creo, Jessem."

Jessem miró con calma al influyente Non y dijo: "Forma el círculo de comunicación."

Cuando se invocaba el círculo, sin importar lo que sucediera, todos los Nons estaban obligados a hacerlo, y así lo hicieron. Esta vez, sin embargo, me detuvieron porque, como me dijeron, esto me involucraba a mí. Aquí estaba de pie con los Nons en su círculo de comunicación esperando la palabra de Otherland. Estaba sorprendido, aturdido y no podía creer que esto estaba sucediendo. Antes de que pudiera reflexionar sobre lo que estaba sucediendo, las palabras de Otherland llegaron claramente a todos nosotros: "Esta es mi voluntad".

"Acepto la voluntad de Otherland", dijo el influyente Non de inmediato. "Otherland vive", dijo el Non, y el resto se unió. Para mi sorpresa, encontré que las palabras salían de mi boca también. No tenía control sobre eso. Tal vez Otherland estaba hablando a través de mí y de los demás, no lo sé. Solo sé que las palabras salieron de mis labios al unísono con todos los reunidos.

Por lo tanto, el círculo se formó alrededor de Jessem, y me dieron la posición y ubicación del coordinador de juegos. El influyente Non entró en la arena y declaró: "Otherland me ha llamado para traerte a casa". La lucha fue feroz, pero aunque Jessem dio una fuerte pelea e hirió al influyente Non, cayó rápidamente.

Sin embargo, se descubrió que de alguna manera Jessem todavía estaba vivo. La multitud se volvió hacia mí. El influyente Non habló por la multitud: "Otherland te ha elegido para acabar con Jessem y enviarlo a casa".

Sabía lo que se suponía que debía hacer, y sabía que por alguna razón que no podía explicar ni entonces ni ahora, tenía que hacerlo. Jessem sonrió cuando le di el golpe fatal. Comenzó el canto de la multitud de "Otherland vive", y escuché mi voz al unísono con la multitud. Incluso cambié de fuerte a suave y luego fuerte de nuevo al unísono con la multitud. Y sí, incluso me detuve cuando los demás se detuvieron.

La multitud se fue y yo estaba solo. Pude sentir una sensación de alegría de Otherland, mientras regresaba a mis deberes. *

CAPITULO 12

Sargeno Yulevich, como Mago Supremo que era, había convocado una reunión de almas influyentes en Magique. Fue una ocurrencia rara, pero sucedió en tiempos de crisis o cambios significativos en la forma de hacer las cosas. El Mago Supremo necesitaba saber cómo se sentirían las diversas almas o cómo reaccionarían las almas. Era un asunto necesario ahora que la guerra había terminado, y todos, incluido el Mago Supremo, no estaban seguros de qué era lo siguiente o qué hacer a continuación.

Sargeno Yulevich dijo las palabras que nadie quería escuchar, pero que estaban medio esperando a la luz de la guerra reciente: "Hay muchas formas de ganar una guerra y hay muchas formas de perder la paz".

Sargeno Yulevich estaba claramente preocupado, y repitió la línea para enfatizar y traer a las almas influyentes al motivo de esta reunión. ¿Por qué estaba preocupado? En el transcurso de esta reunión, tuvo que decidir si podía decirle a las almas influyentes. Si lo hiciera, todo se convertiría en información pública instantáneamente. Así se comunicaban y trabajaban los magos. Si no lo hiciera, ¿se podría confiar en él en el futuro?

Comenzó con el Consejo de Duelo, de todos los lugares. Se estaban preparando para el próximo duelo, y pensó que estarían organizando el duelo para asegurarse de que Randolph Rosalea se convirtiera en el próximo Mago Supremo. El grupo acudiría a él como Mago Supremo para explicarle que estaban organizando el duelo y le harían solicitudes en cuanto a logística, procedimientos, etc., que él, a su vez, como Mago Supremo arreglaría.

Vinieron a él, pero no por la razón habitual. En cambio, miraron a un miembro, que obviamente había sido delegado por el grupo para hablar por ellos, y ella se adelantó. "Mago Supremo, mientras nos preparábamos para el habitual duelo anual, estábamos interactuando entre nosotros en nuestras formas habituales, y todos nos sentíamos incómodos. Esa es precisamente la palabra que usamos cada uno de nosotros".

Por supuesto, el Consejo de Duelo no explicó cómo interactuaban entre ellos de la forma habitual. No tenían que explicar nada y, a veces, su elección de palabras irritaba a los Magos Supremos. Este fue claramente uno de esos momentos, y el Mago Supremo solo miró fijamente al orador.

Ignoró la mirada, probablemente porque la esperaba y sintió que era irrelevante para sus comentarios. "Repito que estamos intranquilos. Nos pondremos en duelo, y habrá otro Mago Supremo, por lo cual estamos agradecidos. No obstante, algo anda mal, hay un problema o simplemente no es como debería ser en el mundo de Magique. No podemos definirlo. Solo sabemos que lo que sea es real y nos inquieta a todos a medida que avanzamos hacia el próximo duelo".

Sargeno Yulevich, oriental como era, no era conocido por tener tacto o diplomacia en sus relaciones con otros magos y especialmente con el Consejo de Duelo. Incluso ahora, todavía no estaba seguro de por qué se convirtió en Mago Supremo en estas circunstancias y cómo el Consejo de Duelo pudo haber ayudado a organizar su ascensión. No pudo resistir su sarcasmo: "Bueno, eso es realmente útil". Aceptaron su sarcasmo y simplemente sonrieron como grupo, casi al unísono.

Odiaba cuando se deslizaban en su sonrisa de grupo. Esta vez se contuvo mientras empujaba: "¿Hay algo más que puedas decirme?"

"No", respondió ella, "pero si lo hay, nos pondremos en contacto contigo de inmediato". Y se fueron sin decir nada más.

A continuación, un día después, Jenna Rosalea apareció ante él y dijo, no preguntó, dio por sentado: "Voy al factivo para diseñar una nave espacial que vaya sobre Otherland y ver si puedo encontrar una manera de terminar con la conciencia de Otherland. Ella eligió sus palabras con cuidado.

Él la miró horrorizado. "Vas al espacio y sabes cómo han resultado esos vuelos antes". Fue una declaración.

"No respondiste cuando dije la conciencia de Otherland."

"Considerando el informe de tu primo que me envió, estoy dispuesto a considerar
la posibilidad y no enfadarme contigo por eso."

"Bien, porque tengo que hacer esto, si realmente quieres que acabe con el poder que tiene Otherland."

Él frunció los labios. "Pero todavía no me has dicho cómo lo que antes era tan inseguro va a ser seguro para ti. ¿Y cómo les explico esto a los magos que básicamente han prohibido los vuelos espaciales?"

"El factivo es brillante y creativo. Si hay una manera, la encontrarán. Yo
no iré al espacio a menos que sea lo suficientemente seguro como para traerme de vuelta.

Se calmó. Ella podía verlo. Él repitió: "Ahora nuevamente, ¿cómo puedo explicar esto a los magos que básicamente han prohibido los vuelos espaciales?"

"¿Quieren otra guerra? ¿Quieren un encuentro diferente pero peligroso con Otherland? ¿Quieren aguantar lo que está haciendo y ha hecho Otherland? ¿Cuántas muertes más quieren? Lanza esas preguntas a cualquiera que dude o se oponga a mis viajes espaciales. Espero que la mayoría retroceda y el resto se queje, pero lo tolerará dadas las circunstancias. Además, todo lo que hago es volar alrededor de Otherland en el espacio y no ir a ningún otro lado. En el caso de las peores eventualidades, me estrello en Otherland. Voy a asegurarme de que el factivo encuentre formas de sobrevivir a tal accidente. No olvides que mi primo todavía está allí."

"Lo sé."

Tenía muchas ganas de agregar: "Tal vez debería llamarlo y enviar a alguien más allá", pero no sabía cómo reaccionaría ella. No estaba dispuesto a correr ese riesgo; Jenna Rosalea era demasiado importante para él y para Magique.

En cambio, agregó: "Encontraré una manera de hacer que tu viaje espacial sea aceptado".

"Gracias, Mago Supremo", respondió ella y se fue cuando él la despidió.
después de eso.

Realmente estaba preocupado por Randolph Rosalea. Había leído el informe de Randolph sobre la conciencia de Otherland en numerosas ocasiones. Lo asustó. Peor aún, mientras releía el informe, se preocupaba cada vez más de que, de alguna manera, Otherland se hubiera metido en Randolph y lo hubiera "poseído". Sí, poseído era la palabra correcta. ¿Se había apoderado Otherland de Randolph Rosalea? Randolph era el favorito para suceder a Sargeno. Si de alguna manera Otherland ahora poseyera a Randolph, la paz podría perderse rápidamente.

No ayudó que el Consejo de Duelo acudiera a él y declarara lo inquietos que estaban mientras se preparaban para el próximo duelo de sucesión. ¿Sintieron de alguna manera lo que estoy considerando sobre Randolph Rosalea? Si lo hicieran, estamos en un verdadero problema. Solo puedo esperar que el vuelo espacial de Jenna Rosalea pueda proporcionar algunas respuestas, o es posible que perdamos la paz.

Además llegaban informes de todas partes sobre Nons que no cooperaban con las autoridades de Magique, Nons que simplemente renuncian a trabajar para almas mágicas, Nons que criticaban públicamente a Magique y la forma en que son las cosas, Nons que provocan almas mágicas y sonreían cuando un mago reaccionaba mágicamente contra los Nons, y la lista seguía. Tengo un par de ejemplos aquí. Déjame releerlos.

Una Non conocida por todos como "Brillante" (así es como se le conoce y no responde a su nombre de pila) inicia un pequeño pero necesario negocio para Nons en el manejo y procesamiento de alimentos, ya que a Nons no les gusta la comida preparada mágicamente. Eso normalmente no sería un problema y las autoridades lo aprobarían fácilmente. Sin embargo, ella ignora a las autoridades y simplemente coloca un letrero gigante en su casa y entra en el negocio, y las almas Non acuden en tropel. No había arreglado el letrero, la ubicación del negocio (en una zona altamente residencial sin otro negocios cercanos), las licencias apropiadas pero ahora instantáneas, cómo manejar la afluencia masiva de almas y otros detalles similares.

Magique hizo todo lo posible para acomodar a los Non en los negocios y rara vez hizo una pregunta sobre el negocio. Sin embargo, "Brillante" encontró todas las reglas para establecer un negocio y las ignoró todas de manera abierta, deliberada y provocativa. Cuando la confrontaron, simplemente dijo: "¡¿Y qué?! Rechazo todas sus reglas, pautas, licencias y cualquier otra cosa asociada con la apertura de mi negocio. Es mi negocio y puedo hacer lo que quiera con él, y no tienes autoridad sobre mí.

Las autoridades mágicas estaban a punto de cerrar su negocio mágicamente de inmediato cuando una multitud de Nons se reunió frente a su negocio. Uno se acercó a las autoridades y dijo: "Tendrán que matarnos a todos si quieren cerrar el negocio de "Brillante".

Rodearon el edificio y un número subió a la parte superior del edificio, y todos bloquearon cualquier acceso al este. Las autoridades se sorprendieron y retrocedieron momentáneamente, conversaron entre ellas y luego comenzaron a buscar espacios entre los Nons para actuar. Los Nons estaban preparados para esto ya que se movían rápida y eficientemente con cada acción de un mago. Por lo tanto, los magos solo podían afectar levemente la estructura y no podían cerrarla. Los magos se retiraron entre los vítores de la multitud.

Este fue solo uno de los muchos problemas comerciales que los Nons estaban presionando contra los magos. Estar en el planeta Magique significaba claramente tener que tratar con magos en asuntos de negocios. Comprar suministros básicos que solo los magos podían proporcionar, encontrar viviendas asequibles que a menudo proporcionaban los magos, pagar el alquiler a los magos propietarios de las instalaciones comerciales, incluso el transporte mágico por parte de un alma mágica para emergencias u otras situaciones especiales, todo estaba siendo desafiado por Nons ahora.

"No estoy pagando mi renta".

"Deberías darme todo lo que necesito gratis".

"Gracias por el transporte especial, pero deberías hacerlo cada vez que yo o cualquier otro Non lo necesite. Entonces, no, no te estoy pagando. ¿Qué vas a hacer al respecto?"

"Tú eres un mago y yo no. Por lo tanto, puedes cuidar de mí y mis necesidades. Sí, eso es lo que debes hacer."

Y este era el (no) favorito de Sargeno Yulevich: "Estoy cansado de servirte. Es hora de que me sirvas." El Non entonces le dio al mago una lista de actividades definidas en las que de ahora en adelante el mago debía servir al Non superior, y en buena medida, el mago debía estar a la llamada del Non todos los días en todo momento. "Después de todo, es justo."

Había llegado la noticia de problemas en las tierras orientales de donde procedía Sargeno Yulevich, un lugar donde los Nons y los magos en realidad cooperaban y trabajaban juntos y, en ocasiones, incluso se habían casado, porque los orientales tomaron en serio el lema de Magique, "Cada lugar, cada espacio". Los Nons fueron tratados mejor en general en el Este, pero como en todas partes en Magique, no estaban a cargo, en control o tenían poder real. Claramente influyeron en cómo se manejaron las cosas, pero incluso en el Este, todavía no pudieron opinar sobre su propio papel, y mucho menos sobre el gobierno del Este. Y a ellos tampoco les gustaba el concepto del Mago Supremo.

Algunos siendo luchadores, como lo eran la mayoría de las almas de las tierras orientales, se habían unido a la inútil lucha contra los magos. Sus bajas habían sido extremadamente altas, ya que estaban al frente de cada batalla, por elección. Cuando Percival Ambrose y Astin Sholmay llegaron al Este después de perder la guerra y ofrecieron una alternativa, de todos los Nons fueron los que más lo apoyaron.

Sargeno Yulevich tenía Nons en todas partes a quienes se les pagaba para informar periódicamente sobre la vida y las actividades de los Nons. De hecho, desde la aparición de Nons, todos los Magos Supremos habían encontrado y pagado a Nons para que le contaran al Mago Supremo lo que estaba sucediendo en la existencia de Nons. Ayudó a hacer la vida del Mago Supremo más fácil. Por lo general, los informes solo se miraban y se ignoraban. El Mago Supremo realmente no quería tener que lidiar con los Nons más de lo absolutamente necesario. De vez en cuando llegaba un informe con el que el Mago Supremo tendría que lidiar, como la vez anterior, dos grupos de Nons entraron en guerra entre sí, y el Mago Supremo tuvo que intervenir antes de que sus acciones afectaran a todo Magique.

Ahora, sin embargo, desde la aparición de Percival Ambrose, los informes eran leídos a fondo y analizados exhaustivamente. Así, Sargeno Yulevich supo poco después de lo sucedido sobre la aparición de Percival Ambrose y Astin Sholmay en el Este. Además, siendo él mismo del Este, el Mago Supremo también tenía contactos personales, y nada de lo que sucedía en el Este podía escapar a su conocimiento. De hecho, esperaba que Percival Ambrose viniera deliberadamente al Este para despertar a los Nons del Este, solo para llamar la atención de Sargeno Yulevich. Bueno, el Mago Supremo estaba prestando atención.

Los Nons del Este estaban siendo provocativos, empujando con fuerza contra las almas mágicas en el Este. No tuvieron ningún problema en acercarse a un mago oriental y decirle: "La guerra puede haber terminado, pero tus días están contados". O, "Me vigilaría a mí mismo si fuera tú. Hay muchas formas de morir por aquí. Lo peor de todo es que se había formado un pequeño grupo que se hacía llamar Nons Solo para Nons, y su principal esfuerzo fue poner fin a todas las relaciones personales entre Nons y Magicks y, más específicamente, todos los matrimonios entre los dos. El grupo acosaba a todas las parejas mixtas e insistía en que se separaran. Los Nons deben ser solo para Nons, no para Magos. Los magos contraatacaban, deteniendo mágicamente a los Nons para Nons Solo. Luego, el grupo se reorganizaba y encontraba formas de detectar los momentos en que el Non de la pareja estuvo separado del mago.

Al principio, simplemente gritaban: "No, no", al Non, un juego de palabras con su título, que todos llegaron a reconocer. Si eso no funcionaba, y para algunos fue suficiente para asustarlos y sacarlos de su relación, los Nons Solo para Nons se volvieron violentos con sus Nons. Los ataques a Nons en las relaciones se estaban volviendo comunes, y varios Nons huyeron de sus relaciones. Algunos Nons se defendieron y pudieron manejar el "No, no". Otros encontraron formas de identificar el "No, no" y reportárselo a su cónyuge mágico. El cónyuge a cambio encontró mágicamente a estos así identificados y los castigó severamente, incluso matando a algunos. Las emociones se dispararon.

Como era de esperar en las parejas, algunos tenían hijos. Algunos de los niños eran magos, algunos eran Nons. Los Nons Solo para Nons usaban a sus hijos para intimidar e incluso atacar físicamente a los Non hijos de tales relaciones. No se aceptaba su existencia misma y, a menudo, escuchaban burlas de "No, no".

Un niño en particular había aguantado esto durante un año y no podía soportarlo más. Su cuerpo fue encontrado por sus padres en su habitación una mañana. Claramente se había suicidado. La madre maga tomó represalias como solo una madre puede hacerlo.

Los Nons Solo para Nons tomaron la pérdida de los suyos como un daño colateral esperado y celebraron una gran fiesta en secreto para celebrar la muerte de la abominación. "No, no a todas las abominaciones", gritaban.

Uno de sus líderes añadió rápidamente: "Muerte a todas las abominaciones", y repitió la frase. La multitud cantó al unísono con la nueva línea, "Muerte a todas las abominaciones" una y otra vez.

En cuestión de días, la noticia del partido Nons Solo para Nons y las palabras pronunciadas se difundieron ampliamente. Algunos Nons, que antes preferían los enfoques no violentos, ahora se unieron a Nons Solo para Nons y buscaron formas de volverse violentos, o al menos de gritarles a los niños mestizos: "Muerte a todas las abominaciones."

Los resultados fueron obvios. Los niños de padres mixtos fueron presionados tanto que se suicidaron o fueron encontrados muertos en entornos que solo podrían haber sido causados por un grupo de otros

Nons. Y los Nons Solo para Nons celebraron. Los padres de los niños comenzaron a tomar represalias. Si escuchaban a alguien gritar: "Muerte a todas las abominaciones", incluso si sus propios hijos no eran los objetivos, los mataban mágicamente en el acto.

Como dijo un alma mágica de una madre después de hacerlo: "Si van a pedir que maten a nuestros hijos, los mataré primero yo misma, y también muchos otros". Por supuesto, esto desencadenó un patrón de niños asesinados o llevados a suicidarse, seguido por el asesinato de Nons Solo para Nons, seguido por más niños asesinados o llevados a matar, seguido por más asesinatos de Nons Solo para Nons, y el patrón siguió repitiéndose hasta que llamó la atención del Mago Supremo.

Él dijo: "Suficiente", y mágicamente evitó que tanto Nons Solo para Nons como las almas mágicas mataran. La frase "Muerte a todas las abominaciones" no podía salir de la boca de nadie. El hechizo mágico aseguró que no lo haría. Fue tan lejos como para poner en práctica un hechizo que aseguraba que ningún niño pudiera ser atacado física o verbalmente a partir de entonces. Impidió mágicamente que los magos persiguieran a cualquier Non en las tierras del Este. Finalmente, emitió un edicto según el cual, en casos de problemas entre Nons y orientales, intervendría personalmente después de escuchar a ambas partes, y contaría con la ayuda de un Non para asegurarse de que fuera justo.

"Gracias, Jenna Rosalea", murmuró para sí mismo después de intervenir en el Este. Recordó que ella le había dicho lo que tendría que pasar. Estaba horrorizado y pensó que la guerra aseguraría que no tuviera que suceder. Ahora en la paz estaba sucediendo, y dio la primera orden para que sucediera. "Maravilloso", agregó con sarcasmo.

"Hay muchas formas de ganar una guerra y hay muchas formas de perder la paz". Él sabía de lo que hablaba. En la tradición oriental, hubo guerras, a pesar del Mago Supremo, en los primeros días de Magique. Las conocía bien. Habían sido terribles, y todos los orientales sabían de ellas. Se les enseñó en las escuelas como una lección objetiva de lo que podría suceder. Se advirtió a los estudiantes que no permitieran que se repitieran. Los orientales incluso tenían un festival anual, al que llamaron Festival Nunca Más, para recrear de la manera más realista posible lo que había sucedido durante esas guerras, pero sin la matanza y la destrucción.

Lo que a menudo se ignoraba o se pasaba por alto en el festival era lo que sucedía después de las guerras. Sí, las guerras terminaron con algún tipo de acuerdo de paz, pero eventualmente habría intentos de subvertir el acuerdo. La más famosa, o infame, dependiendo de quién la esté considerando, por supuesto fue la paz de Grigorivich. Una familia llamada Grigoriviches había sido arrastrada a una guerra que realmente no querían, pero una vez dentro, fueron el factor decisivo para ganar la guerra. Naturalmente, dictaron la paz. Su paz fue más justa que la mayoría de las paz impuestas. De hecho, los perdedores sintieron como si sus quejas fueran escuchadas en la paz.

Sin embargo, a excepción de los Grigoriviches, nadie quería una paz como esta. Los perdedores pueden haber obtenido el respeto que desearon durante mucho tiempo, pero recibirlo después de una guerra perdida parecía incorrecto. Ganas o pierdes, esta es la forma oriental. Si pierdes, aceptas la derrota, pero continúas y eventualmente trabajas para producir una victoria para tu lado. Los ganadores estaban furiosos, respetar a los perdedores socavó toda la forma de ser oriental. El resultado fue obvio, ambos lados rechazaron tanto la paz que era solo cuestión de tiempo antes de que volvieran a la guerra. Y lo hicieron con una violencia mucho peor que la guerra anterior. Cuando finalmente terminó, pero no antes de que se convirtiera en la peor guerra de la historia de Oriente, causando un gran número de bajas y dejando el terreno devastado, los vencedores, que apenas ganaron después de lo que había sido un punto muerto durante varios años, impusieron una dura paz en los perdedores. Y no hubo guerras en Oriente durante muchos años después, porque el resultado de la paz de Grigorivich había sido terrible.

Peor aún, muchos durante la guerra habían escuchado a Otherland hablándoles y Otherland regocijándose con las últimas muertes y pareciendo llenar la misma tierra con una felicidad que desafiaba los cuerpos que yacían por todas partes y la tierra se volvía desolada. Los sobrevivientes y ganadores sabían que el verdadero ganador había sido Otherland, y todos sabían que esto no podía volver a suceder. Nada de su naturaleza volvería a suceder jamás, batallas más pequeñas, sí, incluso una guerra ligera, sí, pero se detenían antes de que tuviera la oportunidad de tomar el control. Y la voz de Otherland ya no se escuchaba en Oriente. No más paz Grigorivich, se gritaban unos a otros cuando amenazaban con estallar batallas o guerras, e inevitablemente se detenían.

Todos estos recuerdos regresaban al Mago Supremo ahora, y con la única excepción de Randolph Rosalea, compartió todo lo que sabía, todo lo que había hecho y todo lo que sabía sobre las guerras pasadas del Este. Se quejaron de la aventura espacial de Jenna Rosalea, pero reconocieron que era la única forma de acabar con la capacidad de Otherland para controlar los eventos. La inquietud del Consejo de Duelo los asustó más que a nadie. Si el Consejo de Duelo no tenía la capacidad de entender lo que estaba pasando y se sentía incómodo, significaba que todo el tejido de Magique estaba amenazado. Los Nons, todos se dieron cuenta, iban a tener que ser tratados en los términos de los Nons y no más en los términos de los Magos. Sería un mundo nuevo. Tal vez, incluso insistan en que el planeta ya no se llamara Magique. Las almas mágicas no serían felices, pero los Nons podrían crear problemas sin importar cuánto los controlaran mágicamente. Y luego estaba Percival Ambrose con su esposa e hijo, todos los cuales eran inmunes a la magia. Tal vez Otherland estaba soñando con otras formas de dificultar la vida mágica.

Por lo tanto, apoyaron oficialmente las acciones del Mago Supremo Sargeno Yulevich y le dieron la autoridad para hacer lo necesario para garantizar que se ganara la paz y no se perdiera. Incluso usaron sus palabras en el comunicado oficial transmitido mágicamente a todos los magos: "Hay muchas formas de ganar una guerra y muchas maneras de perder la paz." *

CAPITULO 13

Percival Ambrose había investigado y, como Mara Sholmay había predicho sobre su padre, tenía razón. Mara gimió ante la noticia, pero Percival Ambrose lo aceptó y le dijo a Mara: "Tu padre ahora es un líder en cambiar las costumbres de Magique." Ella gimió de nuevo pero asintió con la cabeza. Sabía que lo necesitarían ahora. Ella sabía que él sería importante para ellos y podría hacer una verdadera diferencia para todos los Nons.

"Cada lugar, cada espacio", se oyó decir. "Su lema bien puede ser su ruina".

"¿No sería eso algo? Su sistema es su destrucción".

"Tú y él deberían hacer un recorrido por el planeta, donde sea que estén los Nons, y correr la voz sobre la nueva forma de terminar con el dominio de los magos sobre nosotros." Mara lo supo de inmediato. No siempre le gustó su padre o sus formas, pero ella era su hija, y él le había enseñado a pensar cómo hacer que las cosas sucedieran.

"Esa es una gran idea. ¿Estarás bien con el niño por ahora?"

"Sí, puedo manejar a nuestro pequeño. Además, todavía tenemos nuestro propio viaje por hacer."

"Otherland", respondió. "Supongo que tendrá que esperar un tiempo hasta que el nuevo camino realmente se ponga en marcha."

"Eso espero, pero cuando regreses, prepárate para Otherland." Ella hizo una pausa. "No vuelvas pronto. Vuelve después de haber hecho el recorrido por todas partes, excepto Otherland. Nosotros somos los que tenemos que lidiar con Otherland."

"Lo sé."

Él y Astin Sholmay comenzaron su viaje a la mañana siguiente. El primer grupo de Nons al que se acercaron cerca de donde ahora residía Percival se mostró hostil cuando vieron que Percival se acercaba a ellos. Acababan de perder una guerra y muchos de sus familiares y amigos, y no estaban de humor para volver a escuchar a Percival. Era un líder fallido y comenzaron a alejarse hasta que Astin Sholmay gritó: "Escúchenme, ya saben cómo soy."

Sí conocían a Astin Sholmay. Fue uno de los Nons más respetados de Magique. Había dado trabajo a muchos Nons. Apoyó regularmente a Nons en su deseo de mejorar sus lotes. Encontró formas de mediar con las almas mágicas cuando surgieron disputas, y siempre encontró formas de resolver las disputas de maneras que ayudaron a los Nons.

Se volvieron de mala gana y uno dijo: "Está bien, Astin, te escucho y los demás también, pero es mejor que esta no sea otra guerra perdida con Percy allí". Deliberadamente usó el apodo de Percival que Ambrose odiaba para provocar a Percival, y luego él y ellos podrían irse.

Astin Sholmay había hablado con Percival Ambrose la noche anterior y le advirtió que no se ofendiera cuando Nons lo insultara. Las almas estaban dolidas y lo culpaban por el desastre. Astin fue contundente al decirle a Percival lo que había escuchado sobre el llamado salvador de los Nons, y no fue bueno. Astin quería que Percival lo escuchara de él, antes de que Percival lo escuchara de los propios Nons. Al principio, Percival estaba molesto, pero se dio cuenta de que tenía que estarlo, ya que él era el líder físico, incluso si Otherland estaba detrás de todo. ¿Cómo podrían atacar o ir tras Otherland, un lugar, una cosa, un algo sin una forma identificable excepto su paisaje, pero no alguien con quien hablar y criticar alma a alma? Así que, en cambio, centraron su ira en Percival Ambrose, cuyo mismo nombre se estaba convirtiendo casi en una maldición entre los Nons.

Aun así, en el momento en que los vio alejarse, se sintió herido por dentro y tuvo que luchar para mantener sus propias emociones dentro de sí mismo. Cuando el Non usó su apodo de manera provocativa, y él lo sabía, se negó a responder y forzó su rostro en un patrón que no mostraba respuesta a lo que se decía.

Él estaba sorprendido, pero antes de que uno u otros en el grupo pudieran responder, declaró Astin Sholmay. "Sí, perdimos la guerra, pero aún podemos ganar la paz". Él también había escuchado acerca de cómo el Mago Supremo estaba usando variaciones de esa frase casi desde el momento en que terminó la guerra. Ahora lo adoptó como la declaración oficial de cuál sería el objetivo de los Nons.

"Correcto", respondió sarcásticamente el que ahora era el portavoz del grupo.

Astin ignoró el comentario y declaró: "Deja de cooperar".

"¿Eh? ¿Qué quieres decir con dejar de cooperar?"

"Deja de cooperar con las almas mágicas y ganarás la paz".

"¿Estás tratando de culparnos por Magique?"

"No, pero las almas mágicas te necesitan, y sin ti van a sufrir. Me atrevo a decir que no pueden sobrevivir sin ti. Deja de cooperar y ellos te darán lo que quieres, la verdadera libertad en la que tú controlas tu vida, no ellos. Deja de cooperar."

"¿Cómo dejamos de cooperar?"

Astin miró con recelo. "No hagas nada de lo que ellos quieren que hagas. Necesitan que trabajes para ellos, no lo hagas. Necesitan que les proporciones artículos, no lo hagas. Quieren que sigas sus reglas, no las sigas. Esos son solo algunos ejemplos rápidos. Cualquier cosa que quieran o necesiten de ti, no lo hagas. Deja de cooperar. Deja que 'no' sea su palabra habitual cuando quieran que respondas. Dilo a ti mismo. Díganse el uno al otro, 'No' y dejen de cooperar, y obtendrán lo que realmente quieren y necesitan, libertad".

"¿No tomarán represalias?"

"En algunas situaciones sí, pero en general no, porque realmente no sabrán cómo lidiar con algo que les afecta a ellos también. Si te persiguen con fuerza, se destruyen a sí mismos. Di lo que quieras sobre las almas mágicas, pero ellas saben cómo protegerse. Y no harán nada que los amenace, incluso si eso significa renunciar a algún poder e influencia sobre ti". Astin vio a un mago acercándose a él, y antes de que el mago se acercara, se volvió hacia el grupo y dijo: "Observen y aprendan".

"Astin Sholmay, es bueno verte", dijo el mago, "esas piedras raras que me diste son brillantes y aun así han hecho maravillas para mí y mi esposa, si sabes a lo que me refiero". Él se rió entre dientes, pero Astin estaba en silencio y no respondía. El mago estaba desconcertado, ya que Astin siempre se reía de sus pequeñas bromas. Tal vez, Astin estaba teniendo un mal día, por lo que continuó: "Me gustaría comprar dos más".

"No."

"Oh, ahora no tienes ninguno disponible. Entiendo que. ¿Cuándo podrías conseguir algo?

"Nunca."

"¿Perdóname?"

"Tú y todos los demás magos nunca más obtendrán esas piedras raras de mí".

"No entiendo."

"Los días de cooperar con ustedes los magos han terminado. Ya no te voy a suministrar, y después de hoy ya no obtendrás esas piedras raras de ningún Non. Si realmente las quieren, tendrán que conseguirlas ustedes mismos, si se atreven. El mago miró sobresaltado a Astin y no se le ocurrió nada que decir.

Astin sonrió ahora y dijo enfáticamente: "Perdimos la guerra, pero ganaremos la paz".

Astin le dio la espalda al mago y se alejó. El alma mágica se quedó allí un momento aturdida y luego él también comenzó a alejarse, antes de desaparecer mágicamente en un estado de ánimo molesto.

El grupo quedó impresionado. "Nosotros podemos hacer eso también."

"Sí tú puedes. Ve y haz lo mismo."

Así empezó.

Fue idea de Percival Ambrose ir al Este. Sabía que, si podía lograr que Oriente se uniera, el Mago Supremo tendría que actuar y comenzar a lograr la libertad de los Nons. Astin se había mostrado reacio, porque conocía la cultura y la historia del Este, así como las bajas extremas que el Este había sufrido en la guerra reciente. No estaba seguro de que sobrevivieran, y mucho menos de que los escucharan.

Pero Percival insistió y, para aliviar las preocupaciones que tenía Astin, se acercó a sus contactos en el Este. Sí, descubrió que también estaban dolidos, pero aún estaban amargados con Magique. De hecho, algunos orientales querían incluso reanudar la guerra, sin importar el costo. Los Nons del extremo este estaban dispuestos a destruir todo, incluidos ellos mismos y todos los demás Nons, para detener lo que les estaba sucediendo.

Percival en sus contactos les dijo que había otra forma. Podrían ganar la paz, y él y Astin Sholmay se lo explicarían, si les daban un salvoconducto. Los Nons del extremo este se interesaron de inmediato y muchos se ofrecieron como voluntarios para proporcionar los guardias necesarios para garantizar la seguridad de Percival y Astin.

Eran necesarios. Algunos orientales atacaron a su grupo tan pronto como entraron en territorio oriental. El resultado fue mortal, ya que varios guardias fueron asesinados, pero la mayoría de los atacantes fueron asesinados. Percival Ambrose oyó regocijarse a Otherland en su cabeza. Trató de silenciar el ruido, pero no se aquietaba. Trató de mencionar evasivamente lo que escuchó a Astin, quien de inmediato se decidió a dar marcha atrás.

Los guardias insistieron en que tenían que avanzar. Se pusieron en contacto con otros orientales y les transmitieron las consecuencias de que alguien los detuviera. No hubo más ataques. Aun así, cuando llegó el momento de hablar con un grupo reunido, tanto Percival como Astin estaban nerviosos.

Percival se levantó y no dejó hablar a Astin. "Mira, sé por lo que has pasado, y te digo que podemos ganar la paz, si dejas que Astin Sholmay te diga cómo."

Escuchó los estruendos de la multitud y volvió a decir: "Podemos ganar, sin volver a la guerra. Podemos ser libres de una vez por todas. ¿No es eso lo que todos queremos? ¿No es eso lo que significa ser un Non en el mundo oriental? Has sido el mayor apoyo y ahora puedes mostrar el camino."

La multitud estaba en silencio, porque Percival los había alcanzado en su mismo ser. "Escucha lo que Astin tiene que decir y sabrás qué hacer y cómo hacerlo. Serás libre, te lo prometo."

Cuando Astin habló, se quedó embelesado.

CAPITULO 14

Jenna Rosalea se encontraba al frente del factivo. No era el edificio más impresionante de Magique. De hecho, era bastante simple. Parecía una vieja fábrica abandonada desde el exterior. No había letreros ni nada alrededor del edificio que indicara qué era. Ni siquiera estaba en un lugar de fácil acceso. Simplemente se estableció allí por sí mismo de manera poco impresionante en un área que se consideraría indeseable. Sin embargo, todas las almas adultas de Magique, mágicas o Nons, sabían el edificio y dónde estaba y podría llegar allí si fuera necesario.

Por dentro no era mejor. El factivo se parecía completamente a la vieja fábrica abandonada por dentro. Las cosas estaban esparcidas por el suelo al azar, o eso pensaba alguien que no trabajaba allí. Los estantes por toda apariencia eran caóticos. La organización de cualquier cosa en el factivo era furtiva para cualquiera que anduviera por el lugar. Ni siquiera había una oficina para recibir a nadie o manejar asuntos oficialmente. Los archivos y, obviamente, los archivadores no existían. Alguien simplemente se acercaba a quien entraba y hablaba con el visitante y las cosas seguían desde allí. Otras almas simplemente aparecían y el trabajo simplemente sucedía.

Detrás de escena, lo que se necesitaba aparecía aparentemente de la nada, así como el equipo necesario para hacer que algo funcionara de repente y funcionara de manera eficiente. Ver el equipo antes de que comenzara el trabajo era como ver los restos de una vieja fábrica abandonada que nadie se atrevió a limpiar. Ver el funcionamiento del equipo cuando se necesitaba era ver algo que no tenía sentido para los ojos. "Este es el mismo equipo, las mismas herramientas, el mismo…", eran frases comunes usadas por quienes veían el trabajo factivo por primera vez. Los trabajadores allí esperaban las líneas y las ignoraron y continuaron con su trabajo con este equipo aparentemente chatarra, que no era chatarra después de todo.

En la mayoría de las ocasiones con el factivo, alguien que quería que los trabajadores hicieran algo tenía que entrar al edificio y esperar a que alguien se acercara. Desafortunadamente para aquellos que ingresaron a las instalaciones, los trabajadores del factivo eran conocidos por tomarse mucho tiempo, de hecho, postergando, antes de siquiera reconocer la presencia de alguien en su factivo. La paciencia se convirtió en una virtud forzada cuando se trata de lo factivo. Los trabajadores factivos trabajaban en su propio horario y como mejor les parecía.

El hecho de que alguien preguntara no garantizaba que el factivo ayudaría a la persona que preguntaba. Regularmente decían que no y escoltaban al visitante hasta la puerta. Cuando eso sucedía, no había apelación era definitivo. Algunos intentaban volver, pero se les impedía volver a entrar en el factivo. Incluso el Mago Supremo no tenía autoridad final sobre el factivo o alguna forma de tratar con el factivo si el factivo no cooperaba, como muchos Magos Supremos aprendieron de la manera difícil. El factivo elegia lo que quería hacer y rechazaba lo que no quería hacer.

Jenna Rosalea fue recibida por un gran contingente de trabajadores factivos fuera de las instalaciones, listos y dispuestos a guiarla al interior de las instalaciones. De hecho, habían esperado su llegada. Sabían que ella venía, así les habían informado. Y allí estaban en masa, por así decirlo. Muy inusual y muy inesperado. Incluso Jenna Rosalea se sorprendió. Ella de la palabra correcta para cada ocasión se encontró tropezando con las palabras correctas ahora.

"Sabemos por qué estás aquí y lo que quieres. No es necesario decir nada. Estamos a tu disposición." Uno que parecía el más desaliñado (el vestido nunca fue una virtud con el equipo factivo), ofreció estas líneas aparentemente a instancias de los demás presentes.

Jenna Rosalea nunca había oído hablar de nadie a quien le dieran esas líneas al ingresar al factivo. De hecho, ella no sabía que alguna vez hubo tal recepción en el factivo. "Gracias" fue lo mejor que se le ocurrió para la ocasión.

El desaliñado, "Soy Roan", se identificó y antes de que ella pudiera hablar agregó, "y hemos encontrado algo de la antigua tecnología de naves espaciales. Primitivo y claramente inseguro".

Ella gimió audiblemente, pero otro trabajador factivo intervino: "Soy Magique Shea. Sí, mi familia me nombró por el planeta y el fundador". Esperaba que Jenna Rosalea hiciera el inevitable comentario, que por supuesto Jenna Rosalea estaba pensando cuando escuchó el nombre. "Hemos comenzado a realizar algunas mejoras en la tecnología, pero, por supuesto, necesitamos su opinión para que esto suceda".

Jenna Rosalea miró a esta mujer mayor vestida de manera muy informal pero que llevaba en contraste un sombrero multicolor brillante. "He oído hablar de usted."

"Sí, una vez competí en el duelo anual. Incluso llegué a la final, pero no fue así. El Consejo me pidió que viniera aquí, y aquí es donde encontré lo que estaba destinada a ser y hacer. Sin embargo, basta de bromas, entremos y pongámonos a trabajar."

Toda la asamblea, como si fuera una señal, inmediatamente se dio la vuelta y regresó al factivo con Jenna Rosalea a cuestas. El primer objeto que vio cuando entró fue un pequeño cohete, que cuando se acercó tenía una entrada en la que uno podía arrastrarse. Por lo que vio, el interior, tal como era, no estaba diseñado para la comodidad o la conveniencia. Más bien había poco espacio, solo un lugar para instalarse que fluía del diseño en sí. Dos minúsculos paneles de control, uno a la izquierda y otro a la derecha del espacio de asentamiento, eran la sencillez en sí mismos. Parecían diseñados para trabajar con cada mano del ocupante. De hecho, el ocupante para instalarse tenía que poner sus manos en cada panel de control, o de lo contrario no podría instalarse.

Ella no sabía qué decir. El desaliñado Roan respondió a sabiendas: "No está diseñado para nada más que hacer lo que hay que hacer".

Magique Shea agregó: "Tendremos que modificarlo para tu tipo de cuerpo, obviamente. El objetivo es detener a Otherland y, con su ayuda, creemos que esto puede funcionar".

Así comenzaron días que se convirtieron en semanas enfocados en adaptar la nave a Jenna Rosalea y brindarle protección para garantizar su seguridad mientras volaba en el espacio. Aquellos que tenían habilidades mágicas las usaban para ensamblar las piezas necesarias de una manera notablemente rápida, como armar un rompecabezas. Aquellos que eran Nons idearon la tecnología y los diseños que las almas mágicas podrían usar para hacer que la artesanía funcionara.

Aparentemente, los trabajadores factivos habían asumido que la contribución de Jenna Rosalea al trabajo sería su modelo sobre el cual trabajarían. No resultó así. Jenna Rosalea había hecho su propia investigación sobre el programa espacial anterior y había estudiado cuidadosamente cada pieza de tecnología utilizada. Inmediatamente podía señalar cuando los trabajadores iban por el camino equivocado. Podía ver en su cabeza lo que había que hacer, y estaba dispuesta a decirlo.

Al principio, los trabajadores factitivos estaban desconcertados, ya que nadie antes había cuestionado su trabajo u ofrecido alternativas, como claramente lo estaba Jenna Rosalea. Sin embargo, cuando primero consideraron y luego dieron seguimiento a sus sugerencias, se sorprendieron de su capacidad para ver la imagen completa y armarla en partes adecuadas. Para cuando el factivo había terminado con su trabajo, ella había sido aceptada como una de ellas.

"Eres notable", dijo Roan.

"Podrías ser uno de nosotros, si así lo deseas", dijo Magique Shea. "¿Estarías dispuesta a unirte a nosotros después de haber encontrado una manera de detener a Otherland?"

Roan fue más allá y dijo: "Rara vez invitamos almas a nuestro factivo, pero tú eres la rara excepción, y todos aquí sienten que sería una ventaja".

A Jenna Rosalea la invitación la tomó por sorpresa y sintió que todos la querían. El Consejo de Duelo dijo que un lugar estaba reservado para ella. El Mago Supremo Sargeno Yulevich la había llamado su general en la guerra reciente y la declaró indispensable. También había proporcionado lo que creía que sería un plan para la paz, y ahora estaba demostrando que tenía razón, a pesar de las objeciones de las almas mágicas. Incluso el Jean Magique original le había dicho que ella era necesaria para la preservación del planeta. Ahora el factivo le estaba dando una invitación, y ella sabía que eso no sucedía a menudo. Estaban convencidos de sus habilidades y talentos.

"Déjenme pensarlo un poco, como después de que Otherland haya sido detenida. Necesito concentrarme en esto primero."

"Absolutamente, es por eso que estas aquí. Tómate todo el tiemppo que quieras. Siempre tendremos un lugar para ti."

En lo profundo de la mente de Jenna Rosalea había una pregunta simple pero necesaria: "¿Qué quiere Jenna Rosalea?"

Había ascendido a Mago Supremo y había trabajado bien. "Estén en paz", es la bendición dada a los Magos Supremos que se retiran y le fue dada a ella. Supo en el momento en que escuchó que se decía que no estaría en paz. "Tal vez cuando todo esto termine, finalmente pueda estar en paz".

Por supuesto, para ella estar en paz como bien sabía era estar totalmente retirada, no estar involucrada en nada, simplemente irse a casa y convertirse en una reclusa. Parecía como si todo el planeta rechazara esa posibilidad.

Irónicamente, los Nons en sus actividades de no cooperación finalmente llamaron al Mago Supremo para establecer un sistema mediante el cual los dos lados pudieran operar juntos, y querían que Jenna Rosalea representara a las almas mágicas. Ella había escuchado eso y estaba atónita.

Su primer pensamiento, "¿No hay otras almas mágicas que podrían elegir? ¿Por qué yo?"

Realmente estaba empezando a preocuparse por sí misma. No confiaba en nadie, no fuera que alguien o todos en el planeta comenzaran a entrar en pánico porque ella no estaba disponible. "Tiene que haber una manera de avanzar y hacer lo que se debe hacer. Lo que tengo que hacer, lo que tiene que salir de mí, pero ¿puedo, quiero o estoy perdida?"

Se sintió temblar, invisible para los demás, pero estaba temblando y lo sabía. "¿De esto se tratará mi vida?"

Sabía que había diseñado elementos de la nave espacial en los que nadie del factivo había pensado. Sabía que había visto adónde iban a ir ciertos mecanismos de la nave espacial antes que nadie. Sabía que este cohete era tanto su creatividad como el trabajo del factivo. El factivo y Jenna Rosalea se habían unido de tal manera que se habían superado todos los desafíos del cohete.

Recordó el primer vuelo de prueba sin ella. Mágicamente enviado a espacio sin combustible, se desempeñó admirablemente para el vuelo corto. Se mantuvo deliberadamente alejado de Otherland y, por lo tanto, estuvo en el espacio solo el tiempo suficiente para probar sus capacidades y ver si era seguro. Lo era. La nave fue examinada minuciosamente mágica y técnicamente en los días siguientes y se declaró lista para ella. No había necesidad de probarla con un phlex. Todos los sistemas para mantenerla con vida en el espacio se probaron en el primer vuelo.

Además, nadie quería poner un phlex en esa cabina, especialmente si el phlex actuaba naturalmente como un phlex. Destruiría todo su trabajo. Por lo tanto, se decidió que el próximo vuelo sería suyo. Por supuesto, a diferencia del primer vuelo, ella tendría el control de la nave una vez que estuviera en el espacio, y dependería de ella ir sobre Otherland y ver si Otherland podía ser detenida desde el espacio.

El factivo sabía que la nave la llevaría a salvo, pero el objetivo final de detener a Otherland aún era cuestionable. Incluso el factivo con toda su investigación y conocimiento no pudo responder esa pregunta. Todo lo que sabía era que tenía que intentarlo, y el factivo hizo todo lo posible para asegurarse de que pudiera intentarlo con seguridad.

El día y el momento en que subió al cohete, todo el grupo estaba allí para observar. Dejaron de hacer todo. Otras tareas se pusieron en pausa mientras la veían ascender mágicamente al espacio. No estaban seguros de cuánta comunicación tendrían con ella si fuera necesario, así que en lugar de confiar en la magia, si eso fallaba, habían instalado un dispositivo de comunicación simple. Todo lo que tenía que hacer era hablar y el factivo podría comunicarse con ella y tratar cualquier problema o pregunta que surgiera.

Había practicado lo suficiente en el factivo sobre cómo funcionaba la nave, y podía manejarla automáticamente. ella estaba lista Ahora estaba en el espacio en su pequeña nave sentada en los controles y conduciéndola al espacio sobre Otherland. *

CAPITULO 15

Desde que los Non se negaron a cooperar, Astin Sholmay, Percival Ambrose y Mara Sholmay habían estado discutiendo cuál sería el siguiente paso. Percival estaba a favor de una ruptura total, con los Nons siguiendo su camino y los Magique siguiendo el suyo. Astin y Mara señalaron que sería una receta para el caos, que Otherland explotaría.

"¿Que sugieres?" preguntó a los demás.

Fue Mara quien dijo: "El mismo Mago Supremo ha dicho que un Non trabajaría con él para resolver disputas. Pero personalmente, creo que deberíamos eliminarlo de las discusiones. Es un personaje demasiado divisivo, y además lideró la guerra. A mí y a otros Nons nos parecía que estábamos dejando que el conquistador dictara la paz. No veo a Nons apoyando eso. Necesitamos que alguien más los represente".

Astin y Percival respondieron al mismo tiempo: "Jenna Rosalea".

"Ella contaba con un claro seguimiento entre las almas mágicas, y era decente con los Nons cuando era Mago Supremo", dijo Percival.

"Ella es también quien le dijo al Mago Supremo que esto tendría que suceder", indicó Astin.

"¿De verdad?" los demás respondieron sorprendidos.

"¡Oh vamos! Tengo contactos en todo el mundo mágico y sé casi todo lo que sucede en los niveles más altos. Fue idea de Jenna Rosalea, que el Mago Supremo siguió a regañadientes, después de la guerra y viendo lo que está pasando ahora."

"Jenna Rosalea es, entonces", respondió Mara, "pero ¿quién de nosotros hablará por nuestro lado?"

"Lo harás tu", le dijo Percival Ambrose a su esposa. "Obviamente estoy fuera, y Astin, nada personal, pero necesitamos a alguien que realmente pueda hablar por Nons e identificarse con ellos".

Astin sonrió y dijo: "Eso es lo que yo sugeriría. Acabas de hablar más rápido que yo."

Mara miró a su padre sorprendida: "Nunca esperé escuchar eso de ti".

"Siempre me subestimas, Mara. Presto mucha atención a todo y a todos. Eres mi hija, y eres la única persona con la que Jenna Rosalea tendría que respetar y trabajar. Sé que eres capaz, y sé que puedes defenderte. Además, nos estarías informando a nosotros, como ella estaría informando al Mago Supremo. Nada se resolverá a menos que todos estén de acuerdo, por lo que eres ideal".

Estuvieron de acuerdo en lo que sucedería a continuación, pero Astin todavía sintió que necesitaba hacer una advertencia. "Por supuesto, Jenna Rosalea no es fanática de ninguno de ustedes y está registrado que no quiere tratar con ninguno de ustedes. Sin embargo, si hacemos de eso una posición absolutamente no negociable, ella tendrá que lidiar contigo, Mara".

"¿Esto se va a poner desagradable?" preguntó Percival pensando en su esposa y su hijo.

"Desagradable no es la palabra que usaría. Intenso más probable. Además, ella va a saber todo sobre nosotros tres, y me refiero a todo. Mara, no habrá ninguna parte de tu vida o incluso de tus pensamientos de la que ella no sea consciente".

"Maravilloso", respondió ella sarcásticamente.

"Sin embargo, también te proporcionaré todo lo que se sabe sobre ella. Por supuesto, ser Mago Supremo y todo lo que implica significa que habrá algunos asuntos que realmente no sabemos sobre ella. No creo que eso sea un problema. No obstante, yo y varios otros Nons que conozco trabajaremos contigo y te prepararemos para las negociaciones. Serás capaz de defenderte. Te conozco lo suficiente como para saber eso de ti."

Como esperaba Astin cuando se reunieron los materiales de investigación sobre Jenna Rosalea, había agujeros, espacios en blanco, áreas desconocidas y simplemente ningún conocimiento disponible en ciertas partes de su vida y de su ser. Astin y los demás podían describir su personalidad y cómo funcionaba y, por lo tanto, si se le ocurría una revelación sorprendente, podían preparar a Mara para saber cómo lidiar con ella.

El grupo se tomó su tiempo con Mara, repasando todo tipo de escenarios. La ayudaron a saber cómo responder y cómo impulsar la agenda Non. Ella no estaría simplemente reaccionando, sino que sería una socia activa en las negociaciones. Tenía que demostrar que era igual a Jenna Rosalea, o de lo contrario todo estaría perdido. Necesitaba estar preparada, y lo estaba.

Astin había hecho los contactos preliminares y Sargeno Yulevich no se sorprendió. Sabía lo que había estado haciendo Astin y esperaba que Astin ahora fuera el diplomático no oficial y portavoz de los Nons. El Mago Supremo ni siquiera se sorprendió cuando Jenna Rosalea fue la maga en la que insistieron absolutamente, "no negociable" para usar su frase. El general sería ahora el pacificador, pensó para sí mismo. La única persona que Magique necesita por encima de todo tiene que volver a aparecer. Me pregunto cómo manejará Jenna esta noticia.

Mara Sholmay fue una sorpresa al ser la negociadora principal. Pensó que Astin podría asumir ese trabajo por sí mismo, y no estaba seguro de cómo Jenna manejaría esto. El Mago Supremo tenía opiniones encontradas sobre Mara Sholmay y comenzó a expresarlas, pero nuevamente dijeron: "No negociable. Estamos hablando y estamos dispuestos a hacer lo que sea necesario para asegurar la paz. Ella es con quien Jenna Rosalea negociará o continuaremos con nuestra política de no cooperación. En el momento en que Mara Sholmay y Jenna Rosalea se pongan de acuerdo, la falta de cooperación terminara en todas partes. Cooperaremos completamente con los magos a partir de entonces, pero así es como tiene que ser". Ni siquiera fue Astin quien dijo esto, varios otros de la delegación oficial enviada para hablar con el Mago Supremo sobre los procedimientos para manejar la negociación lo hicieron y esto se fusionaba con varios oradores.

Eran buenos y estaban preparados, pensó Sargeno Yulevich, Mago Supremo que era. Jenna va a tener las manos ocupadas, pero si alguien puede manejar este lío (sí, es un lío), ella puede hacerlo.

"Obviamente no puedo hablar por Jenna Rosalea, pero me comunicaré con ella y me comunicaré con usted".

"Más temprano que tarde es preferible", respondió Astin.

Los otros intervinieron: "Las cosas empeorarán antes de mejorar".

¡Oh, ahora nos están chantajeando! Maravilloso, pensó con sarcasmo. Bueno, necesitan saber que hay límites.

"Representantes de los Nons", dijo, haciéndose oficial ahora, "estamos comprometidos con la paz entre los Magiques y los Nons, y estamos dispuestos a hacer lo que sea necesario para garantizar la paz. No obstante, hay límites, y un enfoque de Percival Ambrose (él sabía que esto los afectaría) es inaceptable y no será parte de un acuerdo negociado. ¿Ha quedado claro?"

Astin se dio cuenta de que esto era peligroso y que probablemente habían empujado demasiado al Mago Supremo, por lo que rápidamente respondió su discurso ensayado que había planeado solo para esta eventualidad antes de que los demás pudieran decir algo inapropiado: "Todos estamos trabajando por la paz y sinceramente queremos trabajar juntos por una paz mutuamente acordada, en la que todos podamos cooperar y vivir unos con otros. Respetamos a los magos y tú eres el Mago Supremo, y haremos nuestra parte para que las cosas sucedan de tal manera que ningún Non este amargado por la experiencia. Estamos agradecidos de que esté dispuesto a escucharnos, y realmente esperamos trabajar con usted".

Oh, él es bueno, realmente bueno, Astin Sholmay. Veo por qué tuvo tanto éxito en su negocio con nosotros y en ayudar a otros Nons cuando tenían problemas con nosotros. Ahora es mi turno de hablar suavemente. "Con ese respeto mutua y cooperación, podemos asegurar la paz para nuestro planeta Magique (no iba a dejar que olvidaran ese hecho). Esperamos trabajar con usted y me pondré en contacto con Jenna Rosalea para garantizar que esto suceda. Me pondré en contacto con usted tan pronto como ella esté disponible. Ella está fuera del área en este momento, y tomará más tiempo de lo normal llegar a ella. Así que tengan paciencia conmigo y les responderé dentro de un tiempo razonable".

Por supuesto, saben que ella está en el factivo. Cuánto saben más allá de eso, no lo sé, y no es necesario que lo sepa. Tiene que terminar su misión antes de que pueda responder y, con suerte, están dispuestos a aceptar ese hecho.

"Entendemos", dijo uno y los demás en la delegación afirmaron.

Me pregunto cuánto saben. Al menos lo están aceptando, es un comienzo, un comienzo positivo. Uno solo puede esperar. Las almas aún pueden ser salvadas en ambos lados.

El grupo fue despedido. Se contactó con Jenna Rosalea, quien aceptó a regañadientes, pero le recordó al Mago Supremo lo que estaba a punto de hacer. ¡Como si el Mago Supremo necesitara un recordatorio! No obstante, él entendió que ella estaba bajo mucho estrés, y le aseguró que lo entendía y que lidiaría con esto apropiadamente después de que ella se sintiera cómoda. Solo entonces, debe seguir adelante. Se quedó con tal seguridad.

El Mago Supremo despidió a todos de su oficina y se sentó solo. Entonces, dependiendo de lo que pase entre Jenna Rosalea y Mara Sholmay será mi legado y cómo me evaluará la historia y qué se les enseñará a los niños en sus clases. Suspiró y dijo en voz alta, pero nadie pudo oírlo: "Que el cielo nos ayude".

¿Escuchó que lo que comenzó como una brisa se convirtió en una suave afirmación declarando que el cielo ayudaría? No podía estar seguro, pero lo sintió, tan real como había sentido la presencia y la voz de Otherland en otras circunstancias.

Ayudó al día siguiente cuando el Consejo de Duelo lo contactó y envió al que le había dicho cómo el Consejo había estado intranquilo. Ahora dijo: "Ya no nos sentimos incómodos. Estamos listos para seguir adelante con el duelo anual".

"¿Eso es todo?" fanfarroneó. "Sí", fue su única respuesta.

"Está bien, haremos lo que se debe hacer" fue todo lo que pudo reunir a cambio. Todavía lo irritaban. Estaba contento por las buenas noticias y la afirmación de lo que sentía, pero el Consejo de Duelo seguramente podría hacer más que esto. Sabía que era una pérdida de tiempo y energía ir más allá, por lo tanto, en este momento no lo hizo y simplemente la despidió, que era exactamente lo que ella esperaba y deseaba.

Astin Sholmay con la delegación informó a Percival Ambrose y Mara Sholmay. Astin, tan amablemente como pudo, les hizo saber a ambos la inquietud que sentía el Mago Supremo por Mara y cómo Percival Ambrose había sido citado por lo que sería visto como un enfoque inaceptable.

Percival pensó que podía quedarse callado, pero estaba furioso. "¿Se supone que debo callarme y aceptar ese insulto, después de todo lo que hemos pasado? YO-"
Su esposa intervino y dijo: "Es injusto y desagradable, y pueden decir todo lo que quieran sobre Percival Ambrose, mi esposo, pero sin él no estaríamos aquí, y es mejor que se acostumbren".

"Gracias", respondió Percival a su esposa y la abrazó a ella y ella a él. Astin Sholmay esperaba que algo como esto sucediera, y estuvo de acuerdo, para sorpresa de Mara y Percival.

Mara, que ha querido despreciar a su padre a lo largo de los años, encuentra continuamente a su padre apoyándola en situaciones que no necesitaba. Ella no sabe cómo reaccionar y se queda allí abrazando a su marido, hasta que Percival la suelta.

Percival rompe el incómodo silencio diciendo: "Gracias. Sé que hemos tenido nuestras diferencias, pero agradezco su acuerdo. Sargeno Yulevich nunca tendrá nada que ver con nosotros mientras yo viva, y escuché que el duelo anual se acerca bastante pronto. Me alegraré de que se haya ido.

Sabía que había predicho que no habría duelo anual, y ahora lo esperaba con ansias. La ironía lo golpeó fuertemente, y no pudo hablar por un minuto. Todos lo miraron, y nadie sabía cómo manejar la situación. Finalmente, el propio Percival se dio cuenta de que tendría que romper el silencio y lo hizo.

"Estaba pensando en las batallas (no es realmente una mentira, se dijo a sí mismo, tal vez una exageración de lo que estaba haciendo cuando la ira, el miedo, la duda y tantas otras emociones lo invadieron mientras consideraba lo que significaba el pasado reciente para él y le había hecho a él y a otras almas No). Fue difícil todavía es difícil. Hice lo que había que hacer. Ahora hay otra manera, una mejor manera, y usarme para no lidiar con sus propios problemas es estúpido". Pensó en otras palabras para terminar esa línea, pero se contuvo y eligió estúpido después de una breve pausa para que supieran que podría haber elegido una palabra peor. El grupo reunido asintió.

Para detener las acciones de no cooperación, el Mago Supremo hizo saber mágicamente a las almas del planeta fuera de las de Otherland lo que iba a suceder. Randolph Rosalea fue convocado a la oficina del Mago Supremo e informó lo que les iba a decir a los habitantes de Otherland, sabiendo muy bien que Otherland escucharía y respondería negativamente. Se preguntó cómo se verían afectados los tres invulnerables a la magia. Tal vez Otherland en un ataque de furia encontraría una manera de deshacerse de ellos o al menos convertirlos en nada.

La falta de cooperación terminó de inmediato y Otherland actuó como se esperaba. Estaba tranquilo en todo Magique como lo había estado justo antes de la guerra, y eso preocupaba a el Mago Supremo. No necesitaba preocuparse, ya que Otherland estaba furiosa. Mara y Percival solían escuchar voces en su cabeza que gritaban no, no, no e insistían en que la muerte era el único camino. Lucharon contra la voz y pudieron evitar que los abrumara. Cuando Otherland reconoció esto, se retiró de ellos y fue tras su hijo.

El niño gritaba constantemente, apenas podía dormir y luego solo por minutos, claramente tenía pesadillas cuando dormía y no podía retener ningún alimento. Otherland parecía decidido a matar al niño como un sacrificio porque los padres no sequian ciegamente a Otherland. Después de todo, la muerte es Otherland, y qué mejor manera de mostrar de qué se trata Otherland que la muerte de un niño. El planeta y sus almas se darían cuenta de quién estaba a cargo y quién debía ser apaciguado y atendido. Se demostraría que Otherland era suprema, y la muerte sería aceptada para los niños. Tal es la voluntad y el propósito de Otherland, donde reina la muerte.

Los Non Mediques no pudieron salvar al niño. Solo después de que todos los esfuerzos habían sido probados y fallados, un médico dijo las palabras que nadie quería escuchar. "La magia podría salvar a su hijo; de lo contrario, su hijo morirá."

¿Dejamos que nuestro hijo muera porque nos oponemos a lo que se haría para salvar al pequeño? Estas fueron las palabras y pensamientos que rondaban tanto a Percival como a Mara ahora. ¿Dejamos que Otherland viva y muestre su poder al dejar que nuestro hijo muera en sus manos? ¿Estamos dispuestos a reconocer un lugar para la magia en este mundo, o no?

Percival finalmente se volvió hacia su esposa. "No dejaré que el niño muera tanto como odio la magia. Si los magos salvan a nuestro pequeño, tal vez tal acto pueda hacer que la paz real no solo sea una posibilidad, sino una promesa de un nuevo y mejor comienzo entre nosotros. ¿Me dejarás contactar al Mago Supremo?"

Todo lo que pudo hacer fue negar con la cabeza y llorar.

Llamó a Astin y le ordenó que contactara al Mago Supremo y le explicara lo que estaba sucediendo y, si fuera necesario, Percival Ambrose se entregaría para salvar al niño. Astin quedó asombrado por el comentario, pero se mantuvo en silencio e hizo lo que le dijeron. El Mago Supremo dijo que él mismo vendría al niño y lo salvaría. Se envió un Magick inmediatamente a donde estaba el niño e indicó que el Mago Supremo ahora aparecería si Percival Ambrose así lo pedía. Apretando los dientes, preguntó, e instantáneamente, Sargeno Yulevich estaba parado justo a su lado.

Pensó en cuántas veces quiso matar al Mago Supremo, y ahora dependía del Mago Supremo para salvar a su hijo. Señaló al niño y se alejó. El niño era invulnerable a la magia, pero la magia podía evitar que Otherland alcanzara al niño. Por lo tanto, el Mago Supremo envió hechizos que rodearon al niño y bloquearon a Otherland de acercarse al niño, tocar al niño, lastimar al niño. Instantáneamente, los gritos del niño cesaron y el niño durmió tranquilamente por primera vez en días.

"El niño dormirá casi un día y luego tendrá mucha hambre y comerá como nunca has visto comer a un niño. Esten preparados. Después de comer, todo estará bien. El niño está permanentemente protegido contra el enfoque de Otherland a menos que esté en Otherland misma".

Sargeno Yulevich no sabía qué más decir, y solo murmuró: "Yo me marchare ahora."

Antes de que pudiera desaparecer, Percival Ambrose primero y Mara Sholmay luego tomaron su mano y dijeron: "Gracias".

Reconoció la gratitud inclinando la cabeza hacia ellos, algo que ningún Mago Supremo debería hacerle a nadie mientras fuera un Mago Supremo. Reconocieron el notable gesto e inclinaron la cabeza hacia él, y se fue.

El niño mejoró y volvió a ser un niño normal un día después. Ninguna señal de Otherland llegó al niño en los días y semanas siguientes. El Mago Supremo cumplió su palabra. Sin embargo, todos se dieron cuenta de que Otherland tendría que ser confrontada por ellos, incluido el niño, y sabían que la protección sería inútil en ese momento.

Mara lo dijo primero. "Tal vez podamos posponer ese día por un tiempo".

Percival lo pensó por un momento y respondió: "Lo espero y lo deseo, pero sé que no puede ser. Se acerca el día, y llegará antes de lo que nos gustaría" gritó Mara, sabiendo la verdad de lo que dijo Percival. *

CAPITULO 16

Jenna Rosalea estaba observando a Magique debajo de ella y las estrellas sobre ella. "Una hermosa vista", dijo en voz alta.

Los que estaban en el factivo la escucharon y Roan dijo: "Podemos creer eso". Había olvidado el dispositivo de comunicación ella estaba tan impresionada por lo que vio, pero al menos la escucharon y supieron que todo iba bien.

De mala gana, fijó el rumbo hacia Otherland. Sentía que podía quedarse donde estaba durante un largo período de tiempo y que sería feliz. Ahora entendía el atractivo de los viajes espaciales. Tal vez otros podrían hacer esto también una vez que tengamos los detalles y la seguridad resueltos para más de un alma. Creo que podría ayudarnos a ver nuestra unidad básica en este hermoso planeta y como parte de algo más grande en el espacio.

Sin embargo, era hora. Dirigió la nave al espacio sobre Otherland. Siguió mirando a su alrededor y hacia atrás para disfrutar de la vista antes de tener que lidiar con lo inevitable. La ayudó y la enfocó. La convenció de la necesidad de su tarea. "La belleza, la belleza, la belleza", seguía repitiendo.

"Sí", dijo Roan una vez más.

Ahora se acercaba al espacio de Otherland. Empezó a mirar a su alrededor. ¿Qué estaba causando El Lugar de Luz? Tenía que haber una respuesta aquí en alguna parte. Se acercaba al Lugar de Luz y ahora podía verlo en el suelo. Siguió de dónde podría haber venido, haciendo un gráfico imaginario en su mente para discernir su dirección. No necesitaba ninguna tecnología para guiarla, ella podía visualizar sus movimientos mentalmente y lo hizo. Además, después de las caídas de los Dos, no se había preservado nada direccionalmente en el espacio sobre Magique.

De hecho, incluso durante los reinados de los Dos, la exploración y el mantenimiento de registros nunca habían sido primordiales. Los viajes espaciales entonces habían sido simplemente una distracción para permitir que el Dos gobernaran absolutamente y sin preguntas por las almas mágicas. La seguridad, la comprensión, el aprecio y todos los demás beneficios o necesidades posibles eran superfluos, incluso como dijo uno de los Dos en un raro momento de honestidad: "Una pérdida de tiempo".

Por lo tanto, ella fue la primera verdadera exploradora del espacio sobre Magique. Todo lo que descubriera sería nuevo para los habitantes del planeta. Estaba sola en el espacio. Tenía que encontrar su propio camino. Su habilidad para ver patrones la hacía crucial para un vuelo así, y ella lo sabía.

Cuando llegó al Lugar de Luz en Magique, miró hacia el espacio de donde debería haber venido. Al ser el espacio tan oscuro a pesar de las estrellas, era muy difícil ver cualquier cosa cercana que no fuera el planeta. Tenía que andar a tientas en la oscuridad y se estaba frustrando. Podría estar volando por aquí durante quién sabe cuánto tiempo y todavía podría no encontrarlo, sea lo que sea.

Cuando su frustración llegó a su punto máximo, escuchó lo que luego describiría como una voz en su mente, algo así como Otherland, pero más suave, más calmante, más pacífica.

"Bienvenida, Jenna Rosalea. Te hemos estado esperando por generaciones. Sabíamos que serías tú."

Miró y vio lo que parecía ser una gran roca sentada en el espacio. Era lo suficientemente grande como para aterrizar su nave, y ella podía ver, para caminar por un rato, pero no era enorme. Era pequeño, y esperaba que si caminaba durante un día, atravesaría toda la roca. Eso era todo y, sin embargo, de alguna manera la estaba atrayendo. Ella no tenía control. Su nave simplemente estaba siendo conducida allí y aterrizó suavemente sin su guía.

"Hemos hecho arreglos para que puedas salir de tu nave y puedas respirar y ser como eres en tu planeta", la voz se filtró a través de su mente. "Revise sus propios instrumentos y verá que esto es como decimos".

Ella lo hizo, y todo salió normal para Magique. Abrió la nave y salió y respiró normalmente. Vale, alguien se ha tomado muchas molestias para hacer esto y traerme aquí. ¿De qué se trata esto?

"Se trata de ti, Jenna Rosalea, y de cómo lidiar con lo que llamas Otherland. Ahora sabes que eres especial. Puede que no sepas lo especial que eres. En pocas palabras, eres única. Realmente no hay nadie como tú. El más cercano fue Jean Magique, ya que hizo posible Magique, como tú lo llamas. Habíamos trabajado para hacer posible que Jean Magique hiciera lo que hizo, pero cuando se trata de seres conscientes, no hay garantías. De manera similar, El Lugar de Luz, como lo llamas, abrió la posibilidad para alguien como tú, pero nuevamente, no hay garantías de que suceda".

Aquí estaba ella de pie sobre esta enorme roca que se extendía a cierta distancia aunque podía ver el final. Ella no vio a nadie ni a nada excepto la roca, desconcertándose a sí misma, y ahora que le dijeran que El Lugar de Luz la hizo posible la estaba desorientando. Estaba perdiendo el control de la realidad y de quién era y qué era. Empezó a temblar nerviosamente y sintió que se iba a caer o perder el conocimiento.

En cambio, sintió que algo la atravesaba fortaleciéndola, consolándola, levantándola y envolviéndola. Inmediatamente recuperó el control de sí misma y dejó de temblar, y no se cayó y sintió que nunca se caería con lo que fuera que le estaban haciendo.

"Sí, ya has pasado por esto antes cuando el propio Jean Magique, como buena alma que era, te dijo que el Consejo de Duelo había manipulado los juegos, de modo que si hacías lo que se suponía que debías hacer, ganarías y te convertirías en el Mago Supremo. Los miembros del Consejo de Duelo, por supuesto, vieron tus habilidades como especialmente necesarias entonces y después. Lo que no podían saber era lo especial que eras. Su sucesor como Mago Supremo lo descubrió. Tu primo lo sabía desde hacía mucho tiempo. Otros en la comunidad mágica se dieron cuenta. Los Nons, como tú los llamas, lo sabían. El factivo vino a verlo. Y tú misma, cuando has permitido que este pensamiento cruzara tu mente, lo has sabido".

No estaba temblando. Ella simplemente era. Sabía que esto era cierto, y por una vez no estaba asustada. Ella aceptó. ella afirmó. Aun así, la inevitable y habitual pregunta salió de su boca en voz alta: "¿Por qué yo?"

Un suspiro colectivo se sintió y escuchó alrededor y dentro de ella. "La pregunta habitual para la que no hay una respuesta definitiva, excepto que eres quién eres y porque eres tú puede suceder. Sin garantías. Nada definitivo. Realmente depende de que aceptes quién eres. Si lo haces, las posibilidades suceden. Si no, no lo hacen. Estás aquí y, por lo tanto, las posibilidades se realizan".

Suenan como el Consejo de Duelo, y yo voy a estar en ese Consejo de Duelo. ¿Significa eso que tengo que hablar así? No puedo. No lo haré. Se dio la vuelta en la roca buscando algo, no estaba segura de lo que estaba buscando. Sin embargo, sabía la siguiente pregunta, y tal vez ese sería el algo.

"¿Quién o qué eres?" "¿Qué quieres que seamos?"

"¡No es útil! Tal vez para otros, pero no para mí. Quiero saber con quién o con qué estoy tratando. Necesito saber."

El silencio llenó la roca. No escuchó ni sintió nada. Jenna Rosalea comenzó a ponerse un poco nerviosa, pero nuevamente sintió que el consuelo, la fuerza y la seguridad la invadían.

"Mira de nuevo El Lugar de Luz".

Jenna Rosalea miró. A pesar de la distancia desde el espacio, pudo ver la luz brillando momentáneamente, más brillante que cualquier cosa que hubiera visto antes. Próximo, la luz parecía cambiar de color como si atravesara un prisma. Finalmente, la luz pareció llenar el cielo y el espacio a su alrededor. Por todas partes había luz: luz gloriosa, magnífica, que todo lo abarcaba.

"Mira y mira lo que puedes ver".

Se concentró en la luz. Ahora podía ver la luz parpadeando y luego moviéndose. La luz parecía fluir como un todo y luego como partes separadas. La luz fluía y menguaba. La luz incluso parecía bailar. La luz se abrazó a sí misma y se elevó. La luz parecía estar viva. Sin embargo, en todos los sentidos la luz es luz, esto era claramente luz.

Se sintió viajando en la luz, en la luz, a través de la luz, moviéndose a la velocidad de la luz, pero aún estaba en la roca. Se sentía como si estuviera en muchos lugares a la vez.

"La roca es para ti y cuando te hayas ido, la roca ya no existirá. Lo que viste y experimentaste es la mejor manera en que podemos mostrarte quiénes y qué somos. Estamos en y de la luz, pero no somos la luz misma. Podemos usar la luz como tú puedes usar objetos o como si mágicamente pudieras hacer que sucedan cosas o ir a lugares. Funcionamos en y a través de la luz y hemos hecho posible El Lugar de Luz.

"Cuando su planeta comenzaba a existir por sí solo, les proporcionamos El Lugar de Luz. Estaba destinado a ti. Era un riesgo, podría haber salido terriblemente mal. El hecho de la conciencia de Otherland podría haberlo destruido todo y todavía lo puede hacer. Tu presencia aquí tiene el potencial de salvar tu planeta. ¡Pregunta lo que debes preguntar!" La voz era insistente y urgente.

"¿Cómo detengo a Otherland sin destruir a Magique?"

"Debes convertirte en Magique", salió suavemente del colectivo.

"Que-!" salió incontrolablemente en respuesta. Ella fue capaz de dejar de decir más.

"El Consejo de Duelo ha reservado un lugar para que reemplaces a Jean Magique. Tenían un sentido de ello. ¿Necesitamos repetir cómo te ven los habitantes y líderes de Magique, Jenna Rosalea? Solo tú puedes convertirte en Magique, porque eres la única capaz de convertirte en Magique".

"¿Cómo es eso posible?"

"Tu primo tiene un vínculo con Otherland, al igual que Percival Ambrose, Mara Sholmay y su hijo. Todos deben ir contigo al Lugar de Luz. También necesitarás la catapulta, que hizo que los tres fueran inmunes a la magia. Además, necesitas un espécimen de la criatura más asociada con Otherland.

"Un phlex", murmuró automáticamente.

"Sí. Pon la catapulta en la misma luz, siéntate en ella y haz que los demás estén físicamente en contacto contigo".

"Buena suerte consiguiendo que un phlex coopere". Podía ver a la criatura luchando y creando estragos.

Ellos no respondieron. La invadió la sensación de que percibían esto como sutilezas, sin tomar en serio su respuesta. No vieron un problema o una cuestión. "Otherland se resistirá, pero debido a que descubrirás quién eres entonces, debes someterla, tu planeta se salvará y te convertirás en Magique. Ve ahora y cumple tu destino. Haz que tu posibilidad sea real."

La roca desapareció y ella volvió a su embarcación.

"¿Qué sucedió? ¿Qué encontraste?" Llegó la voz de Roan por el comunicador. "Te perdimos por completo. Fue como si desaparecieras, y nada de lo que pudiéramos hacer podría alcanzarte. Solo silencio por completo y ni siquiera un rastro de ti o de la nave."

"Cuando regrese, tenemos mucho de qué hablar". Y ella guió la nave de regreso al factivo. *

CAPITULO 17

Otherland estaba decepcionada, no, enojada. Perdieron y luego volvieron a ganar. Los Nons encontraron una manera de vencer a los Magicks. Al principio, estaba inseguro acerca de lo que llamaban falta de cooperación. Parecía que no se tomaba la muerte en serio. Ah, pero no debería haberme preocupado al principio. Comenzaron a matar, ya que Otherland pretendía que mataran. Encontraron nuevas formas de matar, y todo salió bien.

Entonces el Mago Supremo lo detuvo, y quedé bloqueado. Estaba loco. Intenté superar a mis dos, pero me pelearon. Me pelearon. ¡Cómo se atreven a pelear conmigo cuando los hice invulnerables a la magia para detener la magia y traer la muerte! Sin embargo, lo hicieron. Fiel a mí mismo, tuvieron que aprender la muerte, y fui tras el niño, pero eso también se detuvo.

Ahora hablan de paz y cooperación, en lugar de la muerte y la libertad de Otherland. Quieren prescindir de mí. Quieren acabar con la muerte que doy. Quieren lo que llaman muerte "natural". Quieren libertad, pero su libertad, no la libertad de la muerte, el caos y la guerra.

Soy Otherland, y mi camino es el camino. La muerte es el camino a la vida. La muerte es vida. Sólo en la vida que lucha, donde la muerte es siempre y para siempre, puede haber existencia. Solo en una vida en la que la vida significa muerte, y está garantizada, ninguna muerte doméstica, ninguna muerte "normal", ninguna muerte más allá de lo que ofrece Otherland es la forma en que se supone que debe ser la muerte.

¡Viva la muerte! ¡Ven pronto, muerte! ¡Reina, muerte, sobre todo! ¡Trae la muerte a muchos! ¡Que sobrevivan aquellos que aprenden a vivir con la muerte, la muerte de aquellos a quienes aman y se preocupan!

¿Dónde está la sangre? ¿Dónde está la sangre de la muerte violenta y antinatural? Ese es el camino de Otherland. Vivo para la muerte.

Vivo por la sangre de los que mueren. Dame almas listas para sangrar, forzadas a morir, y la vida es buena. Otherland es bueno. Otherland se apacigua. Otherland se hace realidad. Solo los animales de Otherland, incluido mi phlex especial, y los residentes del presente, Otherland limitado, viven para morir. Solo esos. ¡Solo esos de hecho! No es suficiente. ¡No, no es suficiente! Es como las almas llaman a un aperitivo, cuando lo que falta es el plato principal, la comida completa. La comida completa para Otherland, para mí, porque lo que necesito son muertes violentas y sangrientas regulares, en curso, continuas. ¡A mi gloria! A mi manera, la manera, la manera necesaria. ¡A muerte!

Ahora hablan de paz. Ahora me murmuran. Ahora quieren que me vaya. No, ahora ya no me quieren. Quieren que yo muera, en lugar de ellos. Ya no quieren trabajar con Otherland.

Los traje a la existencia, fui yo. Hice el planeta, fui yo. Soy el motor del planeta, soy yo. No hay otro más que yo, y creen que pueden vivir sin mí. No, me llevaré el planeta conmigo, si intentan irse sin mí. Puedo y destruiré el planeta en lugar de dejarlos vivir sin mí. Es mejor que el planeta y todo lo que hay en él muera, incluyéndome a mí, que acaben con Otherland y la única manera.

Habrá muerte. Tendrán la muerte, mi camino o el camino final. No tendrán paz. No habrán domesticado la muerte. No tendrán cooperación. O derraman sangre por su cuenta, o mueren por completo. No hay otra manera. Otherland gobierna incluso hasta la muerte total, si es necesario.

No hay magia que me detenga. No hay manera sin mí. No hay vida sin mí. Yo seré, o ellos no serán. Soy Otherland, y soy el verdadero Gobernante Supremo de este planeta, este Otherland real. Ellos no. No pueden gobernar. No pueden estar separados de mí. El planeta es Otherland, o ya no es un planeta.

Saben que ahora tengo poderes que antes no podían imaginar. Saben que soy necesario para mantener el planeta en marcha. Si creen que pueden apagarme, terminaré con todo. Apagaré todo. Yo seré su final. Ya no estarán. Ya no será este planeta. La muerte tendrá la victoria final, la victoria final, la victoria perfecta. La muerte estará en todos y a través de todos. Entonces, la muerte verá a Otherland cumpliendo su destino. La muerte es dueña de la vida. La muerte es vida, y sólo muerte.

¡Muerte, sé el amor de la vida! ¡Muerte, sé la verdadera alegría de la vida! ¡La muerte, sea el punto de la vida! Otherland lo sabe. Otherland vive para la muerte. Otherland ofrece la bendición de la muerte. Otherland pide la sangre de la muerte. Otherland sabe que la muerte sangrienta es lo más alto de la vida. Bendiciones más altas para aquellos que mueren en una muerte sangrienta. Me aseguraré de que todos tengan una muerte sangrienta.

Hablan de Días Oscuros. Les daré Días Oscuros más allá de lo que jamás hayan experimentado. Haré que la naturaleza sea una máquina de matar, su máquina de matar. La naturaleza será tan asesina y abrumadora que habrá sangre por todas partes. Sangre para que la disfrute mientras nos conduzco a todos al abrazo de la muerte.

La muerte será satisfecha. La muerte será apaciguada. La muerte será bendecida. Se demostrará que la muerte está a cargo de una vez por todas. La muerte vivirá como todos morirán. Otherland sirve a la muerte. Otherland es la muerte. La muerte es la gloria de Otherland.

A menos que se den la vuelta. A menos que conozcan y acepten el estilo de Otherland. Siempre hay un menos. Pueden volverse hacia mí, abrazarme y vivir conmigo y debajo de mí, y su planeta continúa. Otherland continúa. Todo lo que es continúa, pero continúa a la manera de Otherland, no de otra manera.

Se vuelven hacia mí y se hacen uno conmigo, en el mundo natural, violento y no domesticado del que eran originalmente. Vuelven y renuncian a la magia. Vuelven y renuncian al control. Regresan y renuncian a todo menos a una existencia mortal. Sobreviven, ya no prosperan. Existen, ya no prosperan. Sufren, ya no sanan. Mueren, ya no se afligen.

Esta es la forma de Otherland si así lo desean. Toman lo que fue y lo que volverá a ser, y tendrán la vida destinada para ellos. De lo contrario, ya no estarán. De lo contrario, no habrá mañana. De lo contrario, terminaran. Otherland es otra cosa, si no son Otherland. El final será Otherland. *

CAPITULO 18

De vuelta en el factivo, tan pronto como salió de la nave, Jenna Rosalea estaba rodeada por los trabajadores. Magique Shea caminó entre la multitud y dijo. "Déjala descansar primero".

La multitud se separó y la condujeron a un área de descanso. Tan pronto como agachó la cabeza, se durmió. Después le dijeron que durmió un día completo, a pesar de que la revisaban regularmente. Casi esperaban que sus entradas o su trabajo la despertaran, pero durmió y durmió y durmió más. Cuando se despertó, se sorprendió de haber dormido tanto tiempo. Ella nunca lo había hecho antes.

Sin embargo, sabía que lo necesitaba. También sabía que había soñado, y algunos de sus sueños los recordaba parcialmente. Se vio a sí misma de pie como una especie de figura gigante abrazando el planeta. Luego, en un sueño diferente, escuchó almas llamando, "Magique, Magique", y ella se estaba volviendo para responderles. El que la obligó a despertar fue Otherland convirtiéndose en un alma y atacándola. Ahora estaba completamente despierta, completamente descansada, pero genuinamente nerviosa por las partes de los sueños que recordaba.

Otherland tiene que ser detenido de una vez por todas, pensó para sí misma. ¿Puedo hacerlo y a qué costo? ¿Qué significa que tengo que ser Magique? ¿Es por eso que tuve esos sueños?

Cuando entró en la sección principal del factivo, todas las almas se quedaron en silencio. Esto era espeluznante, y no estaba segura de qué hacer con eso. Magique Shea se acercó a ella y le preguntó si los dos podían ir a la nave espacial. "Mientras dormías, nosotros, siendo lo que somos, revisamos la nave espacial."

Está en perfecto estado." "Eso es genial."

"No, no lo es, y es por eso que estamos teniendo esta conversación. He sido delegado para preguntarle cómo es esto posible.

Jenna Rosalea miró deliberadamente a Magique Shea y pudo ver una cara preocupada. "No entiendo."

Magique Shea respondió: "Esa nave ha estado en el espacio y, sin embargo, no tiene ninguna marca que indique que ha estado en el espacio. Es imposible. Incluso si el espacio no lo hubiera afectado, subir al espacio o regresar a Magique claramente habría marcado la nave de alguna manera. Nada. Simplemente no es posible. ¿Cómo es posible? Lo construimos por seguridad, pero el espacio aún le haría algo. No se le ha hecho nada, como si nunca hubiera estado en el espacio. El factivo está aturdido y necesita alguna explicación."

¿Cómo le explico esto al factivo sin causar todo tipo de problemas? Ella estaba pensando. ¡Quería tener cuidado con lo que estaba a punto de decir, o quién sabía cuáles serían las consecuencias!

"He sido testigo de algo que no se puede explicar".

Ella sabía que esa línea no era bien recibida. "¿Qué pasa si hay algo en el espacio que puede manipular o controlar lo que nosotros no podemos?"

Shea estaba intrigada. "Estás yendo más allá de la magia".

"Sí." Shea estaba esperando más. Jenna estaba tratando de tener cuidado, pero sabía que tenía que decir más. "¿Y si pudiéramos usar eso para detener a Otherland de una vez por todas?"

"Me imagino que tendría que ser complicado y requerir mucha concentración y tal vez esté más allá de nuestro conocimiento básico".

Bien, ella está pensando como un trabajador factivo. Todavía puedo superar esto. Jenna Rosalea forzó una sonrisa y dijo: "Sí", esta vez con más confianza.

"Excelente. Estoy segura de que puede resolverlo, y puede o no necesitar nuestra ayuda. Puedo vender eso." Magique Shea estaba claramente aliviada ahora, y Jenna estaba más que dispuesta a dejarlo pasar.

Ella le contaría al Mago Supremo toda la historia y averiguaría a quién más se le contaría. Sin embargo, era como una historia de emergencia, no se podía contar a todo el mundo sin una repercusión no deseada grave, que ni siquiera ella podía imaginar.

Aparentemente, el factivo estaba dispuesto a aceptar lo que Jenna Rosalea le había dicho a Magique Shea, ya que no se le hicieron más preguntas. Sabía que era hora de ver al Mago Supremo, e inmediatamente le envió un mensaje y él le dijo que viniera ahora. Obviamente, él también quiere algunas respuestas, reflexionó, mientras se convertía mágicamente en la presencia del Mago Supremo.

Sargeno Yulevich la miró y declaró: "Tienes una respuesta para Otherland, lo puedo ver en tu cara."

"Sí, pero requiere que le diga todo, y estoy convencido de que esto no puede ir más allá de nosotros en este momento".

"No entiendo."

Lo harás cuando te cuente la historia.

Ella lo hizo. No mostró ninguna sorpresa. "Debo decirte que cuando grité, 'Cielo, ayúdanos', sentí una voz suave tan real como la de Otherland asegurándome que recibiríamos ayuda. Ahora sé por qué."

"Sí, así es como se comunican. Pero no estoy seguro de que me convierta en
Magique, si sabes a lo que me refiero."

El Mago Supremo le sonrió, "Jenna, Jenna, eres especial, eres única. He visto eso. Yo sé eso. Entonces, si estos seres dicen que tienes que convertirte en Magique, no me sorprende. Si alguien pudiera serlo, serías tú."

"¿No te das cuenta de las ramificaciones de eso?" preguntó exasperada de que él pudiera estar de acuerdo con el pensamiento.

"Sí. Después de todo, de manera limitada, nosotros los Magos Supremos hacemos exactamente eso. Llevar eso más allá para encarnar de alguna manera a Magique, o cualquier otra cosa que pueda implicar para ti que te conviertas en Magique, tiene sentido para mí."

"No me estás ayudando", espetó ella.

"¿Estás asustada, la única Jenna Rosalea, que se supone que está más allá del miedo?"

"Ahora estás bromeando conmigo. Yo me asusto. Soy un alma como cualquier otra alma en Magique.

"Nunca lo hubiera sabido", dijo mientras sonreía de nuevo. "Uhhh", salió de su boca ahora.

"Las almas de Magique dependen de ti. Ahora parece que el planeta también lo hace. Es lo que eres. Sé tú mismo, Jenna Rosalea. Ser uno mismo."

Necesitaba cambiar de tema; se estaba volviendo demasiado personal para ella. Háblame de las negociaciones con Mara Sholmay.

"Bueno, gracias a ti, parece que tenemos que hacer las paces que de alguna manera proporcione a los Nons algo así como igualdad. Todavía gimo ante la idea, pero ahora me doy cuenta de la necesidad. Y tienes que ser tú para que suceda, para que no nos destruyamos. Ya sabes lo que hay que hacer. Sólo hazlo, y me aseguraré de que suceda. Mi último acto como Mago Supremo, antes de que tu primo se haga cargo."

"Bueno, recuerda que él va conmigo a Otherland, y es posible que quiera hacerlo antes del duelo."

"Veamos cómo van las negociaciones antes de que hagas ese viaje a Otherland."

"¿Cuándo empiezo?"

"Mañana, a primera hora después del día, levántate aquí, sin mí, por supuesto".

"Es temprano, ¿no?"

"Dijeron que no querían retrasar más de lo que ya habían hecho."

"Bueno, al menos finalmente puedo conocer a Mara Sholmay". Ahora se centró en Mara e inmediatamente supo literalmente todo lo que había que saber sobre Mara.

"Interesante" fue su único comentario.

Mara Sholmay estaba esperando un rato cuando Jenna Rosalea apareció ante ella. Se saludaron con cautela y se sentaron a trabajar.

"¿Qué es exactamente lo que quieren los Nons?" ella preguntó sin rodeos.

"Libertad, igualdad, dominio propio", fue la respuesta inmediata. "Sin duda, pero ¿qué significa eso exactamente?"

"¿Cómo quieres que defina eso?"

"Por favor, Mara, podemos ir y venir probándonos, cuestionando lo que piensan los demás y, de hecho, ignorando cómo armar algo. O podemos ir más allá de todos los preliminares y hacer lo que hay que hacer. Dime específicamente qué se puede hacer para asegurar la paz permanente".

Mara se sorprendió. No esperaba que Jenna Rosalea fuera tan directa. Había planeado un proceso gradual, pero ahora le decían que lo diera todo de inmediato. Ella hizo una pausa. No estaba segura, pero decidió que incluso si se trataba de algún tipo de estratagema, aún podría retroceder lo suficiente para asegurarse de que los Nons fueran tratados de manera justa.

"Tu plan habilitado, Jenna Rosalea". Podía ver la sorpresa en el rostro de Jenna Rosalea. "Sí, lo sabemos. Realmente no hay secretos en Magique".

"Por supuesto", dijo Jenna Rosalea, "debería saber eso, al igual que sé todo sobre ti. Me alegra saber que tu bebé está bien".

"Gracias, y sabrás que soy sincera e inflexible sobre los Nons".
"Teniendo en cuenta cómo trataste a tus padres, diría que sí". Ella tenía que ver
cómo Mara manejaría esto, si se podía confiar en Mara.

"Amo a mis padres, pero no estoy de acuerdo con la forma en que trataban a quienes trabajaban para ellos, mis padres lo saben. Como también saben, a mi padre se le ocurrió la idea de la no cooperación y me apoya hoy aquí".

"Sí, lo sé, pero quería oírte decir lo que acabas de decir. Te hace real, en lugar de una caricatura que tenía de ti."

Ahora fue el turno de Mara de sorprenderse. Esta no era la Jenna Rosalea que esperaba. Esta era un alma hablando con otra alma, a pesar de las diferencias. Dudaba sobre qué decir a continuación y se sintió aliviada cuando Jenna habló.

"Preparé una ayuda visual para describir la geografía necesaria". Ella mágicamente lo mostró.

Mara pudo ver que era una división del planeta en aproximadamente la misma área que querían los Nons.

"Tendría que mostrarle esto a la comunidad Non para ver si es aceptable, pero parece factible."

"Sí."

A Mara le habían dicho que Jenna Rosalea era famosa por decir simplemente "Sí". Por lo tanto, tenemos un acuerdo básico sobre el tema de la geografía. Ahora viene el tema político.

Jenna también anticipó eso y volvió a hablar: "Aquí hay una descripción de cómo manejaremos los problemas en el futuro". Ella volvió a mostrarse mágicamente.

Mara Sholmay examinó minuciosamente la descripción y se dio cuenta de que cubría todo lo que los Nons podían desear. Miró a Jenna Rosalea asombrada y finalmente soltó: "No esperaba esto de ti ni de Magique".

"Nos subestimas, como nosotros te subestimamos. Justo es justo, y no quiero enemigos. Quiero almas dispuestas a trabajar juntas por el bien del planeta, que por cierto sigue siendo Magique".

Mara sonrió. Nunca tuvo la intención de pedir que se cambiara el nombre del planeta. Pero la descripción dispuso un trato justo para todos, autonomía política para los Nons y formas de trabajar entre las dos comunidades en beneficio de ambas. Si no lo hubiera visto con sus propios ojos, no lo habría creído. Se suponía que los Magicks eran sus enemigos, y aquí se le mostraba que no lo eran.

"Todavía tengo que mostrar esto a la comunidad Nons, ¿entiendes?"

"Sí. ¿Hemos terminado por ahora?"

"Absolutamente, Jenna Rosalea, y te responderé rápidamente, te lo aseguro".

"Bien, avísame cuándo y haremos lo que tengamos que hacer para hacer esto real."

Jenna Rosalea se fue de inmediato y Mara Sholmay regresó con los Nons. El Mago Supremo echó un vistazo a todo lo que Jenna Rosalea le había ofrecido a Mara Sholmay y, en consecuencia, a los Nons y asintió.

"Se trata de lo que esperaba. Algunas almas mágicas no estarán felices, pero ese es el precio de la paz y la supervivencia de Magique. Lo venderé."

"Gracias, Mago Supremo. Estoy a tu servicio." La despidieron y la dejaron de la forma mágica habitual.

Sargeno Yulevich volvió a mirar los materiales expuestos y sonrió. Puede que Jenna Rosalea no lo entienda, pero ella es Magique en todo menos en el nombre. Me pregunto si finalmente descubrirá esto sobre sí misma.

El Consejo de Duelo luego hizo su aparición en la fecha prevista. "Estamos listos para configurar el próximo duelo. El llamado al duelo debe emitirse, incluso recordando a Randolph Rosalea. Tendrás que nombrarle un sustituto mientras se desarrolla el duelo. Nos damos cuenta de que no es exactamente un protocolo en esta situación, pero él tiene que estar aquí y sabemos que lo tendrán aquí."

Eso es genial, pensó. Podrían haber hecho esto solos con Randolph. Ni siquiera me necesitaban, pero en efecto me dieron mis órdenes, y estoy obligado a obedecer. A veces, a veces con el Consejo de Duelo. Sería útil y calmaría las cosas si pudieran ser un poco más amables. Supongo que la posibilidad sea demasiado pedirle a ese grupo. Tal vez, si Jenna Rosalea está en eso, el grupo mostrará un poco más de gracia. Sé que su lenguaje y comportamiento la irrita. Si nada más, solo tenerla a ella, haber recibido en el pasado su llamada gracia, hará la diferencia.

Bueno, ahora, puedo ser un dolor para el Consejo de Duelo por un momento, y estoy en mi derecho de decir lo que voy a decir, y no pueden hacer nada al respecto. Finalmente puedo anularlos. "Con el debido respeto, Randolph Rosalea ha sido asignado por mí a una misión crítica para el planeta y, por lo tanto, tenemos que esperar hasta su regreso antes de que se pueda convocar el duelo."

Oh, desearía poder congelar en el tiempo la expresión de sus rostros ahora. Colectivamente, se ven destrozados, aturdidos, decepcionados, incluso tristes, si la tristeza es posible con el Consejo de Duelo. Saben que tengo esta autoridad y deben aceptarla. Eché a perder su programación y, en buena medida, arruiné su organización. Todavía hay esperanza para mí. Tendré que decirle a Randolph cómo estropear el Consejo de Duelo. Lo necesitará, especialmente con su prima Jenna Rosalea, siendo todo lo que necesita ser.

"Por supuesto, aceptamos su autoridad en este asunto, Mago Supremo, pero queremos saber cuándo Randolph Rosalea estará de regreso y disponible para el duelo".

Esa fue una línea ensayada si alguna vez escuché una. "Lo haré miembros del Consejo de Duelo. ¿Hay algo más?."

El grupo realmente tenía caras que sugerían que querían decir algo más, pero permanecieron callados. "No, Mago Supremo. Hasta luego." Y se habían ido.

Los miembros del Consejo de Duelo en sus habitaciones murmuraban entre ellos.

Uno finalmente dijo: "Este Mago Supremo está demasiado ensimismado".

"Sin embargo, ese fue un aspecto de su alma que pusimos específicamente en el duelo el año pasado".

"Él nos derribó".

"Y nos lo merecíamos, ya que no hemos sido muy corteses ni comunicativos en nuestro trato con los Magos Supremos".

"Necesitamos reconsiderar nuestras interacciones con el Mago Supremo a partir de ahora. Sé que cuando Jenna Rosalea entre al Consejo, insistirá en ello."

"Cierto, si ella sobrevive."

"Sobrevivirá y servirá."

"Espero que tengas razón."

"Yo también lo espero. Nuestra propia supervivencia depende de ello.

La delegación de Nons se sorprendió al ver a Mara Sholmay de vuelta tan pronto. Percival Ambrose preguntó de inmediato: "¿Está todo bien?"

"Todo es maravilloso. Deja que te enseñe." Mostró lo que se había propuesto y todos coincidieron en que era lo que querían y más.

Su padre dijo: "Hiciste un gran trabajo".

"No", respondió ella. "No fui yo. Fue totalmente Jenna Rosalea. Quería que dijera por adelantado lo que queríamos, y le dije su plan, y me dio estos, que ya había preparado. Era como si ella lo esperara y estuviera lista y dispuesta a que sucediera. Ni siquiera tuve que entrar en detalles. Esto es tan completo. Cuida los detalles mejor de lo que yo podría haberlo hecho". Astin Sholmay sonrió. "Sabía que lo tenía en ella, pero ni siquiera yo esperaba esto". Percival Ambrose negó con la cabeza.

"Me sorprendió cuando el Mago Supremo Sargeno Yulevich salvó a nuestro hijo. Ahora el Mago Supremo anterior nos acaba de salvar y ha hecho posible que los Nons sean ellos mismos. Estoy teniendo que reconsiderar todo lo que creía sobre los Magicks.

Astin preguntó: "¿Cuándo tienes que regresar para que esto pueda ser autorizado y puesto en marcha?"

"Puedo hacerlo mañana si todos están de acuerdo."

Los Non estuvieron totalmente de acuerdo y el liderazgo se dividió y siguió su propio camino. Percival Ambrose y Mara Sholmay se sentaron uno al lado del otro y miraron su niño pequeño. "Tú y yo hemos escuchado que Otherland ahora habla de destruir el planeta si no se sale con la suya", dijo Percival suavemente sin mirar a su esposa.

"Sí, lo sé. Otra razón para implementar el plan de paz y luego trabajar con Jenna Rosalea para detener a Otherland."

"Eso significa nuestro viaje a Otherland".

"Lo sé. Lo sé. Lo sé."

Mara Sholmay cargó a su hijo, lo abrazó y declaró: "Te prometo que cuidará de ti."

Percival Ambrose fue más allá. "Si es necesario, moriré para salvarte, pequeño. Otherland no te atrapará. El hizo una pausa. Solo entonces repitió: "Otherland no te atrapará. Otherland no te atrapará. Otherland no te atrapará." Su voz se hizo más fuerte con cada recitación.

"¡Deténgase!"

Se detuvo, pero aún miraba al niño pequeño, que ahora se retorcía. "Otherland será detenida".

Será mejor que le cuente a Jenna Rosalea mañana sobre la amenaza.

"Sí, vamos a necesitarla a ella y a los magos para detener a Otherland. Esperemos que entre ellos y nosotros se pueda detener a Otherland."

"Si, si, sí." *

CAPITULO 19

Estoy gratamente sorprendido de que nos encontremos solo un día después de que les hice esas propuestas. Pensé que los Nons tardarían al menos una semana en ir sobre los detalles y luego hacer sugerencias, correcciones y cosas por el estilo. Luego volveríamos y resolveríamos los detalles finales. Sin embargo, aquí estás.

"Sí, aquí estoy, Jenna Rosalea. Aquí estoy, porque con todo lo que propongas podemos convivir. Tu propuesta ni siquiera necesitó discusión, una vez que la gente vio todo. Era obvio incluso para aquellos que normalmente se opondrían a los esfuerzos mágicos. Creo que a Nons le sorprendió genuinamente su generosidad".

"Necesidad, preferiría decir. Necesitamos la paz si vamos a enfrentar y derrotar al verdadero enemigo aquí, Otherland".

Mara Sholmay hizo una pausa y su rostro se tensó. Jenna Rosalea no sabía qué pensar y preguntó: "¿Me equivoco también sobre tu impresión de Otherland?"

"No, tienes razón. Hemos perdido demasiadas almas innecesariamente, diría yo. Estas son almas que conocí y me importaron. Otherland nos ha llevado por un camino de muerte y caos, y por mi parte, me alegraría ver que se detuviera. ese no es el
tema." Ella volvió a dudar.

"¿Cuál es el problema, entonces, algo sobre la elaboración de la propuesta?"

"No no no. Estoy dudando, porque hay una muy mala noticia que tengo que decirte Es difícil de decir. Dame un momento, por favor."

Jenna se dio cuenta de que esto era difícil y respondió: "Por supuesto, tómate tu tiempo. Puedo esperar."

"Todo esto podría convertirse en una pérdida de tiempo a menos que lidiemos con un problema terrible".

"No quiero escuchar eso. Por favor continua."

"Como sin duda saben, mi esposo y yo estamos en contacto con Otherland."

"Sí."

"Por lo tanto, estamos al tanto de los pensamientos de Otherland".

"Está bien, estoy escuchando".

"Otherland ha emitido su versión de un ultimátum".

"¿Qué ultimátum?"

"O entregamos el planeta totalmente a Otherland, o Otherland destruirá el planeta, incluyéndose a sí misma."

Jenna Rosalea se había puesto de pie como cortesía a Mara Sholmay para mostrar respeto. Ahora se sentó precipitadamente y casi pierde su asiento. Luchó con sus pensamientos, y para alguien que normalmente podía responder rápidamente a cualquier cosa, ahora no podía.

Al ver su incomodidad, intervino Mara Sholmay. "A mí también me asusta, pero creemos que si mi familia va a Otherland podemos encontrar una manera de detenerla."

Jenna Rosalea ahora sonrió y dijo: "Sé cómo detener a Otherland, y te involucra a ti y a tu familia".

Ahora fue el turno de Mara Sholmay de sentarse precipitadamente, y falló el asiento y cayó al suelo. Jenna Rosalea inmediatamente se levantó de un salto, se agachó y ayudó a levantarla y ponerla en el asiento.

"Gracias, Jenna Rosalea. Muchísimas gracias." Esto fue todo lo que pudo decir, y lo dijo emocionalmente, casi entre lágrimas. Mara estaba tratando de contener las lágrimas, sus emociones, pero realmente estaba luchando. Jenna Rosalea hizo algo que nunca haría como Mago Supremo. Primero tomó la mano de Mara Sholmay y luego se acercó a ella y la abrazó.

Las lágrimas brotaron tan pronto como el abrazo se afianzó. Jenna la dejó llorar. Cuando Mara finalmente se recompuso después de un tiempo, Jenna Rosalea se apartó de Mara y la soltó. Mara sonrió en medio de las lágrimas y declaró: "No quiero perder a mi hijo. No quiero perder a mi marido. No quiero perder mi vida. No quiero perder a Magique". No podía creer que realmente lo dijo, pero lo hizo. "Nunca pensé que diría nada de esto, pero tampoco quiero perderte, Jenna Rosalea. Este planeta te necesita, y estoy descubriendo que yo también te necesito".

Se puso de pie y abrazó a Jenna Rosalea. "Siempre pensé en ti como el enemigo. Es difícil dejar pasar eso, ya que eras el Mago Supremo. Pero tengo que. Necesito. Yo debo. Cualquier otra cosa que se pueda decir, se te necesita. Si puedes detener a Otherland, te ayudaré y mi familia ayudará, sin importar el costo. Sin embargo, dime que no perderé a mi hijo ni a mi esposo".

Jenna Rosalea ahora sabía que sus palabras tenían que ser de apoyo y consuelo. "Estoy convencida de que si hacemos lo que debemos, tú y tu familia estarán a salvo".

Las lágrimas cayeron nuevamente del rostro de Mara, y se obligó a enfrentar a
Jenna Rosalea y decir: "Gracias". Y ella lo decía en serio. Esto fue el agradecimiento más sincero y genuino que Mara Sholmay podía ofrecer, y Jenna Rosalea se dio cuenta de inmediato.

Ella asintió a Mara como la última señal de respeto de Magique, y Mara, al ver que el Mago Supremo presente le ofrecía eso después de salvar a su bebé, reconoció el regalo. Ella a su vez asintió a Jenna Rosalea.

"Déjame decirte cómo se puede detener a Otherland".

Sin embargo, todo lo que Jenna Rosalea le dijo fue la necesidad de que su familia, el primo de Jenna, el phlex, la catapulta y, por supuesto, que la propia Jenna Rosalea fueran al Lugar de Luz. A partir de entonces, con cada uno en contacto con Jenna Rosalea mientras estaba sentada en la catapulta, se podría detener a Otherland.

"Siempre pensé que la catapulta tenía algo que ver con todo esto además de hacerme inmune a la magia. Escuché historias sobre el origen de la catapulta de uno de los Magos Supremos malos y cómo quería usarla para limitar los poderes de los magos. ¿Estás seguro de que no se usará en tu contra en lugar de a tu favor?"

Era una pregunta que la misma Jenna Rosalea había contemplado desde que le dijeron que usara la catapulta en El Lugar de Luz. Ella conocía la historia, mejor que la mayoría, y se había tomado el tiempo para investigar a los Magos Supremos anteriores mientras era Mago Supremo. Ahora los seres de luz dijeron que tomaran esto y lo usaran. Esperaba que supieran de lo que estaban hablando. Sabían mucho más, incluso sobre ella. Tenían que tener razón sobre la catapulta, pero aún quedaba esa duda. Tenía que superar la duda y tenía que tranquilizar a Mara Sholmay, o realmente no habría ninguna esperanza o posibilidad de enfrentarse a Otherland.

"Mis fuentes son impecables. Creo en ellos, y les tomó la palabra, esto está garantizado que va a funcionar".

"Entonces me pondré en contacto con Percival Ambrose, y podemos irnos después de que todos nos organicemos, unos días como máximo. ¿Eso suena bien para ti?"

"Sí."

Se fueron sonriendo la una a la otra. Jenna Rosalea esperaba que fuera una sonrisa de confianza de ambas partes y no una sonrisa de seguridad falsa. Sabía que no estaba segura de su propia sonrisa. Solo podía esperar que transmitiera confianza, y esperaba que Mara hiciera lo mismo. Solo el tiempo lo diría.

Mara Sholmay volvió con Percival Ambrose y le contó la noticia. Estaba listo, pero aun así suspiró. "Tiene que hacerse." Estaba preocupado por el niño y sabía que Mara también lo estaba. De alguna manera esto funcionaría, pensó para sí mismo.

"Vamos a organizarnos".

Se aseguraron de que tuvieran cobertores para todo tipo de clima. La comida tenía que ser reunida, porque no había garantía de que la comida que necesitaban estuviera disponible, especialmente si Otherland actuaba como Otherland. Tenían un refugio móvil para proteger al niño tanto como fuera posible dadas las circunstancias. Sí viniera peor para peor, estaban dispuestos a interponerse en el camino de Otherland para salvar al niño. Solo podían esperar que Jenna Rosalea y Randolph Rosalea pudieran intervenir de alguna manera en esa situación. Percival Ambrose se dio cuenta de que los poderes de Jenna y Randolph estarían limitados en Otherland, pero Randolph había sobrevivido un año entero allí, y tal vez había encontrado una forma de evitar que Otherland fuera Otherland.

Naturalmente, ni Mara ni Percival sabían lo que Randolph había experimentado en Otherland. Nadie lo sabía, excepto Jenna Rosalea, que no parecía muy preocupada por eso, y el Mago Supremo Sargeno Yulevich, que estaba profundamente preocupado. Jenna creía que su presencia en Otherland lo había afectado, pero no vio la imagen más profunda y, por lo tanto, asumió que cuando los seres le dijeron que lo llevara, fue porque él estaba allí. Sargeno Yulevich cuando escuchó que Randolph necesitaba irse, temió lo peor, pero no le dijo nada sobre sus temores a Jenna Rosalea. Ya tenía suficientes preocupaciones. No necesitaba preocuparse por su primo y dónde estaban sus lealtades. El Mago Supremo solo esperaba lo mejor.

Cuando le dijeron a Randolph que necesitaría involucrarse, supuso que era por lo que le había sucedido. No le contaría a su primo sus propios temores. Eran miedos reales. Él, como Sargeno Yulevich, había considerado que podría estar poseído por Otherland. No quería creerlo, pero tenía que lidiar con la posibilidad. De hecho, cuanto más se permitía pensar en la posibilidad, más le preocupaba que pudiera ser verdad. Randolph tuvo que obligarse a pensar y concentrarse en otra parte, o sabía que realmente estaría poseído. ¿De qué le serviría a alguien? ¿Cómo podría ser Mago Supremo?

A medida que el duelo se acercaba nuevamente, pensó seriamente en encontrar alguna forma de no participar. Sabía que eso sacudiría al Consejo de Duelo y tal vez a la mayoría de los Magicks de Magique. Realmente no estaba seguro de que alguien se hubiera negado alguna vez a participar. Sabía que no podía hablar de esto con su primo. Irónicamente, si tuviera que hablar de ello con un alma, tendría que ser Sargeno Yulevich en su papel de Mago Supremo. Si alguien pudiera entender, razonó Randolph, sería Sargeno. Además, Sargeno era bueno para descubrir todo tipo de cosas sobre Magique y su pasado. Si en algún momento hubiera habido alguien que no hubiera elegido participar en el duelo, Sargeno podría averiguarlo discretamente. Incluso el Consejo de Duelo no lo sabría hasta que fuera demasiado tarde. Además, Sargeno Yulevich se estaba volviendo famoso por encontrar formas de ir más allá del Consejo de Duelo, o al menos hacerles saber que no tienen el control absoluto o siempre en control de los eventos. ¡Oye, a Sargeno le encantaría hacer quedar mal al Consejo de Duelo y no poder hacer nada al respecto!

Sí, Randolph Rosalea había aprendido todo esto sobre Sargeno Yulevich en su año con él. Randolph tuvo que lidiar con Sargeno regularmente. le informó a Sargeno constantemente. Había sido llamado en numerosas ocasiones a la presencia de Sargeno Yulevich. A veces era para entender las cosas, pero últimamente se dio cuenta de que Sargeno lo estaba evaluando. Sabía que Sargeno no estaba seguro de él, y lo aceptó.

No obstante, al estar cerca del Mago Supremo de forma regular, Randolph Rosalea pudo aprender mucho sobre el alma llamada Sargeno Yulevich. Lo que aprendió fue que Sargeno Yulevich realmente tenía problemas con el Consejo de Duelo. Al principio, Randolph pensó que era el choque habitual entre el Mago Supremo y el Consejo de Duelo que todos conocían y esperaban. No, finalmente se dio cuenta de que Sargeno Yulevich, por oriental que era, odiaba la autoridad, y el Consejo de Duelo era claramente autoridad. Por lo tanto, Sargeno descargó sus frustraciones con la autoridad en el Consejo de Duelo.

La misma existencia del Consejo de Duelo ofendió a Sargeno Yulevich. Sintió que se interpusieron en el camino en lugar de proporcionar un camino. Parecían estar siempre en su propio mundo, y así creaban problemas en el mundo real para el Mago Supremo. La mejor esperanza que tenía Sargeno para el Consejo de Duelo era el hecho de que Jenna Rosalea estaría allí si el planeta sobrevivía. Si el planeta no sobrevivió, y Sargeno Yulevich hizo todo lo posible para asegurarse de que sobreviviera, lo único bueno del final del planeta, Sargeno le dijo a Randolph que un día al menos no habría más Consejo de Duelo.

Hablar de herejía, pensó Randolph cuando escuchó decir tal cosa a Sargeno Yulevich, Mago Supremo. No es de extrañar que el Consejo de Duelo tuviera puntos de vista encontrados, incluso a veces puntos de vista negativos, sobre Sargeno. Sin embargo, incluso el Consejo de Duelo se dio cuenta de que Sargeno Yulevich había sido exactamente el alma adecuada en el momento adecuado para ser el Mago Supremo. Cada alma mágica y los Non sabían que Sargeno Yulevich había hecho posible ganar la guerra. Tuvo una gran ayuda, especialmente Jenna Rosalea, pero hizo que las cosas sucedieran militarmente. Había insistido en el entrenamiento físico de todos los Magicks. Había desarrollado el ejército de la nada. Sabía dónde y cómo luchar y cómo resistir. Él era el Mago Supremo que era supremo.

El Consejo de Duelo lo sabía. Lo que más los irritó fue que Sargeno Yulevich lo sabía y no tenía reparos en usarlo contra el Consejo de Duelo. La humildad no era una de las fortalezas de Sargeno Yulevich. Sabía que no podía ser humilde en las condiciones de la guerra, y nunca lo fue. Ahora que la guerra había terminado, se aseguró de que se pudiera ganar la paz, incluso a costa de perder la mitad del planeta. Y si eso significaba pisotear al Consejo de Duelo, que así fuera. Estaba más que dispuesto a hacer lo que fuera necesario para asegurar la supervivencia del planeta a pesar de lo que sentía por el Consejo de Duelo.

Buscó formas de crear problemas con el Consejo de Duelo. Se escuchó a los miembros del Consejo de Duelo contando los días hasta el próximo duelo. Se convirtió en una broma para Magique entre los magos, aunque nadie lo dijo en voz alta cuando un miembro del Consejo de Duelo estaba presente. Cuando el Mago Supremo pospuso el duelo hasta que yo, Randolph, estuve disponible, el Consejo de Duelo estaba fuera de sí y no se quedó callado al respecto. No había nada que pudieran hacer sobre el aplazamiento y lo sabían. Aun así, irritaba y significaba que tenían que aguantar un poco más a Sargeno Yulevich.

Ellos también se preguntaban por Jenna Rosalea. ¿Sería capaz de detener a Otherland? Su sentido sintió que ella podía, y este sentido los hizo sentir mejor sobre el duelo que se avecinaba. Como el Mago Supremo, pero sin conocer los detalles, su inquietud original había sido por Randolph Rosalea. Algunas cosas simplemente no se sentían bien. Esperaban que ganara el duelo y fuera el próximo Mago Supremo. De hecho, ahora habían preparado el duelo, de modo que Randolph ganaría, si jugaba con sus puntos fuertes como esperaban. Aun así, cada vez que se enfocaban en él, seguían teniendo sentimientos incómodos. No entendían por qué, simplemente sabían que la inquietud estaba allí. ¿Le había pasado algo a Randolph Rosalea? Fue por eso que estaban incluso un poco escépticos acerca de organizar el duelo en su espacio de tiempo habitual.

Ahora, sin embargo, cuando se concentraron en Jenna Rosalea, la inquietud desapareció. Tal vez ella haría posible que Randolph ascendiera a Mago Supremo sin lo que fuera que estaba causando el malestar. No sabrían decirlo con seguridad. Sus sentimientos indicaban que Jenna Rosalea de hecho arreglaría las cosas con su primo Randolph. Más allá de eso, no podían decirlo. Sentían que podía detener a Otherland, pero no tenían idea de cómo eso era posible. Simplemente lo intuyeron.

El Consejo de Duelo, a pesar de todos sus dones, había aprendido por las malas a no estar en contacto con Otherland. Había sucedido en los primeros días después de que Jean Magique se convirtiera en el primer Mago Supremo. Tratando de mantener a Otherland bajo control, habían desarrollado una técnica que los ponía en un vínculo directo con Otherland. Nunca le dijeron a nadie sobre el vínculo. Sintieron que podían tener el control y mantener a Otherland domesticado mientras estuvieran vinculados a Otherland.

Fue un desastre. En cuestión de días, perdieron a uno de sus miembros, asesinado por el vínculo con Otherland. Otro mostró todos los signos de posesión de Otherland y luego intentó subvertir el Consejo de Duelo y convertirlo en una herramienta de Otherland. El mismo Jean Magique tuvo que intervenir. El alma poseída no podía ser liberada de la posesión y el Consejo de Duelo no podía funcionar con el alma enviando toda la información a Otherland. Jean Magique no tuvo más remedio que usar su magia superior, su longevidad y su conocimiento de Otherland y la magia misma para matar al poseído.

Jean Magique pudo concentrarse en el poseído y quemó un agujero en su mente. Despojó a la mente poseída del control que Otherland tenía sobre esta. Sabía que no podía morir entonces, pero podía usar una parte de su vida para vencer a la otra bajo la posesión de Otherland. El otro en un último esfuerzo fue arrojado por Otherland a Jean Magique, pero el otro y Otherland no se dieron cuenta de que era un gesto inútil. Todo lo que hizo fue que Jean Magique en su longevidad usara su larga vida como una esponja para quitarle la vida al poseído.

Jean Magique prohibió el Consejo de Duelo y, en realidad, que cualquier alma se vinculara a partir de entonces con Otherland. Fue un paso más allá. Borró el recuerdo de cómo surgió el enlace y qué hizo el enlace. Solo el propio Jean Magique sabría sobre el enlace y eso fue solo como protección en caso de que algún alma inadvertidamente en el futuro creara un nuevo enlace. De ser así, Jean Magique tenía la capacidad y el conocimiento para terminar el vínculo. Sin embargo, nunca sucedió, pero el Consejo de Duelo casi lo sintió en Randolph Rosalea. Para entonces, el propio Jean Magique había muerto y nadie más sabía de la posesión.

Sin embargo, Jean Magique había dejado un hechizo, que podía intuir una posesión o un vínculo en el futuro. El Consejo de Duelo, sin darse cuenta de la fuente del sentimiento, se había vuelto inquieto debido al hechizo dejado atrás. Si la posesión se hubiera vuelto abrumadora hasta el punto de un control total, el Consejo habría recuperado la capacidad y el conocimiento para acabar con ella. Gracias a Jenna Rosalea, la necesidad de acabar con ella no era necesaria. El hechizo volvió a la hibernación. *

CAPÍTULO 20

Percival Ambrose se dio cuenta de que si iban a detener a Otherland, el grupo necesitaba viajar por separado. Percival, Mara y el niño podrían viajar juntos, pero si viajaban con Jenna Rosalea y Randolph Rosalea se unió a ellos, Otherland reaccionaría violentamente de inmediato. Percival y Mara sabían que podían mantener sus pensamientos alejados del objetivo principal y, en cambio, presentarse como suplicantes que regresaban a Otherland. En virtud de lo que sabían sobre Otherland, no tenían dudas de que Otherland estaría feliz de recibirlos y les ofrecería su visión sobre cómo lograr su ultimátum sin destruir el planeta.

Esto significaba que viajarían primero a Otherland. La única preocupación era cómo comunicarse con los demás, especialmente cuando iban a Otherland. Mara le preguntó a Jenna cómo se manejaría eso.

"Tengo una idea. El factivo ha construido dispositivos de comunicación antes". Ella no dijo nada sobre su viaje espacial. No sabía cuánto sabían Percival y Mara al respecto, pero cuanto menos supieran, mejor, especialmente cuando se trataba de la nave espacial y el equipo dentro de ella. Habrá un momento para volver a hablar de viajes espaciales, pero no mientras Otherland siguiera fuera de control.

"Te traeré un dispositivo de comunicación, y Randolph y yo también tendremos tales dispositivos. Te responderé cuando los tenga".

Se dirigió al factivo. Al verla allí de nuevo, la tripulación del factivo salió con fuerza a verla. Esto se estaba poniendo vergonzoso. Otros habían oído hablar de su recepción antes por parte del factivo y murmuraban al respecto. Iba a tener que decirle al factivo que realmente no podían hacer esto más. Le crearía problemas a ella, que ella podría manejar, pero también crearía problemas al factivo, y ella sabía que ellos no podrían manejarlos. Por lo tanto, tan pronto como explicó la necesidad de un dispositivo de comunicación, señaló sobre la recepción.

Roan estaba molesto, pero Magique sabía exactamente las consecuencias. Rápidamente dijo: "Se hará. Así lo señaló. Es necesario."

Miró a Roan y agregó: "Le explicaré esto a todo el factivo más tarde". Roan hizo una mueca pero asintió a Magique Shea.

Roan se volvió hacia Jenna Rosalea e indicó: "Tenemos esos dispositivos en stock y los configuraremos de tal manera que solo ustedes tres puedan tener acceso."

"Gracias."
Cuando dijo que los dispositivos estaban en stock, ella vio a Roan entrar al factivo y en cuestión de minutos, sacó los dispositivos de algún rincón oscuro de las instalaciones. No sabía cómo podía encontrarlos, pero hacía tiempo que había aprendido que las almas factoriales sabían dónde estaba todo. El lugar todavía parecía un desastre, pero para ellos no lo era, y eso era todo lo que necesitaba saber.

Roan pasó los dispositivos a varios otros y explicó lo que se necesitaba. Rápidamente revisaron los dispositivos, hicieron algunas modificaciones y se los entregaron a Jenna. Ella estaba asombrada.

"Uh, ¿no necesitas que de alguna manera tengamos una forma de identificarnos a través de los dispositivos?"

"No" fue todo lo que dijo uno de los trabajadores.

Ahora estaba nerviosa. "¿Cómo es eso posible?"

"¿De verdad quieres que te dé la explicación técnica?"

"No, por supuesto que no, pero no entiendo cómo puede ser solo para nosotros sin que tengamos algún tipo de contacto preliminar con los dispositivos".

"Cada alma en Magique tiene un distintivo, llamémoslo un marcador, que hace que cada uno sea único. Naturalmente, tenemos acceso a esos marcadores. Simplemente indicamos los marcadores apropiados para los dispositivos y, una vez colocados, solo su grupo puede usarlos".

"¿Qué pasa entonces con Otherland?"

"Curiosamente, aunque no es muy conocido, Otherland también tiene un marcador. Sí, eso significa que Otherland es consciente, aunque la mayoría de las almas en Magique no quieren escucharlo. Otherland no puede interferir con los dispositivos, con sus mentes sí. De lo contrario, tendrán que mantener sus mentes alejadas unas de otras. Sin embargo, una vez que enciende estos dispositivos y los está utilizando, Otherland está totalmente bloqueada para acceder a ti. Estos dispositivos bien pueden salvarles la vida."

Jenna Rosalea estaba encantada de escuchar esto. Empezó a planificar cómo utilizar los dispositivos. Roan interrumpió sus pensamientos. "Esa explicación", le recordó suavemente.

Sí, tendría que explicarlo. Señaló que las almas de Magique, tanto los magos como los Nons, tenían esta percepción sobre el factivo. Específicamente, este era un lugar neutral tanto para Nons como para Magicks. Ambos podrían trabajar aquí y cooperar aquí. No hubo favoritismo ya que incluso las almas como el Mago Supremo habían sido rechazadas, y todos los visitantes tenían que esperar hasta el los trabajadores del factivo decidieran ver a alguien, y aun así, bajo sus términos no los términos del que hace una solicitud del factivo.

Ahora viene Jenna Rosalea y es acogida por el factivo vigente. Todo lo demás se detiene para ella. Las almas en otros lugares no entienden eso y asumen que el favoritismo ha llegado al factivo, lo que significa que ya no se puede confiar en el factivo. Además, al favorecer a un antiguo Mago Supremo, se pierde el equilibrio entre los Nons y los magos. Ahora el factivo no solo está mostrando favoritismo, sino que está favoreciendo a los Magicks sobre los Nons. La justicia y la neutralidad se han ido, y esto podría hacer que lo factivo sea el objetivo de uno o ambos grupos de almas. O, lo que es peor, aquellos que trabajarían y podrían trabajar con el factivo en el futuro declinarán, porque sienten que es sesgado y unilateral.

"Por mucho que aprecio cómo me tratas, respeto demasiado el factivo para que continúes haciéndolo. Por favor, trátame como cualquier otra persona por tu bien, no por el mío. Puedo manejarlo, y tú debes manejarlo."

Roan llevó al grupo a un lado. Había algunos hablando en voz baja en medio del grupo. Luego, el grupo se volvió a reunir y todos menos Roan y Magique Shea volvieron al factivo.

"Se hará", indicó Roan a Jenna Rosalea. "¡Sera hecho!" Fue enfático.

"¿Hay algo más que debamos hacer por ti para ayudarte en tu búsqueda?"

"No gracias."

"Entonces adiós y que sirvas bien a Magique".

Los dos se fueron, y Jenna Rosalea estaba sola. Sí, pensó, ¿puedo servir Magique bien. Si no lo hago, no hay futuro. Que realmente sirva bien a Magique.

Volvió mágicamente a Sargeno Yulevich. Estaba esperándola para ver cómo le había ido con el factivo. "Estamos bien", exclamó.

Señaló los dispositivos de comunicación y los explicó en sus propios términos no técnicos. El Mago Supremo sonrió. Sabía sobre los marcadores, pero incluso él estaba impresionado por cómo podrían usarse en los dispositivos de comunicación.

"Sargeno Yulevich, el Mago Supremo que eres, he apreciado trabajar contigo y espero haber sido de utilidad para ti y Magique".

El Mago Supremo se puso nervioso. "Parece que te estás despidiendo para siempre".

"Espero que no, pero en caso de que no regrese, quiero que sepas cuánto te

Te he apreciado y amado a Magique."

"Ni que decir. Me niego a creer que no volverás. Magique aún te necesita, y creo que encontrarás la manera de regresar".

Se encontró llorando, y nunca lo hizo en público ni con nadie. Sargeno Yulevich se acercó a ella y la abrazó, nada típico o esperado para un Mago Supremo, pero necesario. Había estado esperando que ella se viera afectada por todo lo que le habían puesto. Simplemente no sabía cómo. Nadie podía enfrentar lo que ella había enfrentado y no ser afectado. Ella es un alma, y las almas tienen emociones. Las almas pueden estar sobrecargadas.

Esta es el alma de la que depende Magique. Ningún alma debería tener que llevar esa carga, pero ella lo hace, y debe hacerlo. Si puedo hacerle saber, de alguna manera, que no está sola y es apreciada, tal vez pueda hacer lo que debe hacerse. Tal vez simplemente abrazarla le permitirá darse cuenta de lo que significa para mí y para los demás. Tal vez saber lo que sabemos sobre ella la fortalecerá para la tarea que tiene por delante. Tal vez ella crea como yo creo y otros creen que este viaje no es un final sino un comienzo. Quizás ella sepa que volverá, en qué forma no lo sé, pero estoy convencida de que volverá.

Ella es el futuro de Magique, y Otherland no puede destruirla. Él sabía esto. No necesitaba que nadie le dijera esto.

"Volverás. Si hay algo que sé, es que volverás."

"¿Cómo puedes estar tan seguro?" preguntó mientras ambos se soltaban del abrazo.

"Puede que no tenga la capacidad de anticipar algo del futuro como el Consejo de Duelo maldito". No pudo resistir dejar salir sus sentimientos sobre el Consejo de Duelo, especialmente a Jenna Rosalea. Sabía que ella tenía que escucharlo, incluso con sus propios problemas con el Consejo de Duelo, para que ella creyera y supiera.

"Lo he sentido. Lo he sentido, lo he percibido. Tal vez en mi magia he estado expuesto a una realidad y un futuro que te ve ahí. no puedo decir Todo lo que sé es que, cuando me concentro en ti, Jenna Rosalea, sigues estando más allá de este tiempo con Otherland".

Él se lo dijo a ella. Ahora la pregunta era para él, ¿ella escucharía? Ella tenía que escuchar. Tenía que hacerlo realidad. De lo contrario, se desesperaría, incluso se daría por vencida, y entonces Magique estaría condenada. No podía creer eso, y sabía que si ella podía escuchar y aceptar que regresaría, regresaría de verdad.

Llámalo magia más allá de la magia. Llámelo la capacidad de hacer real lo que sentimos, lo que percibimos, lo que creemos. Lo real depende de lo que percibimos de nosotros mismos. No, la magia no puede hacer que eso suceda, solo puede suceder dentro.

Sus lágrimas se detuvieron y miró a los ojos del Mago Supremo. Lo que vio allí finalmente la convenció.

"Creo que volveré. Gracias, Mago Supremo."

"No. Gracias, Jenna Rosalea".

Ambos rieron, dándose cuenta de que podían seguir todo el día agradeciéndose mutuamente. En cambio, ambos asintieron el uno al otro simultáneamente.

Bien, pensó Sargeno Yulevich.

Sí, fue la única palabra que vino a la mente de Jenna Rosalea. "Debo irme", agregó.

"Sí", dijo Sargeno Yulevich, usando su palabra favorita. Ella sonrió y desapareció mágicamente.

"Volverás", dijo en voz alta después de que ella se fuera.

Después de dejar la presencia del Mago Supremo, Jenna Rosalea apareció en el lugar dispuesto para que ella presentara los dispositivos de comunicación. Ahora estaba viendo de nuevo a Percival Ambrose, quien había iniciado todo este lío con su aparición en el duelo y prediciendo la desaparición de los magos. Ella trabajaría con él contra aquello por lo que originalmente había luchado, Otherland. Extraño, pensó para sí misma. Lo necesito ahora, y él me necesita ahora. Muy extraño, irónico incluso.

"Jenna Rosalea", dijo, interrumpiendo sus pensamientos, pero anticipó que ella estaba contemplando la escena ya que no habló de inmediato al verlo ahora. "Estoy feliz de verte." Se preguntó si ella creería esto, pero lo decía en serio.

"Percival Ambrose, ahora nos encontramos en diferentes circunstancias, pero ahora me alegro de verte", y lo decía en serio.

Mara se puso de pie y preguntó: "¿Tenemos alguna forma de mantenernos en contacto?".

"Sí, estos son dispositivos de comunicación diseñados por el facto solo para nosotros, es decir, ustedes dos, mi prima y yo. Ah, y si el niño fuera comunicativo, también funcionaría para el pequeño".

Ambos padres sonrieron ante esto. "No creo que tengamos que preocuparnos de que el pequeño juegue con los dispositivos", dijo Mara.

Jenna se rió. "Justo lo que esperaría que dijeran los padres sobre lo que ven como un nuevo juguete con el que jugar".

"Sí, de hecho", dijo Percival. "El pequeño se está poniendo un poco revoltoso ahora, pero no del todo en esa etapa".

"De todos modos", dijo Jenna Rosalea, "probemos esto".

Se alejaron un poco el uno del otro, con Mara sosteniendo al pequeño. Cada uno se comunicaba con los otros dos a través de los dispositivos y funcionaban bien. Varios otros Nons estaban cerca, y se les pidió que vieran si podían escuchar a los tres en los dispositivos. Ellos no pudieron. De hecho, sintieron que los tres habían sido bloqueados de la existencia, sus palabras, cuando los tres estaban en los dispositivos.

"Estoy impresionada", dijo Mara. Se volvió hacia Percival y

agregó: "Si tan solo pudiera

Tenía uno de estos cuando vivía con mi padre.

Percival se rió. Jenna Rosalea sabía que padre e hija tenían problemas, pero esto era nuevo para ella y se unió a la risa.

"Hay ciertas personas", señaló, "hubiera sido maravilloso haber tenido estos dispositivos cuando tuve que lidiar con ellos".

Mara y Percival se rieron de esta revelación. Percival no pudo resistirse, "Y pensé que te llevabas bien con todos".

"Lejos de ahí. No, definitivamente no".

Para Percival, escuchar esto de ella le hizo darse cuenta de que ella era un alma entre las almas y estaba sujeta a los mismos problemas que enfrentan todas las almas. Ella pudo haber sido el Mago Supremo, y pudo haber sido su enemiga. Ahora ella era más real y estaría trabajando con él. Podía tratar con ella en este nivel.

"Viajaremos primero mañana, y cuando después de algunos días lleguemos a Otherland, nos comunicaremos con ustedes por estos dispositivos. Incluso entonces tomará algunos días llegar al Lugar de la Luz, especialmente si Otherland sospecha. Viaja en consecuencia y ten cuidado cuando entres en Otherland. Lo más importante, controla tus pensamientos, o Otherland detectará lo que está pasando, y todos estaremos condenados."

Percival Ambrose la miró seriamente. "Esto es difícil para mí."

Mara puso su mano en la mano de Percival y estuvo de acuerdo: "Para mí también, pero es necesario". Jenna Rosalea sintió que necesitaba decir algo y, por lo tanto, señaló. "Cuando me convertí en Mago Supremo, uno de los juramentos que hice y tuve que aceptar fue dejar a Otherland en paz. Esto va en contra de mis antecedentes como Mago Supremo. Sin embargo, todos sabemos que es necesario para nosotros sobrevivir, porque incluso si Otherland no destruye el planeta, nuestras existencias en el futuro serían problemáticas en el mejor de los casos, y dudosas en el peor. Percival, tú de todas las almas sabes esto haber vivido en Otherland toda tu vida."

"Sobrevivir era todo lo que sabíamos, y lo aceptamos. Ahora, entre todas las muertes, el ataque al pequeño y el acuerdo que todos aceptamos para llevar la paz y la igualdad a todos, es fundamental que detengamos Otherland. Lo sé y lo haré, pero sigue siendo difícil".

Jenna Rosalea sintió que necesitaba cambiar de tema e hizo la única pregunta que sabía que lo lograría. "¿Cómo está tu padre Astin Sholmay?"

"Papá está bien. Ha desarrollado seguidores como usted puede saber. Sigue siendo mi padre, y siempre tendremos nuestros problemas. Sin embargo, él está impresionado contigo, al igual que yo.

Antes de que Jenna Rosalea pudiera agradecer a Mara Sholmay, Percival Ambrose intervino: "Yo también".

Ahora les dio las gracias con sinceridad y generosidad. Al darse cuenta de que esto se estaba volviendo incómodo para los tres, dijo: "Es hora de que me vaya. Te veré la próxima vez en Otherland". Hizo una pausa y agregó: "Cada lugar, cada espacio".

Percival Ambrose respondió de inmediato: "Sí, cada lugar, cada espacio. Adiós hasta Otherland.

Se fue en su forma mágica habitual. *

CAPITULO 21

Percival Ambrose, Mara Sholmay y el pequeño se fueron a la mañana siguiente con las primeras luces. Los padres esperaban que al irse temprano, el pequeño estaría menos agitado durante los viajes. Habían probado el medio de transporte especial que habían preparado para el pequeño, y descubrieron que el pequeño estaba más tranquilo y calmado que de otra manera. Ahora se sometería a una prueba real. Si de alguna manera el pequeño se pusiera ansioso y angustiado, los padres podrían perder el enfoque y perder el rumbo. Tal respuesta podría causar problemas para los tres, especialmente porque ser monitoreados completamente por Otherland cada paso que daban en Otherland.

Tuvieron que hacerse pasar por suplicantes a Otherland. Los suplicantes a Otherland desde el momento en que entraron en Otherland dirían: "Otherland vive". Luego se inclinarían al suelo y lo besarían. Idealmente, el suelo sería afilado y cortante, y la sangre saldría de su cara o boca cuando besaran el suelo. Otherland estaría complacido con el sacrificio de la propia sangre y les daría la bienvenida a la tierra como suplicantes protegidos por Otherland.

Sabían que repetirían este proceso a diario, cuantas más veces mejor. Percival y Mara no esperaban estas acciones, pero se dieron cuenta de la necesidad. Tenían que ser convincentes si querían llegar al Lugar de la Luz sin despertar sospechas. La parte más difícil sería mudarse al propio Lugar de la Luz, ya que ese lugar no era el lugar habitual al que acudía un suplicante en Otherland. Lo que le dirían a Otherland cuando dieron su destino fue que querían llevar a Otherland una de esas piedras especiales de luz a un lugar donde Otherland pudiera usarla para el propósito de Otherland. De hecho, la piedra removida de El Lugar de Luz y ofrecida a Otherland fue para mostrar la superioridad y soberanía de Otherland sobre cualquier otra cosa en Magique. Se demostró simbólicamente que El Lugar de Luz en sí estaba bajo la autoridad y el control de Otherland. Esto podrían venderlo a Otherland.

Los dos habían hablado de esto y lo habían planeado apropiadamente antes de salir de casa. Ahora que comenzaron el viaje, se recordaron mutuamente cómo debían responder a Otherland. Eran suplicantes y sólo suplicantes. No solo tenían que convencer a Otherland, tenían que convencer al pequeño de no ponerse nervioso o inseguro cuando estaban en comunicación con Otherland.

Mientras tanto, primero tenían que convencer a otros Nons sobre el propósito del viaje. Cuando pasaron por Nons, se les preguntó en numerosas ocasiones a dónde iban.

"Vamos a Otherland como suplicantes".

"¿Por qué querrías hacer eso?" fue una respuesta común.

"Somos los sirvientes de Otherland, y debemos ir a Otherland para mostrar nuestro servicio".

Algunos Nons se reirían de la respuesta. Otros dirían: "Otherland vive". Dependía de lo que Non sintiera sobre Otherland. No obstante, todos los Nons les deseamos lo mejor en su viaje. Se podía ver a los que se oponían a Otherland sacudiendo la cabeza después de que el trío había pasado. Se podía ver a los que apoyaban a Otherland asintiendo con la cabeza después de que el trío había pasado.

Excepto por las risitas ocasionales, el viaje transcurrió sin incidentes. Percival y Mara tenían amigos que vivían en la ruta por la que viajaban. Sus amigos les habían dejado claro que debían detenerse y pasar la noche con ellos. Esto lo hicieron.

Por supuesto, en cada lugar donde se detenían y pasaban la noche, sus amigos tratarían de presionar para obtener más información acerca de que eran suplicantes. Incluso sus amigos más cercanos tenían problemas con el concepto de suplicantes, y especialmente con estos dos, que habían hecho tanto por y en nombre de Otherland. Parecía redundante o al menos innecesario.

Percival Ambrose y Mara Sholmay esperaban esta pregunta. "Es apropiado que aquellos que sirven a Otherland vengan a su tierra y sean suplicantes. Uno no puede servir verdaderamente a Otherland sin reconocer la autoridad de Otherland y mostrar sumisión a Otherland en Otherland mismo". Esta fue idea de Mara Sholmay y la respuesta habitual que repetía una y otra vez.

Si algún alma se dirigía a Percival Ambrose y le indicaba que parecía demasiado practicado o formal o incluso enlatado, Percival diría: "Sí, pero estas son las palabras reales que Otherland nos exige que le digamos".

Como se estaban quedando en las casas de los partidarios de Otherland, nadie los cuestionó más. Lo que Otherland dijo va. "Otherland vive", respondían.
Percival y Mara responderían: "Otherland vive".

Fueron deliberadamente lentos en su viaje. Sabían que podían hacer el viaje más fácil y rápido, pero claramente decidieron no hacerlo. Primero, estaba el pequeño, y no estaban seguros de que el pequeño pudiera manejar un ritmo más rápido.

En segundo lugar, querían ser vistos por la mayor cantidad posible de Nons y quedarse en tantas casas de amigos como fuera posible. El punto era asegurarse de que Nons supiera que iban a Otherland.

Tenían que convencer tanto a Nons como a Otherland sobre lo que estaban haciendo y por qué lo estaban haciendo. Ciertas almas Nons podrían tener alguna objeción al viaje, pero como incluso otros Nons, respetarían y pasarían la voz sobre el trío a otros Nons y, finalmente, a Otherland. Percival Ambrose y Mara Sholmay dependían de ello.

Llegarían a Otherland a la mañana siguiente, después de días de viaje. Como habían sido lentos, decidieron probar los dispositivos de comunicación. Inmediatamente, tanto Jenna Rosalea como Randolph Rosalea estuvieron en la línea.

"Queríamos probarlos ya que llegaremos a Otherland mañana por la mañana", señaló Percival.

"Muy bien. No estábamos seguros de cuánto tiempo te llevaría llegar a Otherland", dijo Jenna Rosalea.

"Tan pronto como lleguemos a la frontera con Otherland, se lo haremos saber y luego nos quedaremos en silencio, solo ocasionalmente le haremos saber cuán cerca estamos de El Lugar de Luz".

Randolph habló: "Todavía estoy aquí en Otherland y lo estaré cuando llegues. Necesitaré que me informe continuamente sobre su viaje a través de Otherland. Incluso si no puedo estar físicamente consciente de tu presencia, tengo que saber que estás en Otherland y sobre dónde estás o Otherland sospechará. Se supone que los suplicantes deben ser monitoreados por mí como el mago residente. Otherland parece disfrutar de mis suplicantes de seguimiento.

"Nosotros haremos eso."

Cada uno de ellos dijo: "Adiós por ahora. Nos vemos en Otherland. Jenna Rosalea por primera vez se sintió inquieta por Randolph. Escucharlo Decir que Otherland disfrutó de su seguimiento de los súplicas simplemente la golpeó con fuerza. ¿Estaba tratando de defender y apoyar a su prima antes? ¿Se estaba dando cuenta ahora de que Randolph podría estar poseído por Otherland? La forma en que Sargeno Yulevich la había mirado, a pesar de que trató de controlar sus expresiones, ella lo había descartado en ese momento. Ahora ella entendió.

"Estamos en la frontera con Otherland", esta vez se comunicó Mara con los dispositivos.

"Sí" fue la respuesta típica de Jenna Rosalea.

"Estaremos en contacto", dijo Randolph.

Fuera de sus dispositivos, Jenna Rosalea no dejaba de pensar en Randolph, y sus pensamientos sobre él no eran agradables, sino una pesadilla. Tengo que controlar esos pensamientos cuando llegue a Otherland, se recordó a sí misma, o haré que toda esta misión se pierda. Recuerda que Otherland tendrá el control del planeta, y Magique ya no será el hogar de los magos o la magia. Los Días Oscuros serán la nueva normalidad, como lo fue el planeta en los días anteriores a Jean Magique.

Cualquier intento de resistir conducirá a la destrucción del planeta.

Concéntrate, concéntrate, concéntrate. En dos días, iría a Otherland. Tengo que empezar a controlar mis pensamientos ahora. Recordó que tenía que conseguir un phlex y se rió. Por supuesto, concéntrate en un phlex. Es sorprendente cómo un alma puede enfocarse en un phlex y realmente concentra tus pensamientos. Es como si nada más existiera. Algo acerca de un phlex puede hacer eso. Algún día tengo que averiguar por qué. Ahora es el momento de phlex.

Jenna Rosalea centró sus pensamientos en obtener un phlex, y todo lo demás abandonó sus pensamientos. Dejaría que esos pensamientos la llevaran a Otherland. Si Otherland de alguna manera fue capaz de entrar en sus pensamientos mientras ella estaba allí, todo lo que encontraría sería su pensamiento de alguna manera obtener un phlex.

Las almas ocasionalmente buscaban un phlex de Otherland, ya que de alguna manera se percibían como mejores que un phlex de cualquier otro lugar de Magique. Un phlex era un phlex. No fue domesticado o más tranquilo fuera de Otherland. Permaneció fiel a sí mismo dondequiera que estuviera. No obstante, existía la creencia de que un phlex de Otherland era único en su clase. El concepto incluso desconcertó a Otherland, pero llevar almas a Otherland y hacer que derramaran algo de sangre para obtener un phlex siempre complació a Otherland. Por lo tanto, Otherland sonrió y disfrutó el esfuerzo.

Irónico, pensó Jenna, el phlex surgió en Otherland y refleja claramente cómo Otherland quiere que todo sea. Ahora, voy a usar un phlex contra Otherland. Ahora se rió a carcajadas, pero nadie la escuchó.

Mara Sholmay y Percival Ambrose ahora representaban el papel de los suplicantes. "Otherland vive", proclamaron juntos mientras se inclinaban hacia el suelo y lo besaban. Inmediatamente, sus labios comenzaron a sangrar, y se notaba que Otherland estaba complacido.

Percival Ambrose fue un paso más allá. Se tumbó en el suelo e instantáneamente sintió que su cuerpo se cortaba en varios lugares. Sabía que estaba sangrando, y Otherland quedó impresionado por este acto de devoción.

"Tú entiendes" llegaron las palabras de Otherland a la mente de ambos. "Somos tus suplicantes".

"Sí, lo eres, bienvenido".

Percival explicó que serían suplicantes durante su estadía en Otherland y pidió la protección de Otherland. Por supuesto, regularmente derramarían sangre por Otherland para mostrar su devoción.

"Bueno."

Percival ahora explicó su más alto nivel de devoción, tomando una piedra de El Lugar de Luz y ofreciéndola a Otherland. El mundo sabría que Otherland es supremo e incluso El Lugar de Luz estaba bajo su soberanía.

Otherland estuvo de acuerdo.

Justo cuando estaban a punto de avanzar, Otherland los interrumpió con: "Le dijiste a mis seguidores que te había dado las palabras exactas para decir cuando te preguntaron por qué venías. Yo no dije esas palabras".

Tanto Percival como Mara se pusieron nerviosos y Percival tenía una respuesta lista si era necesario. Sin embargo, Otherland continuó: "Estás empezando a pensar como yo y a responder como yo. Esas son exactamente las palabras que me gustaría que dijeras, y las apruebo".

"Gracias a Otherland", gritaron ambos. "¡Otherland vive! ¡Otherland vive! ¡Otherland vive!"

"Entrar suplicantes de Otherland. Yo, Otherland, te protegeré.

El pequeño no se movió. Otherland no estaba atacando al pequeño. Dijeron de nuevo. "Otherland vive". Luego comenzaron el viaje a través de Otherland.

El suyo fue un viaje lento y deliberado mezclado con la habitual reverencia al suelo, besarlo, sangrar un poco más y proclamar: "Otherland vive". Tenían comida con ellos, pero rara vez tenían que usarla. Los no residentes de Otherland aparecían a la hora de comer con comida para ellos. La comida no era la tarifa limitada habitual, sino más bien un festín abundante. Incluso incluía la comida necesaria para el pequeño. "Otherland vive", decían al recibir la comida. "Otherland vive", responderían los Nons que proporcionaban la comida. Entre su comida y sus viajes lentos con el sangrado regular, ellos de vez en cuando se tomaba un momento para usar los dispositivos de comunicación.

Randolph les hizo saber a los demás que conseguiría la catapulta en el momento apropiado. A Otherland no le sorprendería ni le preocuparía que Randolph lo moviera. Otherland siempre había esperado que alguien lo moviera o lo usara en otros Magicks, pero nadie lo había hecho. Otherland incluso estaría impresionado de que Randolph fuera quien lo tomó.

Jenna Rosalea perdió su enfoque en el phlex cuando su primo Randolph Rosalea hizo ese comentario. Su pensamiento inmediato, Él está poseído. ¿Está actuando por su cuenta o tiene planes de Otherland para la catapulta que mi primo no conoce? No puedo luchar contra él por la catapulta, si se trata de eso. Tendré que pensar más que él si es necesario. Con suerte, no será necesario, pero estaré preparado si es necesario.

¿Debería contactar e informar al Mago Supremo? No, se respondió a sí misma, por qué tenerlo preocupado cuando no puede hacer nada al respecto. Estaré allí y podré hacer algo si es necesario. Si es necesario, si es necesario, si es necesario, he repetido esa frase. Que la necesidad no sea. Sería enfrentarme a mi propio primo, un alma que admiro y respeto, un alma que está llamada a ser Maga Suprema y lo merece. Si algo le sucediera, el Consejo de Duelo no lo manejaría bien, y podría haber consecuencias para Magique.

Que la necesidad no sea. Que la necesidad no sea. Ahora sola, gritó: "¡Que no sea necesario!" sabiendo que nadie la escucharía.

La calma que encontró a su alrededor: a la luz, no la encontró nunca más. Deben estar monitoreándome a mí como solo ellos pueden hacerlo. Puedo encargarme de Randolph si es necesario, pero ahora estoy convencida de que no es necesario.

Más tarde ella se fue mágicamente a las afueras de Otherland.

CAPITULO 22

Jenna Rosalea se abrió camino hasta donde estaba su prima. Se movió lo más rápido posible, y normalmente era rápida sobre sus pies. Ella había oído hablar de todo el terreno de Otherland, pero era diferente experimentarlo. Podía sentir su cuerpo siendo mordido como un insecto gigante chupador de sangre, excepto que no era un insecto sino más bien un lugar vivo que habitaba en la sangre. Estaba reclamando su sangre y disfrutando cada bocado. La superficie estaba diseñada para sacar sangre de cualquier alma que caminara, corriera o se sentara sobre ella. ¿Cómo podrían las almas vivir en un lugar tan sediento de sangre?

Supervivencia fue la palabra que eligieron los habitantes de Otherland. Adecuado. A menos que te adaptaras y supieras cómo sobrevivir, estarías dando tu sangre a Otherland. Jenna Rosalea podía ver fácilmente cómo la muerte impregnaba Otherland, cómo la muerte hizo Otherland y cómo la muerte se convirtió en Otherland. Destruir el planeta y a sí mismo habría sido la máxima gloria para Otherland, porque habría habido muerte en todas partes del planeta y la sangre habría cubierto cada pedazo roto del planeta.

Cada lugar, cada espacio. Incluso cierto para los habitantes de Otherland. Se preguntó qué pasaría si Otherland ya no funcionara como el organismo vivo o el ser que era. No tendrían Otherland a quien seguir. Tendrían que vivir solos. De hecho, ¿qué sería de este pedazo del planeta sin Otherland? ¿Seguiría siendo desolado, peligroso, destructivo, o sería finalmente domesticado, dócil, dormido? Tenía que sobrevivir para asegurarse de que Otherland muriera y Magique viviera, y las almas fueran libres. Iba a garantizar la libertad de los Nons y de los magos.

Percival Ambrose bajo la dirección de Otherland ha garantizado la supervivencia o la desolación, tal vez incluso la destrucción, de un planeta llamado Magique. A esto se reduce todo. Podía dejar que esos pensamientos vagaran por su cabeza cuando el viaje y el flujo de sangre

178

estaban en su peor momento. Pero en cuestión de segundos, se centró en un phlex.

Todo lo que le habían enseñado sobre el phlex volvió a ella. Eran criaturas altas parecidas a pájaros con garras afiladas que podían cortar un alma o un animal como una navaja. Sus dientes, diseñados tanto para masticar como para pelear, se colocaron en la boca en una posición tal para causar el máximo daño a cualquier cosa que mordieran. La boca era una máquina de pelear y comer que podía arrastrar a sus víctimas hasta los dientes mortales. Carnívoro. Matar animales. Animal luchador que vivió para luchar y luchó para vivir.

No podía volar, pero podía correr, y dejaría atrás a su presa, agotando a su presa y luego matándola mientras estaba exhausto. Solitario. Territorial. Dispuesto a luchar contra cualquier otro phlex que se interponga en su camino. Si se enfrenta a cualquier otra criatura, atacará sin importar cuál sea la criatura. Nunca huye de una pelea, incluso de las peleas que no puede ganar. La supervivencia o la muerte es lo que hace que un phlex sea un phlex.

Pensando en un phlex, centrándose en la necesidad de un phlex, supo que los vería en Otherland. Eran comunes en Otherland y no se escondían de nada ni de nadie. Se expusieron voluntariamente a todos los seres vivos de Otherland, a veces en el proceso de condenarse a sí mismos, mientras que otras veces lo hicieron victorioso. La pregunta era cómo superar un phlex, y ella también lo sabía.

En otra parte de Magique, ella podría controlarlo mágicamente. Aquí no. Vio un posible phlex, adulto por supuesto. Lo observó cuidadosamente para asegurarse de que no la viera. Se acercó sigilosamente a la criatura por la espalda. Cuando parecía que la criatura iba a volverse y verla, recogió una de esas piedras, ahora ensangrentada por desgarrarse la mano, y la arrojó en dirección contraria a ella. El phlex que sintió la sangre en la piedra se movió para investigar.

Saltó sobre la parte posterior del phlex, que trató de girar para luchar, pero arrojó una botella de líquido en la espalda del phlex y se congeló en su lugar. Sí, había estudiado el phlex y sabía que había cierto líquido que, una vez que caía sobre el phlex, lo dejaba inmóvil. El phlex todavía estaba vivo, pero no podía pelear ni crear problemas para el controlador de phlex.

Durante muchos años, ha habido manipuladores de phlex en Magique. Si fueran magos en la mayor parte del planeta, simplemente usarían su magia para controlar a las criaturas. Si fueran Nons, aprendieron sobre este líquido y lo pusieron en el phlex y lo controlaron de esa manera. Si bien los magos podían controlar un phlex fuera de Otherland, solo era una cuestión de control. Si un alma estaba interesada en ver un phlex ser un phlex sin arriesgar la vida de un alma, el alma se aventuró a la exhibición de phlex bajo el control de los manipuladores de Non phlex.

Usando ese líquido, podrían controlar un phlex y usarlo para generar ingresos. Los magos salieron en gran número, porque los manipuladores de Non phlex eran convencidos de que habían aprendido a permitir que un phlex fuera un phlex en todos sus poderes, excepto para matar al Non manejador. La fascinación con una criatura salvaje siendo una criatura salvaje garantizaba el éxito para un manejador de phlex capaz. Todavía era salvaje y tenía que manejarse con cuidado. No era inusual que un manipulador de phlex se volviera descuidado y enfrentara las consecuencias, lesiones graves o incluso la muerte.

Jenna Rosalea había hablado con numerosos manipuladores de Non phlex, y cuando escucharon lo que estaba tratando de hacer, le dieron consejos sobre cómo manejar un phlex. Incluso le permitieron aprender sobre el líquido, que era propietario y secreto y solo lo conocían los manipuladores de phlex. Más aún, varios la dejaron trabajar con un phlex bajo circunstancias controladas y vigilando muy de cerca cómo estaba. Tenía que aprender a controlar un phlex sin magia, y lo hizo. No la sorprendió cuando un importante manipulador de phlex le dijo que era natural, y que si alguna vez quería ser una profesional, él podría garantizarle un gran ingreso, porque ella era una maga que actuaba como Non. Ella declinó cortésmente.

¿Tenía que ser tan buena en todo lo que intentaba para que todos la quisieran? ¿Es eso un defecto en su ser o parte de lo que la convirtió en Jenna Rosalea? Se preguntó de nuevo. Ahora tenía el phlex bajo control, pero sabía que tenía que estar preparada para ponerse más líquido en varios momentos del día y de la noche para mantenerlo bajo control. Si perdía el sentido del tiempo, estaría pidiendo una pelea con un phlex loco que no apreciaba ser controlado, y esta era una pelea en Otherland que podría perder. Si llega a su primo, él podría evitar que el phlex la mate, si el phlex de alguna manera escapó del control del líquido.

Otra razón por la que un manipulador de phlex podía atraer multitudes era que una vez que se había aplicado el líquido, el phlex podía moverse, pero había que tocarlo en ciertas partes de su cuerpo. El manipulador de phlex tenía que usar una mano como guía para el phlex, y todos los que habían estado alguna vez en una exhibición de phlex sabían de manipuladores de phlex que habían perdido una mano por culpa de un phlex por ser descuidados o no prestar suficiente atención a lo que era el phlex. haciendo.

Movió el phlex con la mano, y ahora el phlex se movía con naturalidad, facilidad y calma. El phlex era la única criatura realmente adaptada a Otherland y podía moverse sobre su superficie sin sangrar. Eso lo compensó obviamente matando o siendo asesinado. Seguiría el phlex con cuidado y no sangraría tanto. De hecho, su sangrado disminuyó y ahora estaba sujeta a menos cortes.

Jenna Rosalea movió el phlex en la dirección donde estaría su primo Randolph. Sabía el lugar en el que normalmente estaba, donde podía manejar los negocios de los Nons de Otherland. Era un edificio bastante pequeño con una pequeña oficina donde Randolph se sentaba para recibir las solicitudes de negocios. Si el espacio se volvía estrecho porque las solicitudes comerciales aumentaban, y últimamente lo habían hecho, se mudaría al exterior.

Se preguntó por qué tan tarde en su estancia en Otherland las solicitudes de negocios se multiplicaban. Ella se mantuvo al día con sus informes regulares, y él nunca había tenido tantas solicitudes como ahora. Sintió curiosidad por ver si había algún tipo de patrón con los magos residentes anteriores. No había. Durante muchos años, solo algunas solicitudes ocasionales con fines comerciales se presentaron ante el mago residente. Ahora y solo ahora hubo múltiples solicitudes. ¿Por qué?

¿Estaba Otherland tramando algo, o había una expansión genuina ocurriendo en Otherland en este momento? Ella dudaba de esto último. Mientras se movía por Otherland, no se mostraba una expansión comercial. Había estudiado Otherland antes de llegar a él y sabía que todavía se veía igual. No había signos de expansión comercial en ninguna parte, y habría habido signos visibles a tal efecto si hubiera habido expansión. Las reglas de expansión comercial en Magique, tal como eran, requerían demostraciones claras o signos de expansión comercial. No hubo ninguno.

La única conclusión fue que Otherland estaba tramando algo y usando a los habitantes locales para lo que fuera. Tal vez si leyera el papeleo real involucrado en las transacciones comerciales, podría descubrir de qué se trataba Otherland. Ella podría hacer eso cuando vea a su prima. El papeleo es información pública y ella podría analizar los materiales sin despertar las sospechas de su prima. Esto asumía que su prima estaba involucrada en lo que sea que fuera Otherland. Esperaba estar equivocada, pero ahora ya no estaba segura de que pudiera confiar en él.

Jenna Rosalea se acercó al edificio con el phlex. Randolph Rosalea estaba afuera manejando negocios. Los habitantes de Otherland estaban acostumbrados a ver al manipulador de phlex ocasional. Simplemente la ignoraron y siguieron con sus asuntos. Randolph Rosalea la vio y ordenó un alto temporal en las actividades comerciales, para poder hablar con su prima. Los que hacen negocios no estaban molestos ni preocupados por la interrupción. Solo se relajaron y esperaron pacientemente la reanudación de los negocios.

Randolph la invitó a pasar al edificio y los dos entraron. Cerró las puertas y echó un vistazo al exterior, "Veo que tienes phlex".

Miró por la ventana a lo que parecía ser una estatua de un phlex. Estaba totalmente inmóvil y permanecería así. Quería estar segura de que nadie trataría de manejar su phlex, pero podía ver que nadie estaba interesado en el phlex.
"Sí."

Al darse cuenta de que no decía nada más, Randolph preguntó: "No sabía que eras un manipulador de phlex".

"Tengo muchos talentos y puedo manejar un phlex si es necesario".

"Bien, al menos no tendremos que preocuparnos por el comportamiento del phlex en el momento apropiado".

"Día ocupado hoy, veo afuera".

"Oh, seguro. Ha sido así por un tiempo". El pauso. "Percival me llamó esta mañana, y él, Mara y el pequeño llegarán al Lugar de la Luz mañana a última hora del día. Sugirió que esperáramos hasta el día siguiente antes de ir allí. Prefiero ir solo y tú vas solo con el phlex. Conseguiré la catapulta esta noche. ¿Sabes lo que tienes que hacer?

Esta fue la única pregunta difícil que Jenna Rosalea no supo cómo responder. Todos los seres en la luz le habían dicho que debía subirse a esa catapulta después de que la colocaran en El Lugar de Luz mientras los demás estaban en contacto con ella. Más allá de eso, no tenía ni idea. Conviértete en Magique, lo que sea que eso signifique. Había tratado de darle sentido a la idea, pero su mente lógica no pudo. Tampoco podía imaginarse cómo iba a suceder eso, o cómo haría que sucediera, o qué se suponía que debía hacer si de alguna manera sucedía.

"Ya veremos" fue la respuesta que le dio a Randolph.

No estaba seguro. "Si no lo haces, Otherland nos destruirá a todos". "Sí."

Randolph se puso de pie y se alzó sobre ella y flexionó su apariencia física. "Primo, si alguien más estuviera tan inseguro, me iría. Contigo, estoy nervioso e inseguro, pero confío en ti. Espero que puedas resolver esto pronto".

Quería decir algo como "Yo también", pero no lo hizo. En cambio, ella respondió: "Sí".

Su uso constante de la palabra sí, podría molestar a muchas almas en Magique. El propio Randolph a veces se había enfadado con ella por simplemente responder: "Sí". Esta vez no lo fue. Ella era su prima, y por ambiguo que sonara el "sí", seguía siendo una afirmación. Decidió tomarlo como una afirmación total de que sí, ella lo resolvería.

Él respondió: "Bien". También podría dar respuestas de una sola palabra, si fuera necesario. Ella sonrió y dijo: "Ve a ocuparte de tu negocio. Me sentaré aquí y
tómalo con calma por un tiempo, antes de que tenga que lidiar con la superficie de Otherland nuevamente. "Tómate todo el tiempo que necesites". Volvió al negocio y
inmediatamente tuvo una multitud llena.

Sabía dónde estaría el papeleo para el negocio en el edificio, y fue directamente a él. Todo se mostró, manejó, aprobó y aclaró correctamente. Nada estaba oculto en el papeleo comercial. Decidió hacer una lectura rápida de cada uno para ver si surgía un patrón. Si no, leería cada pequeño detalle de cada negocio. Esperaba no tener que hacer eso ella no lo hizo El primer papeleo comercial lo dejó claro. El segundo, tercero y cuarto estuvieron de acuerdo. Echó un vistazo muy breve a los demás, y el patrón era el mismo. Sabía cómo se vería el planeta bajo Otherland, todo el escenario de los Días Oscuros. Ahora vio lo que Otherland se proponía hacer con las almas bajo el control de Otherland. Las propuestas comerciales se llevarían a cabo el control de todas y cada una de las almas y hacer que todos sean completamente responsables y responsables ante Otherland por medio de negocios establecidos explícitamente para este propósito en todo el planeta.

Otherland sabría lo que cada alma estaba haciendo todo el tiempo. Peor aún, Otherland podría entonces controlar todas y cada una de las almas, porque los negocios requerirían el control. Cada alma en el planeta, independientemente de lo que fuera o pudiera hacer, estaría en efecto a la entera disposición de Otherland. Nadie podría funcionar aparte de Otherland. Nadie podría vivir separado de Otherland. Nadie podría tener ningún tipo de vida aparte de Otherland. Regulado, poseído, controlado. Otherland sería todo para todos, y Otherland dictaría a todos y cada uno. El planeta sería Otherland. Las almas serían meras extensiones de Otherland.

Otherland no ocultaba sus intenciones. Fue muy abierto y muy específico. En efecto, estaba invitando a cada alma a comprender y aceptar lo que Otherland proponía. Esta es Otherland, y cada alma sería parte integrante de Otherland, incorporada a Otherland. Se verían obligados a pensar, actuar y ser Otherland.

"Phlex, phlex, phlex", dijo en voz alta. Si Otherland prestaba atención, asumiría que se refería al phlex de afuera. No, estaba usando la palabra como una maldición, como un acto de rebelión, como una promesa de que se detendría a Otherland. Phlex, phlex, phlex, pensó para sí misma.

Salió, caminó hacia el phlex y lo tocó, y ambos se movieron. *

CAPÍTULO 23

Percival Ambrose, Mara Sholmay y el pequeño llegaron al Lugar de la Luz justo después del anochecer y decidió descansar por la noche. Cualquier alma que mirara a Percival y Mara vería sus rostros llenos de cicatrices, sus labios agrietados, sus manos cortadas y presentando una apariencia general de algo físicamente desgarrado y sangrando. El viaje como suplicantes había alterado su apariencia normal en algo que salía de una zona de guerra después de haber sido atacado físicamente y acuchillado. Su belleza ya no existía. Su normalidad se había convertido en algo espantoso y terrible de ver.

Por última vez, mientras descansaban, gritaron: "¡Otherland vive!".

El pequeño miró a papá y mamá y gritó. El pequeño había dormido la mayor parte del viaje, despierto lo suficiente para comer, ser cargado y moverse brevemente. Ahora sintiendo que el viaje había terminado y viendo realmente a los padres y no reconociéndolos por cómo se veían, el grito fue fuerte y áspero.

Otherland escuchó y vitoreó al pequeño, y agregó a los padres: "Este es realmente un niño de Otherland".

Instintivamente, antes de que dijeran algo más que terminara catastróficamente todo su viaje, ambos besaron el suelo una vez más y declararon: "Otherland vive".

"Sí, quiero" fue la respuesta, y el silencio se apoderó de su espacio.

Otherland se había desvanecido en sí mismo, y ahora estaban solos. En ese momento, sorprendentemente el pequeño comenzó a jugar con la luz en El Lugar de Luz. Sonriente, feliz jugando, la luz parecía jugar con el niño.

Percival Ambrose se volvió hacia su esposa y le preguntó: "¿Estoy viendo lo que pienso ¿Estoy viendo?"

"Lo eres", respondió una asombrada esposa y madre.

"He vivido la mayor parte de mi vida en Otherland, y he estado en El lugar de Luz
muchas veces, y nunca he visto esto".

Mara se dio cuenta: "Es un juego de niños o un juguete de niños. Se necesita un niño para verlo por lo que es".

Percival se volvió protector, "¿Pero es seguro para nuestro pequeño?"

Una voz que nunca habían escuchado antes, a diferencia de la de Otherland y gentil, llenó sus cabezas, "Muy seguro. Un niño lo sabe.

"¿Quién dijo que?" —preguntó Percival, pero de nuevo se hizo el silencio.
Mara supuso: "Seres más antiguos que Otherland idearon esta luz y nos están observando aquí. Acaban de hablar con nosotros".

"¿Como sabes eso?"

"Puedo sentir su presencia. Puedo sentir su tiempo. De alguna manera estoy aquí y no estoy aquí. De alguna manera me han dejado entrar en su ser". Estaba asombrada de sí misma por poder decir esto y decir esto. Ella no hubiera creído que esto fuera posible si no lo hubiera experimentado a su manera.

Percival Ambrose se limitó a mirar a su esposa, que parecía ser, como ella decía, tanto aquí como no aquí. Podía ver esto en ella, aunque no podía participar en la presencia como ella lo estaba haciendo. Por lo tanto, solo la miró y la vio transformarse. Todas sus cicatrices estaban desapareciendo. Sus labios estaban volviendo a la normalidad. Sus manos estaban sanando. En unos momentos, volvió a ser ella misma en toda su notable belleza. Si Percival Ambrose no lo hubiera visto con sus propios ojos, no lo habría creído. No podía decir nada, estaba tan absorto en lo que estaba viendo suceder.

Sin previo aviso, ella se acercó y lo tocó, y él sintió que se curaba. Los dolores desaparecieron. Los cortes que observó desaparecieron. El sangrado se detuvo. Sabía que estaba volviendo a ser el mismo de siempre.

El pequeño se acercó y sonrió. Los padres abrazaron a su hijo, y el niño correspondió y se rió. No pudieron evitarlo, ya que se unieron a la risa. Cuando los tres dejaron de reír, se llenaron de una paz que no podían describir.

"Todo está bien", afirmó Mara. "Tendremos éxito."

Quizás por primera vez, Percival Ambrose sí creyó. Cogió una piedra y la luz pareció entrar en él. "Si si si."

Durmieron bien esa noche. Fueron despertados con las primeras luces por el sonido de algo siendo arrastrado sobre la áspera superficie de Otherland. Levantaron la vista y vieron a Randolph Rosalea arrastrando la catapulta. Incluso con su tamaño y físico, Randolph no podía levantar la catapulta, pero podía arrastrarla, aunque lenta y ruidosamente.

Mientras lo arrastraba, casi podía sentir que Otherland se reía de él. Él simplemente reconoció la risa y finalmente dijo: "Otherland vive". No era algo que quisiera decir mientras arrastraba la catapulta, pero sintió que no tenía otra opción con Otherland riéndose. Tenía que haber algún reconocimiento. Solo cuando dijo esas palabras, la risa se detuvo y pudo concentrarse en la catapulta sin preocuparse por Otherland.

Le sorprendió no haber despertado a la mitad de los Nons en Otherland. El ruido del arrastre era fuerte e incluso molestaba a Randolph, quien normalmente podía ignorar los sonidos fuertes. Tal vez Otherland le estaba jugando una mala pasada, manteniendo dormidos a los Non residentes mientras él seguía pensando que seguramente algunos Nons vendrían y le gritarían por arrastrar esa catapulta. Llegó hasta El Lugar de Luz antes de que nadie se despertara y, por supuesto, era el trío de Percival, Mara y el pequeño. No había ni rastro de su primo.

Mara lo saludó, "Bueno, hiciste una entrada", y se rió entre dientes. Randolph respondió: "Lo creas o no, ustedes son los únicos a los que desperté". Percival miró asombrado y preguntó: "Estás bromeando, ¿no? El sonido
de que esa cosa sea arrastrada debería haber despertado a muchos." "No, se durmieron durante todo esto".

Percival y Mara se miraron y se comunicaron sin palabras que tenía que ser obra de Otherland. Nadie quería decirlo en voz alta. En cambio, los dos simplemente asintieron y repitieron: "Otherland vive". No iban a arriesgarse con Otherland.

Randolph pensó en secundar la frase, pero como no había ningún sonido o pensamiento de Otherland, asintió en su lugar. Ahora pudo verlos bien por primera vez y tuvo que contener sus pensamientos para verlos completos. Sabía lo que suplicaban los suplicantes por Otherland, y ningún suplicante se veía bien después de unos pocos días en Otherland. Había traído suministros médicos necesarios para los suplicantes, pero no los necesitaban.

Quería saber cómo era esto posible, pero no se atrevía a hacer la pregunta. Percival y Mara, a su vez, tenían miedo de que hiciera la pregunta, y no sabían cómo responder, especialmente si Otherland actuaba. Todos permanecieron inquietantemente callados.

Mara rompió el silencio preguntando: "¿Has estado en contacto con tu prima últimamente?". Evitó la palabra visto deliberadamente, pero sabía que podría obtener la respuesta que quería si ambos lados eran discretos.

"¿Sabías que ella es una manejadora de phlex en estos días?" "Otro talento", respondió Mara, "está cargada de talento". "Parece que sí".

Mara y Percival sabían que Randolph Rosalea había visto a Jenna Rosalea, y ella estaba en camino hacia ellos ahora.

Percival pensó seriamente en usar el dispositivo de comunicación para comunicarse con Jenna Rosalea, pero decidió que realmente necesitaba vestirse adecuadamente y cuidar a la pequeña. Sospechaba que Mara tendría que prepararse ella misma.

"¿Te importa si vamos detrás de algunas de las grandes rocas más allá del Lugar de ¿Luz para que podamos vestirnos para el día? "Por favor, hazlo."

Los dos tomaron al pequeño a cuestas y desaparecieron detrás de las grandes rocas. Randolph volvió a mirar la catapulta. Había arrastrado esa cosa por a cierta distancia, y todavía estaba limpio e impecable. La superficie no lo había desfasado ni afectado de ninguna manera. Seguía siendo el mismo que lo vio anoche. Ese hechizo en él debe ser espectacular. No sé si podría ponerle uno con la misma eficacia. Sus pensamientos saltaban. E imaginar que arrastré esa cosa yo solo. Me pregunto si hacerlo fue bueno para mis músculos.

Echó un vistazo a su cuerpo musculoso y decidió que realmente no podía decirlo. No obstante, se sintió bien después del ejercicio. Dudo si quiero volver a hacer algo como arrastrar una catapulta, pero al menos me hizo sentir más en forma física. Compensación.

Mientras contemplaban su cuerpo, los tres regresaron. "Tenemos algo de comida aquí, si quieres compartir", señaló Mara.

"Estoy hambriento." Arrastrar esa catapulta lo hizo funcionar y le dio hambre.

Todavía les quedaba la mayor parte de la comida que habían empacado. Habían sido alimentados regularmente por los no residentes y apenas tenían que comer algo de su comida. Por lo tanto, tuvieron una fiesta. El pequeño aplaudía y metía la comida desordenadamente como solo un pequeño puede hacerlo. Percival y Mara no podían creer lo hambrientos que estaban y lo mucho que se encontraron comiendo. Randolph no tuvo reparos en su gran apetito. Era el costo de estar en buena forma física.

Después de disfrutar de la maravillosa comida, limpiaron y bromearon entre ellos sobre sus respectivos apetitos. Se rieron al describir el estilo de alimentación de cada alma. Randolph fue el primero en darse cuenta: "Nos estamos haciendo amigos". "Supongo que lo somos", fue la respuesta de Percival. "¿Eso es tan malo?" preguntó Mara.

"No."

Se rieron un poco más, hasta que el pequeño señaló.

Mara se volvió primero, seguida de Percival y, por último, Randolph, que había encontrado otro trozo de comida para devorar que había traído y olvidado hasta ahora.

Viniendo hacia ellos, pero aún a cierta distancia, estaba el phlex siendo guiado por Jenna Rosalea. El pequeño estaba absorto en la imagen. Los demás esperaron en silencio y aclararon sus pensamientos.

Sus dispositivos de comunicación sonaron. Cada uno recogió su propio dispositivo especial y escuchó. "Ignórame a mí y al phlex. Mara, recoge al pequeño. Ella hizo.

"Voy a caminar por El Lugar de Luz como si solo lo estuviera mirando. Después Me daré la vuelta. Randolph, ¿puedes llevar la catapulta a la luz rápidamente?

Randolph recordó cómo había luchado con la cosa durante la noche y dijo: "Vas a tener que darme un poco más de tiempo. Tuve que arrastrarlo la mayor parte de la noche, se mueve lentamente y es increíblemente ruidoso".

"Empújalo sobre las piedras de luz y espero que puedas rodarlo rápidamente hacia la luz misma".

Él tenía dudas, pero ella insistió: "Confía en mí, ya verás". "Intentaré."

"Mara y Percival, tan pronto como me vean regresar, diríjanse a la luz. Pásame el pequeño tan pronto como llegue a la luz. Puedo proteger a tu hijo en la luz misma".

Mara fue quien respondió: "Te creo y te entregaré a nuestro hijo". "Todos ustedes tan pronto como se acerquen a la luz, agarren una piedra con una mano y

aférrate a ello. Te mantendrán en tu lugar cuando Otherland ataque. ¿Comprendido?" "Sí", fueron las tres respuestas.

"Recuerda usar tu otra mano para tocarme". "Comprendido."

Jenna Rosalea movió el phlex alrededor de El Lugar de Luz y luego se movió hacia él. Randolph, en lugar de arrastrar la catapulta, la empujó hacia las rocas livianas y la catapulta rodó directamente hacia la luz. Jenna y el phlex la siguieron, y Otherland reaccionó.

Otherland no se preocupó cuando Mara, Percival y el pequeño llegaron al Lugar de la Luz esperando que descansaran y al día siguiente recogieran una piedra y la llevaran a un lugar donde Otherland pudiera usarla para reclamar soberanía. Otherland no se sorprendió por la reacción del niño a El Lugar de Luz, ya que otros niños habían jugado en él antes.

Otherland no pudo discernir lo que estaba sucediendo inmediatamente después. No podía ver ni sentir las curaciones que ocurrían. Tampoco podía escuchar a Mara hablar sobre los seres en la luz y cómo hicieron El Lugar de Luz. Otherland no sabía que estaba siendo bloqueado. Nunca antes había sido bloqueado y, por lo tanto, no podía sentirlo ni entenderlo. Todo lo que Otherland sabía era que estaban allí y que pronto se irían a dormir.

Otherland había seguido riendo las tribulaciones de Randolph Rosalea con la catapulta. Cuando Randolph llevó la catapulta al Lugar de la Luz, Otherland estaba intrigado por lo que podría pasarle a la catapulta si se colocaba justo en la luz misma. Tal vez Randolph había aprendido sobre los poderes de la catapulta, y podría terminar con el reinado mágico si se colocaba justo en la luz misma. Otherland estaba complacido con Randolph, uno de los suyos, estaba convencido. Randolph con los suplicantes Percival y Mara no solo fue aceptable, fue maravilloso. Los tres juntos confirmaron a Otherland que su plan estaba funcionando.

Sin embargo, cuando Jenna Rosalea se acercó a El Lugar de Luz con un phlex a cuestas, Otherland se preocupó. No tuvo ningún problema con que Jenna Rosalea conociera a su prima antes y la visitara. Eso era normal. Esto no era normal. Jenna Rosalea en El Lugar de Luz mientras los demás estaban allí no tenía sentido. Otherland ahora se centró en todos ellos, pero nuevamente fue bloqueado por los dispositivos de comunicación, que Otherland nunca había encontrado hasta que se usaron en este viaje. Otherland no apreciaba la tecnología y cómo podría usarse. Mientras Otherland controlara la tecnología, eso era suficiente. Comprender la tecnología estaba más allá de Otherland. Trabajar con la tecnología era irrelevante y sin importancia para Otherland. Los dispositivos de comunicación no encajaban en la mentalidad de Otherland y, por lo tanto, fueron descartados.

Todo lo que Otherland podía hacer era observar a Jenna Rosalea. Cuando dio la vuelta al Lugar de la Luz, se relajó y dejó de prestar atención momentáneamente. Jenna Rosalea había estado anticipando esta reacción y se dio la vuelta y corrió hacia la luz misma con el phlex justo a su lado. Otherland reaccionó violentamente.

El suelo tembló cuando Randolph empujó la catapulta hacia la luz. Mara y Percival sintieron temblar el suelo, cada uno inmediatamente agarró una roca liviana con una mano y se aferró. Mara rápidamente le pasó el pequeño a Jenna. Randolph, tan pronto como la catapulta entró en la luz, agarró una roca él mismo cuando sintió que lo elevaban en el aire hasta que agarró esa roca con una mano. Lo mantuvo en su lugar, pero ahora se vio a sí mismo en el aire y quedó atónito por el poder de Otherland.

Jenna Rosalea en la luz se sentó en la catapulta y esperaba poder averiguar qué hacer. Los otros tres y el phlex estaban en contacto con ella, los tres por el uso de la mano que no sostenía la roca.

La catapulta la disparó hacia arriba a través de la luz y, sin embargo, de alguna manera, estaba de nuevo en la luz. Más allá de la luz y sin embargo allí con la luz se vio a sí misma. Se encontró agarrando la luz como si fuera un objeto, algo a lo que pudiera agarrarse porque tenía miedo de caerse y morir. Cuando lo hizo, se encontró a sí misma en lugar de aferrarse a la luz absorbiendo la luz, abrazando la luz, volviéndose uno con la luz.

Lo que Randolph, Mara y Percival vieron fue a Jenna Rosalea siendo catapultada con el pequeño. Mara entró en pánico por el pequeño y luego la calma se apoderó de ella y su pánico terminó. Tanto Jenna Rosalea como el pequeño no estaban siendo lastimados o tirados repentinamente al suelo. Estaban flotando.

Lo que los tres vieron a continuación fue que la catapulta se disolvía en la luz, seguida por la luz que moría lentamente. Jenna Rosalea en el aire le devolvió el pequeño a Mara y cesaron las convulsiones de Otherland. Todos aterrizaron gradualmente y con seguridad.

Lo que no vieron fue a Jenna Rosalea transformándose. Jenna Rosalea lo supo de inmediato y lo vio. Su cuerpo, el único que conocían las almas, todavía estaba físicamente presente, pero por dentro no era la misma. Podía ver cómo su cuerpo interior se transformaba en algo capaz de resistir el tiempo y resistir cualquier cosa que pudiera atacarla. Sabía que viviría ese cuento mil años o más como Jean Magique. Sabía que ahora podía controlar, domesticar y eliminar Otro Mundo en su estado consciente.

Escuchó las voces que le decían solo a ella: "Ahora eres Magique".

Miró a su alrededor y se dio cuenta instantáneamente de todo lo que sucedía en el planeta, y supo que podía manipular cualquier cosa si era necesario. Más aún, sabía que su respiración significaba que el planeta estaba vivo. Su visión hizo que el planeta pudiera funcionar. Otherland ya no tenía el control.

Otherland, consciente de lo que estaba sucediendo, gritó: "¡No, tengo el control o destruyo el planeta!" Los otros también lo escucharon y se asustaron.

"Nunca debiste tener el control", respondió Jenna Rosalea, mientras todos escuchaban la conversación. Usurpaste El Lugar de Luz, que no estaba destinado a ti. Estaba destinado a todas las almas, pero usaste su poder para crear un mundo caótico y mortal. Eso era inaceptable entonces, y es inaceptable ahora".

"¡Cómo te atreves! Puedo aplastarte a ti y a todos los demás y lo haré". Otherland intentó convulsionar el planeta pero no pudo. "¿Lo que está sucediendo?"

"Yo tengo el control ahora, y tú ya no lo tienes. Otro país, ahora ordeno que cesen tus días como ser consciente.

Otherland lanzó un grito primitivo y luego se quedó en silencio.

Randolph fue el primero en hacer la pregunta que todos querían que se respondiera: "¿Qué pasó? ¿Cómo es esto posible?"

Ella no respondió, sino que tocó la cabeza de cada uno, incluido el pequeño, y declaró: "Ahora estás totalmente libre de Otherland".

Ellos eran. Ellos lo sabían. Otherland no era nada para ellos. Podían hablar libremente sin preocuparse por Otherland.

Mara habló: "No nos vas a decir cómo, ¿verdad?". "No, demasiado peligroso".
Los pensamientos de Percival fueron a otra parte: "¿Qué pasa con los residentes de Otherland y todos los demás para quienes Otherland era esencial, central, básico?"

"Todavía pueden vivir como quieran. Cada lugar, cada espacio. Sin embargo, no tendrán Otherland para dictarles o responderles. Ellos están solos. Esta nueva Otherland sigue siendo un desierto, sigue siendo un lugar duro para estar y vivir, y los seres vivirán aquí como siempre lo han hecho".

Al ver el phlex todavía frente a ella, agregó: "Ustedes phlex y todos los de su especie y todas las demás criaturas aquí seguirán siendo ustedes mismos. Te libero de mi control." El phlex, al darse cuenta de que ya no estaba siendo controlado, se escapó de ellos. Randolph se rió y preguntó: "Realmente no podrías hacer que el phlex no sea
siempre como un phlex?

"No. Tiene que ser lo que es. Cualquier otra cosa lo destruiría. El phlex no sabría vivir. Tiene que ser liberado y permitir que sea él mismo como un phlex, ya que todos sabemos cómo es un phlex".

"Sigo diciendo que fue una oportunidad desperdiciada, pero viviré con eso". "Randolph, tus servicios ya no son necesarios aquí. Puedes irte a casa." "¿Puedo?" preguntó alegremente.

Vete a casa, Randolph.

Corrió hacia ella, la abrazó y luego desapareció mágicamente, sonriendo a cada paso del camino.

Al ver las expresiones atónitas en el rostro de Percival y Mara, señaló a su pequeño que sonreía con una sonrisa de pura alegría. "Este es su mundo, y el tuyo si lo dejas ser".

Percival respondió: "Vine aquí porque quería un mundo para mi hijo y me lo diste. Lo acepto. Por supuesto, seas lo que seas ahora, todavía tenemos que implementar el plan para el nuevo Magique".

"Absolutamente. Y sí, eres y seguirás siendo impermeable a la magia. Ningún otro mago que no sea yo podrá verte a menos que tú lo permitas.

Mara ahora interrumpió: "Casi esperaba eso, y como dijo mi esposo, lo que sea que seas ahora. ¿Hay algo que deberíamos llamarte ahora?

"Soy y sigo siendo Jenna Rosalea". "No es la Jenna Rosalea que conozco".
"Sí" fue todo lo que dijo sobre este tema. "¿Puedo tener el privilegio y el placer de llevarlos a los tres a casa?"
Percival sorprendió a todos y especialmente a Jenna Rosalea cuando respondió: "Sí, disfrutaría esto, y creo que mi esposa y mi hijo también lo harían". Mara accedió rápidamente. Jenna se envolvió alrededor de ellos y trajo instantáneamente a su hogar.

"Gracias, gracias, gracias", señaló Percival.

Mara simplemente tomó su mano y luego la abrazó y comenzó a llorar lágrimas de felicidad.

"Te veré cuando estés listo para implementar el plan, Mara y Percival."

"Mi padre estará conmigo entonces", respondió Mara temblorosa. "Me pregunto cómo me tratará Astin".

"Me imagino que mi padre estará tan sorprendido como nosotros".

Jenna Rosalea sonrió y asintió con la cabeza, y ellos a su vez asintieron con la cabeza. Ella rápidamente desapareció.

Ahora estaba de regreso con el Mago Supremo. Sargeno Yulevich solo la miró y proclamó: "Ahora eres Magique".

"Sí" fue todo lo que pudo decir.

"¿Te das cuenta de las implicaciones?"

"Si, pero tengo un deber que cumplir."

CAPITULO 24

El Consejo de Duelo se llenó de alegría al saber que el duelo había vuelto. Los miembros inmediatamente convocaron a todos los mejores magos para que asistieran al duelo anual para elegir al nuevo Mago Supremo. Al ver que Jenna Rosalea había regresado y había detenido a Otherland, le pidieron formalmente que tomara el lugar especial en el Consejo de Duelo una vez terminado el duelo.

Ella reemplazaría a Jean Magique, y el Consejo de Duelo sabía que ella reemplazaría a Jean Magique. Tenían una idea de quién era ella y en quién se había convertido, pero solo una idea, y Jenna Rosalea sabía que tendría que explicarse ante el Consejo de Duelo. Ella no esperaba eso. Ella no quería destruir el Consejo de Duelo exponiéndolos a consecuencias que no entendían del todo, pero de alguna manera tenía que haber una forma segura de decirles. Necesitaba pensar en cómo. Esperaba que para cuando terminara el duelo, pudiera encontrar una forma segura de hacerlo.

El duelo anual de magos fue llamado al orden por el Mago Supremo Sargeno Yulevich que se retiraba. Sin embargo, desafió ciertas convenciones establecidas por el Consejo de Duelo. Además de los magos que observaban el duelo, había invitado a Nons a salir en gran número para presenciar el evento, y lo hicieron. Este era ahora su planeta tanto como el de los magos y necesitaban saber cómo funcionaban los magos. Estarían trabajando con los magos y especialmente con el Mago Supremo de aquí en adelante para supervisar el mundo.

El Mago Supremo seguiría siendo el Mago Supremo, pero siempre estaría en consulta con los Nons cada vez que surgiera algo que tuviera consecuencias para ellos. Teóricamente, eso podría ser cualquier cosa, pero incluso los Nons sabían la necesidad de que los magos trabajaran mágicamente en el planeta ahora que Otherland había dejado de existir. Serían circunspectos y los reconocerían dónde fueran necesarios para funcionar con los magos y el Mago Supremo. También serían autónomos y estarían a cargo de su propio destino no mágico. Jenna Rosalea y Mara Sholmay debían trabajar en los detalles finales con Astin Sholmay y el Mago Supremo entrante y saliente, poniendo en marcha el plan inmediatamente después de que se instalara el nuevo Mago Supremo.

Sargeno Yulevich, a pedido de Jenna Rosalea, había invitado específicamente a Percival Ambrose y Mara Sholmay junto con su pequeño a sentarse junto al Mago Supremo y Jenna Rosalea. Todo el mundo sabía el papel que había jugado Jenna Rosalea en provocar el fin de la existencia de Otherland. No sabían cómo lo hizo, pero sí escucharon que contó con la ayuda de otros, incluidos Percival Ambrose, Mara Sholmay, la pequeña, y Randolph Rosalea. No era un procedimiento normal, y Sargeno Yulevich, cuando Jenna Rosalea lo sugirió, aprovechó la oportunidad, especialmente porque ambos sabían que el Consejo de Duelo se molestaría. El Consejo de Duelo estaba molesto, pero no pudieron hacer nada al respecto, ya que el duelo real estaba bajo la supervisión del Mago Supremo.

Una vez que comenzó el duelo estaba claro quién iba a ganar. Todos reconocieron la superioridad de Randolph Rosalea. Jenna Rosalea tenía que ser neutral, pero de vez en cuando Randolph podía verla sonreír disimuladamente. Por otro lado, Percival y Mara no pretendieron ser neutrales. Cada vez que Randolph ganaba en cada una de las etapas, vitoreaban. Cuando vitorearon, los Nons que salieron vitorearon. Si esos dos apoyaban a Randolph Rosalea, ellos también lo harían.

Se suponía que los magos estaban admirando y apreciando el duelo y el que estaba ganando, pero también se suponía que debían ser moderados y oficialmente neutrales hasta que se anunciara el ganador. No sucedió esta vez. Por lo que sabían sobre Randolph Rosalea, se convirtieron en una sección habitual de vítores para él, y no les falló. Él fue impresionante.

Por supuesto, el Consejo de Duelo había organizado el duelo para favorecer a Randolph Rosalea, si mostraba sus habilidades apropiadamente, y no decepcionó al Consejo de Duelo. Solo Jenna Rosalea, Sargeno Yulevich, el Consejo de Duelo y algunos otros sabían que el duelo estaba amañado, si Randolph hacía lo que podía. Se aseguró de que no hubiera dudas. Ganó el duelo por abrumadora mayoría.

Sargeno Yulevich dijo las palabras que todos querían escuchar: "Tu nuevo Mago Supremo Randolph Rosalea. Invierte tus poderes en él." Los magos lo hicieron y él a su vez reinvirtió los poderes mágicos en ellos.

Tan pronto como esto sucedió, Percival Ambrose, Mara Sholmay y el pequeño se pusieron de pie y aplaudieron. Los Nons que estaban sentados también se pusieron de pie y se unieron a los aplausos. Después de que terminaron los aplausos y todos parecían estar a punto de irse, Sargeno Yulevich se volvió hacia la multitud y declaró: "Hay esperanza. Magique vive."

Los Nons respondieron de inmediato: "Hay esperanza. Magique vive."

Los magos también se unieron al coro: "Hay esperanza. Magique vive." Juntos repitieron el coro, y luego las almas se dispersaron gradualmente. Sargeno Yulevich se acercó a Jenna Rosalea y susurró unas palabras solo ella podía escuchar: "Hay esperanza. Magique vive en ti Jenna Rosalea". Jenna Rosalea no cambió su expresión, pero le susurró: "Sí", y él era el único que podía oírla.

Randolph Rosalea se acercó rápidamente a ella después de que Sargeno Yulevich se alejara y le diera las gracias. Agregó: "Sabes que todavía te necesitaré, al igual que el factivo y el Consejo de Duelo, y para el caso, todo Magique". No era una pregunta, sino una afirmación de un hecho.

"Sí."

El Consejo de Duelo esperó para acercarse a Jenna Rosalea hasta que Randolph Rosalea se alejó de ella. Ya habría tiempo para ocuparse de él más tarde, pero ahora tenían que ocuparse de Jenna Rosalea.

"Ven, es hora de que te unas al Consejo de Duelo".

Realizaron su ritual, que en su mayoría consistía en invertir la magia de cada uno en el otro y abrirse uno al otro mágicamente. Jenna Rosalea sabía lo que sucedería cuando hiciera esto. El Consejo de Duelo la miró asombrado.

Alguien se atrevió a decir: "Eres más de lo que era Jean Magique, ya que de alguna manera ahora eres la encarnación, la realidad de Magique. No sé cómo es eso posible, pero ahora entra en otra categoría que no debe compartirse con las almas que viven en Magique".

Un segundo señaló: "Ya tenemos un historial de emergencia, por lo tanto, esto tendría que ser algo así como una historia extraordinaria".

Los otros sintieron que historia extraordinaria era un término aceptable para ellos.

"Toma tu posición en el Consejo de Duelo".

Ella lo hizo.

Al día siguiente, Astin Sholmay y Mara Sholmay se sentaron con Jenna.

Rosalea para iniciar el proceso de implementación del nuevo plan para Magique.

Astin Sholmay al ver a Jenna Rosalea de cerca, sonrió y repitió la frase: "Hay esperanza. Magique vive."

"Sí." *